A

Maigret
Band M29

Georges Simenon, geboren 1903 im belgischen Lüttich, gestorben 1989 in Lausanne, gilt als der »meistgelesene, meistübersetzte, meistverfilmte, mit einem Wort: der erfolgreichste Schriftsteller des 20. Jahrhunderts« *(Die Zeit)*. Seine erstaunliche literarische Produktivität (75 Maigret-Romane, über 117 weitere Romane), viele Ortswechsel, zwei Ehen und unzählige Frauen bestimmten sein Leben. Rastlos bereiste er die Welt, immer auf der Suche nach dem, »was bei allen Menschen gleich ist«. Das macht seine Bücher bis heute so zeitlos.

Georges Simenon

Maigret
und sein Toter

Roman

Aus dem Französischen von
Hansjürgen Wille, Barbara Klau
und Sophia Marzolff

Mit einem Nachwort von
Gert Heidenreich

Atlantik

Die französische Originalausgabe erschien 1948 unter dem Titel
Maigret et son mort im Verlag Presses de la Cité, Paris.
Die deutsche Erstausgabe erschien 1954 im
Verlag Kiepenheuer & Witsch, Köln.
Die Übersetzung wurde für die vorliegende Ausgabe
von Sophia Marzolff grundlegend überarbeitet.

Atlantik ist ein Imprint des
Hoffmann und Campe Verlags, Hamburg.

Umschlaggestaltung: Rothfos & Gabler, Hamburg
Umschlagmotiv: © plainpicture/Millennium/Marcus Davies
Satz: Tristan Walkhoefer, Leipzig
Gesetzt aus der Stempel Garamond und der Ano
Druck und Bindung: CPI books GmbH, Leck
ISBN 978-3-455-00732-9

HOFFMANN
UND CAMPE

Ein Unternehmen der
GANSKE VERLAGSGRUPPE

1

»Verzeihen Sie, Madame ...«

Nach minutenlangem, geduldigem Bemühen gelang es Maigret endlich, seine Besucherin zu unterbrechen ...

»Sie sagen mir gerade, Ihre Tochter würde Sie langsam vergiften ...«

»Das ist die Wahrheit ...«

»Eben noch haben Sie mir aber nicht weniger bestimmt versichert, Ihr Schwiegersohn versuche im Flur immer das Dienstmädchen abzupassen, um dann heimlich Gift in Ihren Kaffee oder in einen Ihrer vielen Kräutertees zu geben.«

»Ja, das stimmt auch.«

»Und dabei haben Sie mir zu Beginn erzählt ...«, er blickte auf die Notizen, die er sich während der schon mehr als einstündigen Unterhaltung gemacht hatte, oder tat wenigstens so, »dass Ihre Tochter und ihr Mann sich hassen ...«

»Auch das ist die Wahrheit, Herr Kommissar.«

»Und doch trachten sie Ihnen gemeinsam nach dem Leben?«

»Aber nein! Sie versuchen es jeder für sich.«

»Und Ihre Nichte Rita?«

»Versucht es ebenfalls …«

Es war Februar. Das Wetter war mild und sonnig; nur manchmal zeigte sich eine graue Wolke am Himmel, aus der ein Regenschauer niederging. Seit seine Besucherin da war, hatte Maigret trotzdem schon dreimal im Ofen gestochert, dem letzten Kohleofen im Haus, den er mit so viel Mühe gerettet hatte, als am Quai des Orfèvres die Zentralheizung eingebaut worden war.

Die Frau, die einen Nerzmantel über ihrem schwarzen Seidenkleid trug und wie eine Zigeunerin mit Schmuckstücken aller Art behangen war – Ohrringen, Ketten, Armbändern, Broschen –, musste schon schweißgebadet sein. Überhaupt erinnerte sie mehr an eine Zigeunerin als an eine feine Dame, mit ihrer dick aufgetragenen Schminke, die in der Hitze langsam gerann und sich aufzulösen begann.

»Drei Personen versuchen also, Sie zu vergiften.«

»Sie versuchen es nicht, sie sind schon dabei.«

»Und Sie behaupten, jeder von ihnen tut es ohne das Wissen der anderen …«

»Ich behaupte es nicht, ich weiß es.«

Sie hatte den gleichen rumänischen Akzent wie eine berühmte Boulevardschauspielerin und die gleichen lebhaften Bewegungen, die Maigret jedes Mal zusammenzucken ließen.

»Ich bin nicht verrückt. Hier lesen Sie … Sie kennen doch sicher Professor Touchard? Er wird als Sachverständiger bei allen großen Prozessen hinzugezogen.«

Sie hatte an alles gedacht, hatte sogar den bekanntesten Irrenarzt von Paris konsultiert und sich von ihm ein Attest ausstellen lassen, das ihre volle Zurechnungsfähigkeit bestätigte.

Es half nichts, man musste ihr geduldig zuhören und zu ihrer Beruhigung hin und wieder ein paar Worte auf einen Notizblock kritzeln. Sie kam auf Empfehlung eines Ministers, der den Direktor persönlich angerufen hatte. Ihr erst vor wenigen Wochen verstorbener Mann war Staatsrat gewesen. Sie wohnte in der Rue de Presbourg, in einem der riesigen Etagenhäuser, deren eine Seite auf die Place de l'Étoile geht.

»Ich werde Ihnen erklären, wie mein Schwiegersohn vorgeht. Ich habe es genau verfolgt und beobachte ihn schon seit Monaten …«

»Er hat also schon damit begonnen, als Ihr Mann noch lebte?«

Sie reichte ihm einen säuberlich gezeichneten Plan vom ersten Stock des Hauses.

»Mein Zimmer habe ich mit A gekennzeichnet, das meiner Tochter und ihres Mannes mit B. Allerdings schläft Gaston seit einiger Zeit nicht mehr dort.«

Zum Glück klingelte das Telefon und gewährte Maigret eine kleine Pause.

»Hallo … Wer ist am Apparat?«

Der Telefonist stellte Anrufe gewöhnlich nur in dringenden Fällen zu ihm durch.

»Entschuldigen Sie, Herr Kommissar. Ein Mann, der seinen Namen nicht nennen will, möchte unbedingt mit Ihnen sprechen. Er schwört, es gehe um Leben oder Tod.«

»Und er will mich persönlich sprechen?«

»Ja … Kann ich ihn durchstellen?«

Gleich darauf hörte Maigret ein ängstliches »Hallo … sind Sie es?«

»Kommissar Maigret, ja …«

»Verzeihen Sie … Mein Name würde Ihnen doch nichts sagen. Sie kennen mich nicht, aber Sie haben meine Frau gekannt, Nine. Hören Sie? … Ich muss Ihnen alles erzählen, schnell, denn er kann jeden Moment hier sein.«

Maigret dachte im ersten Augenblick: noch ein Verrückter? Es gab solche Tage.

Er hatte nämlich die Erfahrung gemacht, dass Verrückte gewöhnlich serienweise auftauchten, als stünden sie unter dem Einfluss bestimmter Mondphasen. Er würde später im Kalender nachsehen.

»Eigentlich wollte ich zu Ihnen kommen. Ich stand schon vor dem Haus. Aber dann habe ich nicht gewagt hineinzugehen, weil er mir auf den

Fersen war. Er hätte sicher nicht gezögert zu schießen ...«

»Von wem sprechen Sie?«

»Einen Augenblick ... Ich bin ganz in der Nähe ...
Direkt gegenüber. Eben habe ich noch das Fenster
gesehen ... Am Quai des Grands-Augustins. Kennen Sie das kleine Café Aux Caves du Beaujolais? ...
Ich stehe in der Telefonkabine. Hallo? Sind Sie
noch da?«

Es war zehn nach elf, und Maigret notierte me-
chanisch die Zeit und den Namen des Cafés.

»Ich habe schon alles Mögliche versucht, habe
einen Polizisten an der Place du Châtelet angesprochen ...«

»Wann?«

»Vor einer halben Stunde. Einer der Männer war
mir auf den Fersen. Der kleine Dunkelhaarige. Es
sind mehrere. Sie wechseln sich ab. Ich bin nicht
sicher, ob ich sie alle wiedererkennen würde. Ich
weiß nur, dass der kleine Dunkelhaarige ...«

Schweigen.

»Hallo?«, rief Maigret.

Es dauerte eine Weile, bis sich die Stimme zu-
rückmeldete.

»Entschuldigen Sie. Jemand ist ins Café gekommen, und ich glaubte schon, er wäre es ... Ich habe
kurz hinausgeschaut, aber es ist nur ein Lieferant ...
Hallo? ...«

»Was haben Sie dem Polizisten gesagt?«

»Dass mich seit gestern Abend einige Männer verfolgen. Nein, im Grunde seit gestern Nachmittag. Dass sie ganz sicher auf eine Gelegenheit lauern, mich umzubringen. Ich habe ihn gebeten, den Mann zu verhaften, der hinter mir her war.«

»Und der Polizist hat sich geweigert?«

»Er meinte, ich solle ihm den Mann zeigen. Aber da war er plötzlich nicht mehr da … Darum hat er mir nicht geglaubt … Ich bin zur Metro runter, in einen Wagen rein, und als der Zug anfuhr, gleich wieder raus. Dann bin ich durch die Gänge gerannt, oben beim Bazar de l'Hôtel de Ville wieder herausgekommen und durch das Kaufhaus gelaufen.«

Man hörte, dass er gerannt war.

»Ich möchte Sie bitten, sofort einen Beamten in Zivil zu mir zu schicken, hierher ins Café … Er darf mich aber nicht ansprechen … Er soll sich ganz unauffällig verhalten … Ich werde hinausgehen, und ganz sicher wird der andere mir folgen … Man braucht ihn nur zu verhaften, dann komme ich zu Ihnen und erkläre Ihnen alles …«

»Hallo!«

»Also, ich …«

Stille. Verworrene Geräusche.

»Hallo? Hallo!«

Niemand mehr am anderen Ende der Leitung.

»Ich sagte eben …«, fuhr die alte Dame unerschütterlich in ihrer Giftgeschichte fort, als sie sah, dass Maigret auflegte.

»Einen Moment noch, bitte.«

Er öffnete die Tür, die sein Büro mit dem der Inspektoren verband. »Janvier, nimm deinen Hut und lauf zum Quai des Grands-Augustins hinüber. Da ist ein kleines Café, Aux Caves du Beaujolais. Erkundige dich, ob der Mann noch da ist, der eben telefoniert hat.«

Er nahm den Hörer ab.

»Verbinden Sie mich mit den Caves du Beaujolais.«

Er sah zum Fenster hinaus und konnte auf der anderen Seite der Seine, dort, wo der Quai des Grands-Augustins zum Pont Saint-Michel ansteigt, die schmale Fassade eines kleinen Lokals erkennen, in dem er gelegentlich ein Glas an der Theke getrunken hatte. Er erinnerte sich, dass man eine Stufe hinuntersteigen musste, dass es in dem Raum sehr kühl war und dass der Wirt eine schwarze Küferschürze trug.

Ein Lastwagen hielt vor dem Café und versperrte die Sicht. Auf dem Gehsteig gingen Leute vorüber.

»Wissen Sie, Herr Kommissar …«

»Bitte nur noch einen Augenblick, Madame!«

Und er stopfte sich sorgfältig seine Pfeife, während er weiter zum Fenster hinausblickte.

Diese Alte würde ihm den ganzen Vormittag stehlen, wenn nicht noch mehr. Sie hatte haufenweise Papiere, Pläne, Bescheinigungen mitgebracht, ja sogar Lebensmittelanalysen, die sie sich vorsorglich von ihrem Apotheker hatte machen lassen.

»Ich war von Anfang an misstrauisch, verstehen Sie?«

Sie roch nach einem widerlichen Parfum, das den guten Pfeifenduft verdrängt hatte und das ganze Büro verpestete.

»Hallo? … Konnten Sie die Verbindung noch nicht herstellen?«

»Ich rufe dauernd an, Herr Kommissar, immer wieder, aber es ist ständig besetzt; oder jemand hat vergessen, den Hörer aufzulegen.«

Janvier, der nicht einmal seine Jacke angezogen hatte, überquerte mit seinem schlaksigen Gang die Brücke und verschwand kurz darauf in dem Café. Der Lastwagen fuhr endlich weiter, aber man konnte nicht hineinsehen, weil es im Inneren des Lokals zu dunkel war. Wieder verstrichen einige Minuten. Dann klingelte das Telefon.

»So, Herr Kommissar, jetzt habe ich die Verbindung. Es ist nicht mehr besetzt.«

»Hallo, wer ist am Apparat? Bist du es, Janvier? Der Hörer war also nicht eingehängt? Und sonst?«

»Eben hat tatsächlich jemand von hier telefoniert, ein kleiner Mann …«

»Hast du ihn gesehen?«

»Nein, er war schon fort. Anscheinend hat er die ganze Zeit durch die Scheibe der Telefonkabine gespäht und unaufhörlich die Tür auf- und zugemacht.«

»Und dann?«

»Ein Gast ist hereingekommen, hat zur Kabine hinübergeschaut und sich dann an der Theke einen Schnaps bestellt … Als der andere ihn gesehen hat, hat er sofort sein Gespräch abgebrochen …«

»Und beide sind hinausgegangen?«

»Ja, einer nach dem andern.«

»Lass dir vom Wirt eine möglichst genaue Beschreibung der beiden Männer geben … Moment noch! Bevor du zurückkommst, mach einen Abstecher zur Place du Châtelet und frag die diensthabenden Polizisten, ob einer von ihnen vor etwa einer Dreiviertelstunde von dem kleinen Mann gebeten wurde, seinen Verfolger festzunehmen …«

Als er auflegte, blickte ihn die alte Dame voller Genugtuung an und sagte anerkennend wie zu einem guten Schüler:

»Genau so stelle ich mir eine Ermittlung vor. Sie verlieren keine Zeit. Sie denken an alles.«

Er setzte sich seufzend hin. Am liebsten hätte er das Fenster geöffnet, in dem überheizten Raum war es kaum auszuhalten. Aber vielleicht würde er seine Besucherin, den Schützling des Ministers, so schneller los.

Aubain-Vasconcelos, so hieß sie, und der Name sollte ihm im Gedächtnis bleiben. Allerdings sah er sie nie wieder. War sie einige Tage später gestorben? Wohl kaum. Er hätte davon gehört. Vielleicht hatte man sie in eine Anstalt eingewiesen. Oder sie hatte sich, enttäuscht von der Polizei, an einen Privatdetektiv gewandt. Vielleicht war sie aber auch schon am nächsten Morgen mit einer neuen fixen Idee aufgewacht.

Jedenfalls musste er sich noch fast eine Stunde lang anhören, was sie von den Bewohnern des großen Hauses in der Rue de Presbourg zu berichten hatte, wo das Leben nicht gerade heiter zu sein schien und man ihr den lieben langen Tag Gift in die Getränke mischte.

Mittags konnte er endlich das Fenster öffnen. Die Pfeife im Mund ging er hinüber ins Büro des Chefs.

»Haben Sie sie freundlich abgewimmelt?«

»So freundlich wie möglich.«

»Sie soll in ihrer Jugend eine der schönsten Frauen Europas gewesen sein. Ich habe ihren Mann flüchtig gekannt. Der sanfteste, unscheinbarste und langweiligste Mensch, den man sich vorstellen kann. Machen Sie Mittagspause, mein Lieber?«

Maigret zögerte. Auf den Straßen roch es schon

14

nach Frühling. In der Brasserie Dauphine hatte man bereits Tische nach draußen gestellt, und die Worte des Chefs waren eine Einladung, mit ihm vor dem Mittagessen einen Aperitif zu trinken.

»Ich glaube, ich bleibe besser hier. Ich habe vorhin einen seltsamen Anruf erhalten.«

Gerade als er davon erzählen wollte, klingelte das Telefon. Der Chef meldete sich und reichte Maigret den Hörer.

»Für Sie.«

Und sofort erkannte der Kommissar die Stimme, die jetzt noch gequälter klang.

»Hallo? … Wir sind vorhin unterbrochen worden. Da kam er gerade herein. Er konnte das Gespräch mit anhören. Ich bin panisch geworden.«

»Wo sind Sie jetzt?«

»Im Tabac des Vosges, an der Ecke Place des Vosges und Rue des Francs-Bourgeois … Ich habe versucht, ihn abzuhängen. Ich weiß nicht, ob es mir geglückt ist, aber ich schwöre Ihnen, ich täusche mich nicht, er will mich umbringen … Auf die Schnelle lässt sich das nicht erklären … Ich dachte mir schon, dass die anderen mich nicht ernst nehmen würden, aber Sie, Sie werden …«

»Hallo?«

»Er ist hier … Ich … Entschuldigen Sie.«

Der Chef beobachtete Maigret, der ein düsteres Gesicht machte.

»Stimmt irgendetwas nicht?«

»Ich weiß nicht. Das ist eine merkwürdige Geschichte. Erlauben Sie?«

Er ging an einen anderen Apparat.

»Verbinden Sie mich mit dem Tabac des Vosges … Hier beim Chef, ja.«

Und zu Letzterem gewandt: »Wenn er nur nicht wieder vergessen hat einzuhängen.«

Die Verbindung kam rasch zustande.

»Hallo, Tabac des Vosges? Der Wirt am Apparat? … Ist der Gast, der eben telefoniert hat, noch bei Ihnen? … Wie? … Ja, sehen Sie bitte nach … Hallo? … Er ist eben gegangen? … Hat er gezahlt? … Sagen Sie, ist ein anderer Gast hereingekommen, während er telefoniert hat? … Nein? … Auf der Terrasse? Sehen Sie doch bitte nach, ob er noch da ist … Er ist ebenfalls gegangen? … Ohne auf seinen Aperitif zu warten? … Danke … Nein … Wer hier spricht? Die Polizei … Nein, es hat nichts mit Ihnen zu tun.«

Nach diesem Gespräch beschloss er endgültig, den Chef nicht zur Brasserie Dauphine zu begleiten. Als er die Tür zum Inspektorenbüro öffnete, sah er, dass Janvier zurück war und auf ihn wartete.

»Komm rüber und erzähl.«

»Das ist ein ulkiger Kauz, Chef … Ein kleiner Mann mit beigem Regenmantel, grauem Hut und schwarzen Schuhen. Er ist ins Café gestürmt, zur

Telefonkabine geeilt und hat dem Wirt zugerufen: ›Bringen Sie mir, was Sie wollen.‹ Durch die Scheibe hat der ihn dann aufgeregt gestikulieren sehen. Als der andere Gast kam, ist der Kerl wie ein Springteufel raus aus der Kabine und, ohne etwas zu trinken oder auch nur ein Wort zu sagen, Richtung Place Saint-Michel gerannt.«

»Und der andere?«

»Auch ein Kleiner, jedenfalls nicht sehr groß, gedrungen, dunkelhaarig.«

»Und was hat der Polizist an der Place du Châtelet gesagt?«

»Die Geschichte ist wahr. Der Mann im Regenmantel hat sich völlig atemlos und aufgeregt an ihn gewandt. Hat wild herumgefuchtelt und ihn gebeten, jemanden festzunehmen, der ihn verfolge, aber dann hat er ihn in dem Gewühl nicht mehr gesehen. Der Polizist wollte den Vorfall auf alle Fälle in seinem Bericht erwähnen.«

»Du gehst jetzt zur Place des Vosges, zu der Bar an der Ecke Rue des Francs-Bourgeois.«

»Gut.«

Ein kleiner, heftig gestikulierender Mann in beigem Regenmantel und mit grauem Hut. Das war alles, was man von ihm wusste. Man konnte nichts anderes tun, als am Fenster auszuharren und die Leute zu beobachten, die aus den Büros kamen und in die Cafés, die Restaurants und auf die Terrassen strömten. Es war ein heller, heiterer Februartag. Und wie immer freute man sich über den ersten Frühlingshauch mehr als über sein eigentliches Erscheinen. Die Zeitungen würden schon in den nächsten Tagen von der berühmten Kastanie am Boulevard Saint-Germain berichten, die erst einen Monat später in Blüte stehen würde.

Maigret rief in der Brasserie Dauphine an.

»Hallo, Joseph? Hier Maigret. Kannst du mir zwei Bier und Sandwiches bringen? ... Für eine Person, ja.«

Die Sandwiches waren noch nicht da, als ein Anruf für ihn kam. Er hatte die Zentrale angewiesen, jeden, der ihn am Telefon verlangte, direkt zu ihm durchzustellen.

»Hallo! ... Diesmal bin ich ihn, glaube ich, losgeworden.«

»Wer sind Sie?«

»Ich bin der Mann von Nine. Aber das ist jetzt unwichtig ... Es sind mindestens vier, die Frau nicht mitgerechnet. Es muss unbedingt jemand herkommen, sofort, und ...«

Diesmal kam er nicht dazu zu sagen, von wo aus er anrief. Maigret erkundigte sich bei der Zentrale. Darüber vergingen einige Minuten. Der Anruf war aus dem Restaurant Quatre Sergents de La Rochelle am Boulevard Beaumarchais gekommen, in der Nähe der Bastille.

Bis zur Place des Vosges war es von dort auch nicht weit. Der kleine Mann im Regenmantel lief also fast die ganze Zeit in ein und demselben Viertel hin und her.

»Hallo, bist du's, Janvier? … Habe mir schon gedacht, dass du noch da bist.« Maigret erreichte ihn an der Place des Vosges. »Geh schnell hinüber zum Restaurant Quatre Sergents de La Rochelle … Ja, lass das Taxi warten.«

Eine Stunde verging, ohne dass ein neuer Anruf erfolgte, ohne dass man etwas von Nines Mann hörte. Und als das Telefon wieder klingelte, war nicht er, sondern ein Kellner am Apparat:

»Hallo? Habe ich die Ehre, mit Kommissar Maigret zu sprechen? … Mit Kommissar Maigret persönlich? … Hier ist der Kellner vom Café de Birague, Rue de Birague … Ich spreche im Auftrag eines Gastes, der mich gebeten hat, Sie anzurufen.«

»Wie lange ist das her?«

»Vielleicht eine Viertelstunde. Ich sollte sofort anrufen, aber um diese Zeit ist hier ein Mordsbetrieb.«

»Ein kleiner Mann im Regenmantel?«

»Genau. Gut … Ich hatte schon befürchtet, das Ganze wäre ein Scherz … Er hatte es sehr eilig. Er hat die ganze Zeit die Straße beobachtet … Moment, ich versuche mich genau zu erinnern. Ich soll Ihnen ausrichten, er würde versuchen, den

Mann ins Canon de la Bastille zu locken. Kennen Sie die Brasserie? Direkt an der Ecke Boulevard Henri-IV. Sie sollen bitte schnell jemanden dorthin schicken … Warten Sie, das ist noch nicht alles. Vielleicht wissen Sie ja, was er damit meint? Er hat wörtlich gesagt: ›Es ist jetzt ein anderer Mann, der große Rothaarige. Der Schlimmste …‹«

Maigret begab sich selbst dorthin. Er nahm ein Taxi und brauchte bis zur Place de la Bastille keine zehn Minuten. Die Brasserie war ein großes, ruhiges Lokal, in dem vor allem Stammgäste verkehrten, die das Tagesgericht oder einen Wurstteller aßen. Er sah sich nach einem kleinen Mann im Regenmantel um und inspizierte dann die Kleiderständer, in der Hoffnung, einen solchen Mantel zu entdecken.

»Sagen Sie, Garçon …«

Es waren sechs Kellner da, dazu die Kassiererin und der Wirt. Er befragte sie alle. Niemand hatte den Mann gesehen. Also setzte sich Maigret in eine Ecke nahe dem Eingang, bestellte ein Bier, rauchte seine Pfeife und wartete. Eine halbe Stunde später ließ er sich trotz der schon verzehrten Sandwiches eine Elsässer Sauerkrautplatte bringen. Er beobachtete die Passanten. Bei jedem Regenmantel stutzte er, und davon gab es viele, denn es ging schon der dritte Schauer an diesem Tag nieder, ein beinahe durchsichtiger feiner Regen, der den Sonnenschein nicht trüben konnte.

»Hallo? Bin ich bei der Kriminalpolizei? ... Hier Maigret. Ist Janvier zurück? ... Geben Sie ihn mir ... Janvier? ... Spring in ein Taxi und komm zu mir ins Canon de la Bastille ... Stimmt, das ist eine wahre Kneipentour heute ... Ich warte auf dich ... Nein, nichts Neues.«

Vielleicht war der wild fuchtelnde Mann doch bloß ein Schaumschläger. Und wenn schon. Maigret ließ seinen Inspektor trotzdem im Canon de la Bastille sitzen, während er selbst ins Büro zurückfuhr.

Es war kaum anzunehmen, dass Nines Mann seit seinem Anruf um halb eins ermordet worden war, denn er schien sich nicht in abgelegene Gegenden zu wagen, wählte im Gegenteil die belebten Viertel und verkehrsreiche Straßen. Trotzdem setzte sich der Kommissar mit der polizeilichen Notrufzentrale in Verbindung, wo man innerhalb weniger Minuten über alle Vorkommnisse in Paris unterrichtet wurde.

»Sobald Sie hören, dass ein Mann im Regenmantel in einen Unfall, einen Streit oder sonst was verwickelt wurde, rufen Sie mich bitte an.«

Er gab auch Anweisung, dass einer der Wagen der Kriminalpolizei im Hof zu seiner Verfügung stehen solle. Vielleicht war es lächerlich, aber er wollte nichts außer Acht lassen.

Er empfing verschiedene Leute, rauchte eine Pfeife nach der anderen, stocherte hin und wieder im Ofen, während das Fenster weiterhin offen stand. Ab und zu warf er einen vorwurfsvollen Blick auf sein Telefon, das stumm blieb.

»Sie haben meine Frau gekannt …«, hatte der Mann gesagt.

Maigret versuchte, sich an eine Nine zu erinnern. Ihm mussten schon etliche begegnet sein. Vor einigen Jahren hatte er eine Nine gekannt, die eine kleine Bar in Cannes betrieb, aber sie war schon damals eine alte Frau und inzwischen vermutlich gestorben. Und seine Frau hatte eine Nichte, die Aline hieß, aber von allen Nine genannt wurde.

»Hallo? Ist dort Kommissar Maigret?«

Es war vier Uhr. Obwohl es draußen noch hell war, hatte Maigret die Lampe mit dem grünen Schirm auf seinem Schreibtisch bereits angeknipst.

»Hier spricht der Vorsteher vom Postamt 28 in der Rue du Faubourg-Saint-Denis … Entschuldigen Sie bitte die Störung. Wahrscheinlich handelt es sich um einen dummen Scherz. Vor wenigen Minuten war hier jemand am Paketschalter … Hören Sie? … Er war in Eile und sehr nervös. Das hat mir unsere Angestellte Mademoiselle Denfer berichtet. Er hat sich ständig umgedreht, ihr ein Papier hingeschoben und gesagt: ›Sie müssen es nicht verstehen. Geben Sie diese Nachricht schnell telefonisch an Kommissar Maigret durch.‹ Und dann ist er in der Menge verschwunden. Mademoiselle Denfer ist gleich zu mir gekommen. Ich habe den Zettel vor mir liegen. Er ist mit Bleistift geschrieben, eine krakelige Schrift. Wahrscheinlich hat der Mann im Gehen geschrieben. Also, hier steht: ›Ich konnte nicht ins Canon gehen.‹ Verstehen Sie, was das bedeutet? Ich nicht. Aber ist ja auch gleich … Dann folgt ein Wort, das ich nicht entziffern kann. Und dann: ›Jetzt sind es zwei. Der kleine Dunkelhaarige ist wieder da.‹ Allerdings bin ich mir bei dem Wort ›dunkelhaarig‹ nicht ganz sicher … Wie? … Gut, wenn Sie meinen, dass es stimmt … Aber es geht noch weiter: ›Ich bin sicher, dass sie beschlossen haben, mich heute zu erwischen. Ich bin jetzt fast am Quai. Aber sie sind sehr schlau. Verständigen Sie Ihre Leute.‹ Das ist alles. Wenn Sie möchten, kann ich Ihnen den Brief durch einen Eilboten zustellen … Mit dem Taxi? … Von mir aus. Dann müssen Sie mir aber die Fahrt bezahlen. Ich kann mir das nämlich nicht leisten.«

»Hallo … Janvier? … Du kannst zurückkommen, mein Guter …«

Eine halbe Stunde später saßen sie beide rauchend in Maigrets Büro. Aus dem Ofen fiel ein rötlicher Schein auf den Boden.

»Bist du wenigstens zum Mittagessen gekommen?«

»Ich habe mir im Canon eine Sauerkrautplatte bestellt.«

Er also auch! Maigret hatte inzwischen die Fahrradpatrouille und die städtische Polizei verständigt. Die Pariser, die sich in den Kaufhäusern und auf den Gehsteigen drängten, in die Kinos oder die Metroeingänge strömten, merkten nichts davon, und doch beobachteten Hunderte Augen aufmerksam die Menge und blieben an jedem beigen Regenmantel und jedem grauen Hut hängen.

Gegen fünf, als das Gedränge im Châtelet-Viertel seinen Höhepunkt erreichte, regnete es noch einmal. Das Pflaster glänzte, die Straßenlaternen waren von einem Lichthof umgeben, und alle zehn Meter hob jemand den Arm, um ein Taxi heranzuwinken.

»Der Wirt von den Caves du Beaujolais schätzt ihn auf fünfunddreißig bis vierzig, der vom Tabac des Vosges dagegen auf höchstens dreißig. Er ist glattrasiert, hat einen rosigen Teint und helle Augen. Was ihn sonst ausmacht, habe ich nicht herausbekommen können. Man hat mir jedes Mal geantwortet: Ein Mann wie jeder andere.«

Madame Maigret, die ihre Schwester zum Abendessen eingeladen hatte, rief um sechs an, um sicherzugehen, dass ihr Mann rechtzeitig zu Hause sein würde, und ihn zu bitten, unterwegs bei der Konditorei vorbeizugehen.

»Kannst du hier bis neun die Stellung halten? Ich bitte Lucas, dich abzulösen.«

Janvier war einverstanden. Man konnte nichts anderes tun als warten.

»Wenn irgendetwas ist, ruft mich zu Hause an.«

Er vergaß nicht, beim Konditor in der Avenue de la République vorbeizugehen, dem einzigen in Paris, der nach Madame Maigrets Meinung anständige Cremeschnitten zu machen verstand. Er begrüßte seine Schwägerin, die wie immer nach Lavendel duftete. Dann aßen sie zu Abend. Hinterher trank er einen Calvados. Bevor er Odette zur Metro brachte, rief er am Quai des Orfèvres an.

»Lucas? … Nichts Neues? … Bist du immer noch in meinem Büro?«

Lucas hatte es sich bestimmt in Maigrets Sessel bequem gemacht, ein Buch vor sich, die Füße auf dem Schreibtisch.

»Mach weiter, mein Lieber. Gute Nacht …«

Als er von der Metrostation zurückkam, war der Boulevard Richard-Lenoir menschenleer, und seine Schritte hallten durch die Stille. Da hörte er andere Schritte hinter sich, zuckte zusammen und drehte sich unwillkürlich um. Er dachte an den Mann, der womöglich noch immer angsterfüllt durch die Straßen lief, dunkle Ecken mied und in Bars und Cafés vorübergehend Sicherheit suchte.

Er schlief vor seiner Frau ein – wenigstens behauptete sie das, so wie sie auch immer behauptete, dass er schnarche –, und als das Klingeln des Telefons ihn aus dem Schlaf riss, zeigte der Wecker auf dem Nachttisch zwanzig Minuten nach zwei. Es war Lucas.

»Vielleicht störe ich Sie umsonst, Chef. Ich weiß noch nichts Näheres. Die Notrufzentrale hat mir mitgeteilt, an der Place de la Concorde sei ein Mann tot aufgefunden worden, beim Quai des Tuileries. Darauf habe ich das Revier vom 1. Arrondissement angerufen und gebeten, alles unverändert zu lassen … Wie? … Gut, wenn Sie wollen … Ich schicke Ihnen ein Taxi.«

Madame Maigret sah seufzend zu, wie ihr Mann in seine Hose schlüpfte und nach seinem Hemd suchte.

»Wird es lange dauern?«

»Ich weiß es nicht.«

»Hättest du nicht einen Inspektor hinschicken können?«

Sie hörte ihn den Schrank im Esszimmer öffnen. Er goss sich noch einen Calvados ein. Dann kam er zurück, um seine Pfeifen zu holen, die er vergessen hatte.

Das Taxi wartete schon. Die Boulevards waren

wie ausgestorben. Über der blassgrünen Kuppel der Oper stand größer und strahlender als sonst der Mond.

An der Place de la Concorde, unweit der Tuilerien, hielten zwei Wagen am Straßenrand. Dunkle Gestalten eilten hin und her.

Das Erste, was Maigret sah, als er aus dem Taxi stieg, war der helle Fleck eines beigen Regenmantels auf dem silbrig glänzenden Gehweg.

Und während die Polizisten in ihren Pelerinen auseinandertraten und ein Inspektor vom Revier des 1. Arrondissements auf ihn zutrat, murmelte er:

»Es war kein Scherz. Sie haben ihn also erwischt.«

Ganz in der Nähe hörte man das leise Plätschern der Seine, und fast lautlos glitten Autos vorbei, die von der Rue Royale Richtung Champs-Élysées fuhren. Das Schild vom Maxim's leuchtete rot durch die Nacht.

»Eine Stichwunde, Herr Kommissar«, meldete Inspektor Lequeux, den Maigret gut kannte. »Wir wollten auf Sie warten, bevor wir ihn mitnehmen.«

Warum spürte Maigret schon da, dass etwas nicht stimmte?

Die Place de la Concorde, in deren Mitte hell der Obelisk aufragte, war zu weit, zu groß, zu leer. Das passte nicht zu den Anrufen vom Vormittag, zu den Caves du Beaujolais, zum Tabac des Vosges, den Quatre Sergents am Boulevard Beaumarchais.

Bis zu seinem letzten Anruf, bis zur Abgabe des Zettels auf dem Postamt vom Faubourg Saint-Denis hatte der Mann sich nur durch enge, belebte Straßen bewegt.

Begibt sich jemand, der sich verfolgt glaubt, der seinen Mörder hinter sich spürt und jeden Moment mit einem tödlichen Schlag rechnet, begibt sich der auf ein so weitläufiges Gelände wie die Place de la Concorde?

»Sie werden feststellen, dass er nicht hier ermordet wurde.«

Eine Stunde später sollte man den Beweis dafür haben, als der Polizist Piedbœuf, der vor einem Nachtclub in der Rue de Douai Wache gestanden hatte, seine Meldung machte.

Vor dem Lokal hatte ein Auto gehalten, dem zwei Männer im Smoking und zwei Frauen im Abendkleid entstiegen waren. Die vier machten einen etwas beschwipsten Eindruck, vor allem einer der Männer, der, als die anderen schon im Nachtclub verschwunden waren, noch einmal umgekehrt war.

»Hören Sie mal, Herr Wachtmeister. Ich weiß nicht, ob ich's Ihnen erzählen sollte, denn ich will ja nicht, dass man uns den Abend verdirbt, aber was soll's. Machen Sie damit, was Sie wollen … Als wir eben an der Place de la Concorde vorbeifuhren, hat vor uns ein Auto angehalten. Ich saß am Steuer und bin langsamer gefahren, weil ich dachte, der Wagen hätte eine Panne. Da haben sie etwas aus dem Wagen gezerrt und auf den Gehweg gelegt. Ich glaube, es war eine Leiche ... Das Auto war ein gelber Citroën mit Pariser Nummer. Die beiden letzten Ziffern waren eine Drei und eine Acht.«

2

Wann genau wurde Nines Mann Maigrets Toter, wie man ihn später bei der Kriminalpolizei nannte? Vielleicht war es gleich bei ihrer ersten Begegnung, wenn man das so sagen kann, in jener Nacht an der Place de la Concorde. Inspektor Lequeux jedenfalls wunderte sich über das Verhalten des Kommissars. Es war schwer zu sagen, was so ungewöhnlich daran war. Bei der Polizei ist man an gewaltsame Tode gewöhnt, an die seltsamsten Leichen, die man mit professionellem Gleichmut behandelt, wenn man nicht sogar Witze über sie reißt wie Assistenzärzte im Gemeinschaftsraum. Regelrecht ergriffen schien Maigret übrigens nicht zu sein.

Aber warum zum Beispiel beugte er sich nicht wie üblich als Erstes über die Leiche. Er zog ein paar Mal an seiner Pfeife, blieb bei den uniformierten Beamten stehen, unterhielt sich mit Lequeux und blickte flüchtig auf eine junge Frau in Lamékleid und Nerzmantel, die gerade in Begleitung zweier Männer aus einem Wagen gestiegen war und, den Arm des einen umfassend, abwartend dastand, als müsste noch etwas passieren.

Erst nach einer Weile näherte er sich langsam der daliegenden Gestalt, der beigen Masse des Regenmantels, und beugte sich, immer noch langsam, über sie – als handelte es sich um einen Verwandten oder einen Freund, wie Inspektor Lequeux später sagte.

Als er sich wieder aufrichtete, waren seine Brauen zusammengezogen. Man spürte seine Wut. In einem Ton, als wollte er alle Anwesenden für den Mord verantwortlich machen, fragte er:

»Wer hat das getan?«

Waren es Faustschläge oder Fußtritte gewesen? Es war nicht zu erkennen. Jedenfalls hatte man den Mann, bevor oder nachdem man ihn erstochen hatte, mehrmals heftig geschlagen. Sein Gesicht war geschwollen, auf einer Seite völlig entstellt, die Oberlippe eingerissen.

»Ich warte auf den Leichenwagen«, erklärte Lequeux.

Ohne die Spuren der Misshandlungen hätte das Gesicht des Mannes wohl eher gewöhnlich gewirkt, recht jung und unbekümmert. Noch im Tod hatten seine Züge etwas Kindlich-Naives.

Warum schien die Frau im Nerz vor allem über den Anblick des einen Fußes verstört, der nur mit einer fliederfarbenen Socke bekleidet war? Es hatte etwas Lächerliches, dieser unbeschuhte Fuß auf dem Gehweg, neben dem anderen im schwarzen Lederschuh. Nackt, intim. Nicht wirklich tot. Maigret ging selbst zu dem sechs oder sieben Meter entfernt liegenden zweiten Schuh und hob ihn auf.

Danach sagte er nichts mehr. Er wartete und rauchte seine Pfeife. Schaulustige mischten sich unter die Anwesenden und flüsterten miteinander. Dann hielt der Leichenwagen am Bordstein, und zwei Männer hoben den Toten auf. Wo er gelegen hatte, war nichts zu sehen, nicht die kleinste Blutspur.

»Schicken Sie mir einfach nur Ihren Bericht, Lequeux.«

War es in diesem Moment, dass Maigret sich des Toten bemächtigte, indem er vorne in den Wagen stieg und die anderen stehen ließ?

Es blieb so die ganze Nacht. Und auch noch am nächsten Morgen. Es war, als gehörte diese Leiche ihm, als wäre dieser Tote sein Toter.

Er hatte Anweisung gegeben, dass Moers, einer der Spezialisten vom Erkennungsdienst, im Gerichtsmedizinischen Institut auf ihn warten sollte. Moers war ein langer und dünner junger Mann; er lächelte nie, und seine scheuen Augen verschwammen hinter dicken Brillengläsern.

»Dann wollen wir mal, mein Junge.«

Er hatte auch Dr. Paul benachrichtigt, der jeden Augenblick kommen musste. Außer ihnen waren nur noch ein Wächter da und die in den letzten Tagen in Paris aufgefundenen, jetzt in Kühlkästen liegenden namenlosen Toten.

Das Licht war grell, die Worte sparsam, die Gesten präzise. Sie wirkten wie fleißige Arbeiter, die in ihrer Nachtschicht einer komplizierten Tätigkeit nachgingen.

In den Taschen des Toten fand man kaum etwas. Ein Päckchen grauer Tabak, ein Briefchen Zigarettenpapier, eine Streichholzschachtel, ein ziemlich gewöhnliches Messer, einen altmodischen Schlüssel, einen Bleistift und ein Taschentuch ohne Monogramm. In der Hosentasche steckte etwas Kleingeld, aber er hatte keine Brieftasche, keinen Ausweis bei sich.

Moers ließ vorsichtig ein Kleidungsstück nach dem anderen in einen Sack aus Ölpapier gleiten, den er dann schloss. Er verfuhr mit dem Hemd genauso wie mit den Schuhen und Socken. Alle Sachen waren von durchschnittlicher Qualität. Das Jackett trug das Etikett eines Konfektionshauses am Boulevard Sébastopol. Die Hose, die recht neu aussah, hatte nicht dieselbe Farbe.

Der Tote war komplett entkleidet, als Dr. Paul erschien, mit gepflegtem Bart und wachem Blick, obwohl er mitten in der Nacht geweckt worden war.

»Nun, mein lieber Maigret, was erzählt uns der arme Kerl?«

Denn im Grunde ging es darum, dem Toten seine Geschichte zu entlocken. Routinearbeit. Gewöhnlich wäre Maigret jetzt schlafen gegangen. Und am nächsten Morgen hätte er die verschiedenen Berichte auf seinem Schreibtisch vorgefunden.

Aber er wollte bei allem dabei sein und blieb, die Pfeife im Mund, die Hände in den Taschen, mit schläfrigem Blick.

Bevor der Arzt anfangen konnte, musste er auf den Fotografen warten, der sich verspätet hatte. Moers nutzte die Zeit, um die Nägel des Toten zu säubern, an Händen und Füßen, wobei er darauf achtete, noch die winzigsten Krümel in kleinen Beuteln zu sammeln, die er mit rätselhaften Kürzeln versah.

»Wird nicht leicht, ihn nett aussehen zu lassen«, bemerkte der Fotograf, nachdem er den Toten betrachtet hatte.

Weitere Routinearbeiten. Zuerst die Aufnahmen der Leiche und der Verletzungen. Dann für die Zeitungen, zum Zweck der Identifizierung, ein Foto des Gesichts, das möglichst lebendig wirken sollte. Dafür schminkte der Fotograf den Toten, der jetzt, in dem kalten Licht, noch bleicher aussah, aber rosige Bäckchen und tiefrote Lippen wie eine Straßendirne hatte.

»Sie sind dran, Doktor.«

»Bleiben Sie noch hier, Maigret?«

Er blieb. Bis zum Schluss. Es war halb sieben, als Dr. Paul und er in einer kleinen Bar, die gerade geöffnet hatte, einen Kaffee mit Schuss trinken gingen.

»Sie wollen wahrscheinlich nicht erst meinen Bericht abwarten … Sagen Sie mal, ist das ein wichtiger Fall?«

»Ich weiß es noch nicht.«

Um sie herum aßen Arbeiter mit schlaftrunkenem Blick ihre Croissants, ihre Mäntel waren vom Morgennebel mit winzigen Tröpfchen übersät. Die Luft war kühl. Jeder, der auf der Straße vorüberging, trug eine kleine Dampfwolke vor sich her. In den Stockwerken der Häuser erhellte sich ein Fenster nach dem anderen.

»Zunächst einmal handelt es sich um einen Mann aus bescheidenen Verhältnissen. Seiner Knochenbildung und seinen Zähnen nach scheint er eine ärmliche und wenig behütete Kindheit gehabt zu haben … Seine Hände weisen auf keinen bestimmten Beruf hin. Sie sind kräftig, aber recht gepflegt. Der Mann ist wohl kein Arbeiter gewesen. Aber auch kein Büroangestellter, denn seine Finger zeigen nicht die leichten Verformungen, die typisch sind für jemanden, der viel schreibt, sei es mit der Hand oder auf der Maschine. Dagegen hat er die schwachen und etwas gesenkten Füße eines Menschen, der viel stehen muss.«

Maigret machte sich keine Notizen; er prägte sich auch so alles ein.

»Kommen wir nun zur entscheidenden Frage der Tatzeit … Der Mord ist mit großer Sicherheit zwischen acht und zehn Uhr abends begangen worden.«

Maigret war bereits telefonisch über die Aussage der Nachtclubbesucher und über den gelben Citroën informiert worden, der kurz nach eins an der Place de la Concorde gehalten hatte.

»Sagen Sie, Doktor, fällt Ihnen nichts auf?«

»Was meinen Sie?«

Seit fünfunddreißig Jahren war der Arzt mit dem fast legendären Bart Gerichtsmediziner, und er war mit Kriminalfällen vertrauter als die meisten Polizisten.

»Der Mord wurde nicht an der Place de la Concorde begangen.«

»Ganz sicher nicht.«

»Sondern wahrscheinlich an einem abgelegenen Ort.«

»Ja, wahrscheinlich.«

»Wenn man, zumal in einer Stadt wie Paris, das Risiko auf sich nimmt, eine Leiche zu transportieren, dann gewöhnlich, um sie zu verstecken, um sie verschwinden zu lassen oder ihr Auffinden hinauszuzögern.«

»Sie haben recht, Maigret. Daran habe ich nicht gedacht.«

»In diesem Fall hingegen haben die Täter riskiert, erwischt zu werden oder zumindest Spuren zu hinterlassen, um die Leiche im Herzen von Paris, an allersichtbarster Stelle abzulegen, wo sie selbst mitten in der Nacht kaum zehn Minuten unentdeckt bleiben konnte.«

»Mit anderen Worten, die Mörder wollten, dass sie entdeckt wird, das denken Sie doch, nicht wahr?«

»Nicht ganz. Aber das ist jetzt unwichtig.«

»Und trotzdem haben die Täter dafür gesorgt, dass der Tote nicht leicht identifiziert werden kann. Die Schläge im Gesicht wurden nicht mit bloßen Fäusten, sondern mit einem schweren Gegenstand ausgeführt, dessen Form ich leider nicht bestimmen kann.«

»Vor seinem Tod?«

»Danach. Einige Minuten danach.«

»Sind Sie sicher, dass es nur einige Minuten waren?«

»Jedenfalls weniger als eine halbe Stunde. Nun gibt es da noch ein anderes Detail, Maigret, das ich wahrscheinlich nicht in meinem Bericht erwähnen werde, weil ich mir nicht ganz sicher bin und nicht gern von Anwälten widerlegt werde, wenn der Fall vors Schwurgericht kommt. Ich habe die Stichwunde gründlich untersucht, wie Sie ja gesehen haben. Ich habe Hunderte solcher Wunden gesehen, und ich möchte schwören, dass dieser Stich gezielt ausgeführt wurde.

Stellen Sie sich zwei Männer vor, die miteinander streiten. Sie stehen sich gegenüber, und der eine sticht plötzlich zu. Er könnte unmöglich so eine Verletzung bewirken. Der Stich ist aber auch nicht von hinten erfolgt.

Stellen Sie sich hingegen vor, dass einer sitzt oder sogar steht, dabei aber mit etwas ganz anderem beschäftigt ist. Und nun nähert sich ihm jemand leise von hinten, umklammert ihn mit einem Arm und stößt das Messer mit aller Kraft und Präzision ins Fleisch.

Oder, um es noch deutlicher zu machen, stellen Sie sich vor, jemand hätte das Opfer festgebunden oder so festgehalten, dass es sich nicht bewegen konnte, und es dann buchstäblich ›operiert‹. Verstehen Sie, was ich meine?«

»Ja, ich verstehe.«

Maigret wusste, dass Nines Mann nicht überraschend angegriffen worden war, schließlich war er seit vierundzwanzig Stunden auf der Flucht vor seinen Mördern gewesen.

Was für Dr. Paul nur ein gleichsam theoretisches Problem darstellte, hatte für Maigret eine sehr menschliche Dimension.

Er hatte die Stimme des Mannes gehört. Er hatte ihn beinahe gesehen. Er war ihm Schritt für Schritt gefolgt, von Bistro zu Bistro, auf seiner verzweifelten Flucht durch die immergleichen Viertel, die alle im Bezirk Châtelet-Bastille lagen.

Die beiden Männer gingen die Quais entlang, Maigret rauchte seine Pfeife und Dr. Paul eine Zigarette nach der anderen. Selbst bei seinen Obduktionen verzichtete er nicht aufs Rauchen und behauptete gern, Tabak sei das beste Antiseptikum. Der Morgen graute. Erste Schleppkähne fuhren die Seine hinunter. Clochards, noch steif von der Kälte der Nacht, erklommen schwerfällig die Stufen der Quais, wo sie unter einer Brücke geschlafen hatten.

»Der Mann ist nicht lange nach seiner letzten Mahlzeit, vielleicht sogar gleich danach, getötet worden.«

»Können Sie sagen, was er gegessen hat?«

»Erbsensuppe, provenzalisches Stockfischpüree und einen Apfel. Dazu hat er Weißwein getrunken. Außerdem habe ich Spuren von Schnaps in seinem Magen gefunden.«

Seltsam, sie kamen ausgerechnet an den Caves du Beaujolais vorüber, wo der Wirt gerade die Holzläden aufstieß. Man konnte in den dunklen Raum hineinsehen, schaler Weingeruch drang nach draußen.

»Gehen Sie nach Hause?«, fragte der Arzt, der sich ein Taxi heranwinkte.

»Ich gehe zum Erkennungsdienst.«

Das große Gebäude am Quai des Orfèvres war fast leer, bis auf die Leute vom Reinigungsdienst, die auf den Fluren und im Treppenhaus die feuchten Spuren des Winters beseitigten.

Im Büro des Kommissars war Lucas gerade in Maigrets Sessel eingenickt.

»Nichts Neues?«

»Die Zeitungen haben das Foto bekommen, aber nur wenige werden es in der Morgenausgabe bringen, weil es zu spät bei ihnen eingegangen ist.«

»Und das Auto?«

»Ich bin schon bei dem dritten gelben Citroën, aber es ist wieder der falsche.«

»Hast du mit Janvier telefoniert?«

»Er kommt um acht Uhr, um mich abzulösen.«

»Falls man nach mir fragt – ich bin oben. Sag dem Telefonisten, er soll alle Gespräche zu mir durchstellen.«

Er war nicht müde, aber er fühlte sich schwer, und seine Bewegungen waren langsamer als sonst. Er stieg die schmale, der Öffentlichkeit nicht zugängliche Treppe hinauf, die ins Dachgeschoss des Palais de Justice führte. Er streckte nur kurz seinen Kopf durch die Tür mit der Milchglasscheibe, sah Moers über seine Apparate gebeugt und ging weiter zur Registratur.

Noch bevor er ein Wort gesagt hatte, schüttelte der Experte für Fingerabdrücke den Kopf:

»Nichts, Herr Kommissar.«

Mit anderen Worten, Nines Mann hatte nie etwas mit der französischen Justiz zu tun gehabt.

Maigret verließ den Raum mit den Karteien, kehrte zu Moers zurück, zog seinen Mantel aus und nahm dann nach kurzem Zögern auch seine Krawatte ab, die ihn am Hals drückte.

Der Tote war nicht hier, aber er war ebenso gegenwärtig wie im Fach Nummer siebzehn des Gerichtsmedizinischen Instituts, in dem der Wärter ihn untergebracht hatte.

Sie sprachen wenig. Jeder ging seiner Arbeit nach, ohne dass sie wahrnahmen, wie sich ein Sonnenstrahl durchs Dachfenster stahl. In einer Ecke stand eine Gliederpuppe, die ihnen schon oft gute Dienste geleistet hatte und die Maigret auch jetzt benutzte.

Moers, der inzwischen die Kleidungsstücke in ihren Ölpapiersäcken ausgeklopft hatte, analysierte jetzt den so erhaltenen Staub.

Maigret widmete sich ebenfalls den Kleidungsstücken. Mit den behutsamen Bewegungen eines Schaufensterdekorateurs zog er der Puppe, die ungefähr die Größe des Toten hatte, zunächst Hemd und Unterhose an.

Gerade hatte er ihr das Jackett übergestreift, als Janvier eintrat. Er war frisch und ausgeruht, denn er hatte in seinem Bett und bis zum Morgen durchgeschlafen.

»Die haben ihn also wirklich erwischt, Chef.«

Er sah zu Moers hinüber und zwinkerte ihm zu, was bedeuten sollte, dass der Kommissar nicht zum Plaudern aufgelegt war.

»Uns wurde wieder ein gelbes Auto gemeldet. Lucas meint, es sei nicht das richtige. Außerdem endet die Nummer mit einer Neun und nicht mit einer Acht.«

Maigret trat einen Schritt zurück, um sein Werk zu begutachten.

»Fällt dir etwas auf?«, fragte er.

»Einen Augenblick … Nein, ich sehe nichts. Der Mann muss etwas kleiner als die Puppe gewesen sein, die Jacke ist zu kurz.«

»Ist das alles?«

»Der Riss, der durch das Messer entstanden ist, ist nicht sehr groß.«

»Sonst nichts?«

»Er hat keine Weste getragen.«

»Seltsam ist, dass das Jackett nicht aus demselben Stoff ist wie die Hose und auch nicht dieselbe Farbe hat.«

»Na ja, das kommt vor.«

»Moment. Schau dir die Hose genau an. Sie ist noch fast neu und gehört zu einem Anzug. Das Jackett gehört ebenfalls zu einem Anzug, der aber mindestens zwei Jahre alt ist.«

»Sieht ganz so aus, ja.«

»Nach seinen Socken, seinem Hemd und seiner Krawatte zu urteilen, war der Mann aber durchaus eitel … Ruf mal in den Caves du Beaujolais und den anderen Lokalen an und versuch herauszufinden, ob er im Laufe des gestrigen Tages eine Jacke und eine Hose angehabt hat, die nicht zueinanderpassten.«

Janvier setzte sich in eine Ecke, und seine Stimme war wie ein Hintergrundrauschen im Raum. Er rief nacheinander die einzelnen Lokale an und sagte immer wieder: »Hier ist die Kriminalpolizei, der Inspektor, der gestern bei Ihnen war. Könnten Sie mir sagen, ob …«

Aber leider hatte der Mann nirgends seinen Regenmantel ausgezogen. Womöglich hatte er ihn leicht geöffnet, doch niemand hatte auf die Farbe seines Jacketts geachtet.

»Was tust du, wenn du nach Hause kommst?«

Und Janvier, der erst seit einem Jahr verheiratet war, antwortete mit einem Grinsen: »Ich küsse meine Frau.«

»Und dann?«

»Dann setze ich mich hin, und sie bringt mir meine Pantoffeln.«

»Und dann?«

Der Inspektor überlegte, schlug sich plötzlich gegen die Stirn: »Ich verstehe! Ich ziehe eine andere Jacke an.«

»Hast du eine Hausjacke?«

»Nein. Ich ziehe ein altes Jackett an, in dem ich mich wohler fühle.«

Diese Worte machten den Unbekannten plötzlich menschlicher und vertrauter. Man sah ihn vor sich, wie er nach Hause kam und vielleicht seine Frau küsste wie Janvier. Wie er ganz sicher sein neues Jackett auszog, um ein älteres überzustreifen. Wie er zu Abend aß.

»Was für ein Wochentag ist heute?«

»Donnerstag.«

»Also war gestern Mittwoch. Isst du eigentlich oft im Restaurant? In solchen günstigen Restaurants, wie sie offenbar unser Mann besucht hat?«

Maigret sprach weiter, während er den beigen Regenmantel um die Gliederpuppe drapierte. Am Vortag um die gleiche Zeit oder nur wenig später hatte diesen Mantel noch ein lebendiger Mensch getragen, ein Mann, der das Café Aux Caves du Beaujolais hier ganz in der Nähe betreten hatte; man brauchte nur aus der Luke zu schauen, um auf der anderen Seite das Lokal zu sehen.

Und er hatte Maigret angerufen. Er hatte nicht irgendeinen Kommissar oder einen Inspektor verlangt und auch nicht den Leiter der Kriminalpolizei, wie manche, die ihren Fall für besonders wichtig halten.

Er hatte Maigret sprechen wollen.

Obwohl er eingeräumt hatte: »Sie kennen mich nicht.«

Allerdings hatte er hinzugefügt: »Sie haben Nine, meine Frau, kennengelernt.«

Janvier fragte sich, worauf der Chef mit seiner Restaurantgeschichte hinauswollte.

»Isst du gern provenzalisches Stockfischpüree?«

»Und wie! Ich vertrage es zwar nicht sehr gut, aber ich esse es trotzdem immer, wenn sich die Gelegenheit dazu bietet.«

»Interessant. Kocht deine Frau es für dich?«

»Nein, zu Hause macht das zu viel Mühe.«

»Du isst es also im Restaurant.«

»Ja.«

»Steht es oft auf der Speisekarte?«

»Ich weiß nicht. Vielleicht ab und zu mal freitags.«

»Und gestern war Mittwoch … Kannst du mich bitte mit Doktor Paul verbinden?«

Der Arzt, der gerade mit seinem Bericht beschäftigt war, wunderte sich nicht über Maigrets Frage.

»Könnten Sie mir sagen, ob das Stockfischpüree getrüffelt war?«

»Sicherlich nicht. Ich hätte sonst Stückchen davon gefunden …«

»Ich danke Ihnen. Siehst du, Janvier, es waren keine Trüffeln drin. Das schließt die Luxusrestaurants aus, wo man sie gewöhnlich dazugibt …

Geh ins Inspektorenbüro hinunter. Torrence und zwei, drei andere sollen dir helfen. Der Telefonist wird zwar schimpfen, weil ihr eine Zeitlang die Leitungen blockieren werdet … Jedenfalls sollt ihr alle möglichen Lokale anrufen, angefangen mit denen, die sich in der Gegend befinden, wo du gestern Erkundigungen eingezogen hast. Findet heraus, ob es in einem von ihnen gestern Abend Stockfisch à la provençale gegeben hat … Oder nein, frage erst alle, die einen südfranzösischen Namen haben. Da besteht die größte Aussicht auf Erfolg.«

Janvier verließ das Zimmer, nicht sehr beglückt über die Aufgabe, mit der man ihn betraut hatte.

»Hast du ein Messer, Moers?«

Der Vormittag schritt voran, und Maigret war noch immer mit seinem Toten beschäftigt.

»Steck die Messerspitze in den Riss im Mantel … Gut. Halte jetzt ganz still.«

Er hob den Mantel ein wenig an, um die Jacke darunter zu sehen.

»Die Risse in den Kleidungsstücken stimmen nicht überein. Setz das Messer jetzt einmal anders an, mehr von links … Jetzt von rechts … Von oben … Von unten …«

»Ich verstehe …«

Ein paar Techniker und Angestellte, die in dem

riesigen Labor arbeiteten, beobachteten die beiden aus den Augenwinkeln und warfen sich belustigte Blicke zu.

»Es passt immer noch nicht. Da ist ein Abstand von gut fünf Zentimetern zwischen dem Riss in der Jacke und dem im Regenmantel. Hol mal einen Stuhl … Und jetzt hilf mir.«

Mit größter Vorsicht setzten sie die Puppe auf den Stuhl.

»Gut. Wenn ein Mensch sitzt, etwa an einem Tisch, kann es passieren, dass sein Mantel nach oben rutscht. Probier das mal aus.«

Doch sosehr sie auch versuchten, die beiden Risse zusammenzubringen, es ging nicht.

»Da haben wir's!«, schloss Maigret, als hätte er soeben eine schwierige Gleichung gelöst.

»Wollen Sie damit sagen, dass er seinen Regenmantel nicht anhatte, als er ermordet wurde?«

»Es sieht ganz danach aus.«

»Aber der Riss im Mantel stammt doch sicher von einem Messer …«

»Das hat man hinterher gemacht, als Täuschungsmanöver. In einem Haus oder einem Restaurant behält man seinen Regenmantel nicht an … Indem der Riss im Mantel künstlich hergestellt wurde, wollte man uns glauben machen, dass der Mann draußen im Freien erstochen worden sei. Wenn man sich aber diese Mühe gemacht hat …«

»… bedeutet das, der Mord wurde im Innern eines Gebäudes begangen«, ergänzte Moers.

»Aus demselben Grund haben die Täter das Risiko auf sich genommen, die Leiche zur Place de la Concorde zu schaffen, wo der Mord nicht stattgefunden hat.«

Maigret klopfte seine Pfeife am Schuhabsatz aus, holte seine Krawatte und betrachtete von neuem die Gliederpuppe, die jetzt im Sitzen noch lebendiger wirkte. Vor allem von hinten oder im Profil, wenn man das farb- und ausdruckslose Gesicht nicht sah, war der Anblick beeindruckend echt.

»Hast du irgendwelche Spuren gefunden?«

»Bisher fast nichts. Aber ich bin noch nicht fertig. An den Schuhsohlen befinden sich immerhin winzige Mengen von ziemlich seltsamen Schmutzablagerungen. Von Wein durchtränkte Erde, wie man sie in einem Weinkeller auf dem Land finden könnte, wo man gerade ein Fass angestochen hat.«

»Mach weiter. Ruf mich dann in meinem Büro an.«

Als er das Zimmer des Chefs betrat, empfing ihn dieser mit den Worten:

»Nun, Maigret, was macht Ihr Toter?«

Es war das erste Mal, dass diese Formulierung fiel. Offenbar hatte man dem Direktor berichtet, dass der Kommissar seit zwei Uhr früh unermüdlich an dem Fall arbeitete.

»Es hat ihn also wirklich erwischt. Ich muss gestehen, gestern kam mir die Sache noch wie ein dummer Scherz vor oder wie die fixe Idee eines Geistesgestörten.«

»Mir nicht. Schon bei seinem ersten Anruf habe ich ihm geglaubt.«

Er hätte nicht sagen können, warum. Sicher nicht, weil der Mann ihn persönlich am Telefon verlangt hatte. Während Maigret mit dem Chef sprach, wanderte sein Blick zum Quai gegenüber, der jetzt in der Sonne lag.

»Der Staatsanwalt hat Richter Coméliau mit der Untersuchung beauftragt. Die Herren begeben sich heute Vormittag zum Gerichtsmedizinischen Institut. Kommen Sie auch?«

»Wozu?«

»Schauen Sie wenigstens bei Coméliau vorbei, oder rufen Sie ihn an. Er ist ziemlich empfindlich.«

Maigret konnte ein Lied davon singen.

»Glauben Sie, es handelt sich um einen Racheakt?«

»Ich weiß es nicht. Ich werde dem nachgehen, obwohl es nicht den Eindruck macht.

Leute aus dem Milieu machen sich gewöhnlich nicht die Mühe, ihre Opfer auf der Place de la Concorde zur Schau zu stellen.«

»Nun, tun Sie einfach Ihr Bestes. Wahrscheinlich wird ihn bald jemand auf dem Foto wiedererkennen.«

»Das würde mich wundern.«

Noch ein Gefühl, das er nicht erklären konnte. Es war einfach da, aber sobald er es in Worte zu fassen versuchte, und sei es nur für sich selbst, geriet alles durcheinander.

Da war immer noch die Sache mit der Place de la Concorde. Man hatte also gewollt, dass die Leiche entdeckt würde, und zwar sehr bald. Es wäre einfacher und weniger riskant gewesen, sie zum Beispiel in die Seine zu werfen, wo es Tage, ja Wochen hätte dauern können, bis man sie herausfischte.

Das Opfer war weder reich noch berühmt gewesen, sondern ein unbedeutender kleiner Mann.

Warum hatte man ihm, wenn man wollte, dass er der Polizei in die Hände fiel, nachträglich das Gesicht zerschlagen und ihm alles aus den Taschen genommen, was seine Identifizierung erleichtert hätte?

Das Etikett in seiner Jacke aber war nicht entfernt worden. Offenbar in dem Wissen, dass es sich um Konfektionsware handelte, wie sie zu Tausenden verkauft wurde.

»Sie sehen besorgt aus, Maigret.«

Und er konnte nur wiederholen:

»Etwas stimmt da nicht.«

Zu viele Einzelheiten, die nicht zueinanderpassten. Besonders eine ließ ihm keine Ruhe, ja kränkte ihn sogar.

Wann war der letzte Anruf erfolgt? Im Grunde war das letzte Lebenszeichen des Mannes der Zettel, den er auf dem Postamt abgegeben hatte.

Da war es noch heller Tag gewesen. Seit elf Uhr morgens hatte der Unbekannte keine Gelegenheit versäumt, mit dem Kommissar in Verbindung zu treten.

Auch auf dem Zettel hatte er ihn noch einmal beschworen, noch dringlicher als zuvor. Er hatte ihn sogar gebeten, die Polizisten zu alarmieren, damit irgendeiner von ihnen ihm auf der Straße auf den leisesten Wink hin zu Hilfe eilen konnte.

Nun war er aber zwischen acht und zehn Uhr abends ermordet worden.

Was hatte er in der Zeit von vier bis acht getan? Er hatte kein Zeichen gegeben, keine Spur hinterlassen. Nur Schweigen, ein Schweigen, das Maigret schon am Vortag beunruhigt hatte, auch wenn er sich nichts hatte anmerken lassen. Es hatte ihn an eine U-Boot-Katastrophe erinnert, die die ganze Welt Minute für Minute am Radio verfolgt hatte. Zuerst hatte man noch die Klopfzeichen der Männer gehört, die in dem auf Grund gesunkenen U-Boot eingeschlossen waren. Man sah vor sich, wie die Suchboote über der Unfallstelle kreuzten. Dann waren die Zeichen immer spärlicher geworden. Und plötzlich, nach langen Stunden, nur noch Stille.

Dieser Unbekannte, Maigrets Toter, hatte keinen triftigen Grund gehabt zu schweigen. In den belebten Straßen von Paris, am helllichten Tag, konnte er unmöglich verschleppt worden sein. Und er war nicht vor acht Uhr getötet worden.

Alles deutete darauf hin, dass er nach Hause gegangen war, schließlich hatte er die Jacke gewechselt.

Dort oder in einem Lokal hatte er zu Abend gegessen. Und zwar in aller Ruhe, denn er hatte sich Zeit genommen für eine Suppe, Stockfischpüree und einen Apfel. Schon allein die Vorstellung dieses Apfels hatte etwas ungeheuer Friedliches!

Warum hatte er sich mindestens zwei Stunden lang nicht gemeldet?

Er hatte nicht gezögert, den Kommissar immer wieder zu stören, ihn anzuflehen, den Polizeiapparat in Bewegung zu setzen.

Dann plötzlich, nach vier Uhr, schien er es sich anders überlegt zu haben, als wollte er die Polizei doch lieber aus dem Spiel lassen.

Das fuchste Maigret. Die Wortwahl war vielleicht unpassend, aber es war fast so, als wäre sein Toter ihm untreu geworden.

»Wie sieht's aus, Janvier?«

Das Inspektorenbüro war blau von Zigarettenrauch, und vier Männer hingen mit ausdruckslosen Blicken an ihren Telefonen.

»Kein Stockfischpüree, Chef!«, sagte Janvier mit einem komischen Seufzer. »Ich habe schon das ganze Viertel abtelefoniert, bin jetzt am Montmartre angelangt, und Torrence ist an der Place Clichy.«

Maigret telefonierte ebenfalls in seinem Büro, allerdings mit einem kleinen Hotel in der Rue Lepic.

»Mit dem Taxi, ja ... Sofort.«

Auf seinem Schreibtisch lagen die in der Nacht aufgenommenen Fotos des Toten, die Morgenzeitungen, Polizeiberichte und ein paar Zeilen des Untersuchungsrichters Coméliau.

»Bist du's, Madame Maigret? ... Ganz gut. Ich weiß noch nicht, ob ich zum Mittagessen nach Hause komme ... Nein, ich habe noch keine Zeit gehabt, mich rasieren zu lassen. Ich will versuchen, noch beim Friseur vorbeizugehen ... Gefrühstückt habe ich, ja.«

Er ging tatsächlich zum Friseur. Vorher gab er dem Bürodiener, dem alten Joseph, Bescheid, dass ein Besucher kommen werde, der auf ihn warten solle. Er musste nur über die Brücke hinüber. Er betrat den ersten Friseursalon am Boulevard Saint-Michel und warf einen missmutigen Blick in den Spiegel, der ihm seine dunkel umschatteten Augen zeigte.

Er wusste, dass er anschließend nicht der Versuchung widerstehen würde, ein Glas Wein in den Caves du Beaujolais zu trinken. Zum einen mochte er die Atmosphäre dieser kleinen Lokale, in denen nicht viel los war und der Wirt sich wie ein alter Bekannter mit einem unterhielt. Außerdem trank er gern Beaujolais, besonders wenn er in kleinen Tonkrügen serviert wurde. Aber es gab noch einen Grund. Er folgte seinem Toten.

»Das war ein komisches Gefühl, Herr Kommissar, als ich es heute Morgen in der Zeitung las. Ich habe nicht viel von ihm mitgekriegt, wie Sie wissen. Aber wenn ich darüber nachdenke, war er ein sympathischer Kerl. Ich sehe ihn noch, wie er wild fuchtelnd hereinkommt. Sicher, er war ganz durcheinander, aber er hatte ein nettes Gesicht. Ich möchte wetten, dass er eigentlich ein fröhlicher Kerl war. Es wird Sie vielleicht wundern, aber je mehr ich darüber nachdenke, desto mehr glaube ich, dass er ein rechter Spaßvogel war ... Er erinnert mich an irgendjemanden ... Schon seit Stunden frage ich mich, an wen.«

»Sieht er jemandem ähnlich?«

»Ja ... nein ... Es ist komplizierter. Er erinnert mich eher an etwas, aber mir fällt nicht ein, woran ... Hat man ihn noch nicht identifiziert?«

Das war ebenfalls merkwürdig, wenn auch nicht vollkommen ungewöhnlich. Die Zeitungen mit dem Foto waren am frühen Morgen erschienen. Zwar war das Gesicht darauf entstellt, aber doch nicht so sehr, dass der Mann für nahe Vertraute, etwa die Ehefrau oder die Mutter, nicht zu erkennen gewesen wäre.

Irgendwo musste er gewohnt haben, und sei es in einem Hotel. Und in der Nacht war er nicht dorthin zurückgekehrt.

In den kommenden Stunden musste ihn also irgendjemand auf dem Foto erkennen oder sein Verschwinden melden.

Und doch rechnete Maigret nicht damit. Er überquerte wieder die Brücke, den angenehmen, leicht herben Geschmack des Beaujolais noch im Mund. Dann stieg er die dunkle Treppe hinauf, wo mancher ihn scheu und ehrfürchtig musterte.

Er warf einen Blick in den verglasten Warteraum. Der Mann, den er erwartet hatte, war bereits da und rauchte lässig im Stehen eine Zigarette.

»Bitte hier entlang.«

Er führte ihn in sein Büro, ließ ihn Platz nehmen und legte selbst Hut und Mantel ab, wobei er seinen Besucher verstohlen beobachtete. Dieser hatte die Fotografie des Toten unmittelbar vor Augen.

»Nun, Fred?«

»Ganz zu Ihren Diensten, Herr Kommissar. Ich war nicht darauf gefasst, dass Sie mich anrufen würden. Ich wüsste nicht, was …«

Er war mager, sehr blass und von einer fast femininen Anmut. Hin und wieder kniff er sich in die Nase, wie es für Rauschgiftsüchtige typisch ist.

»Kennst du ihn?«

»Hab mir gleich gedacht, als ich reinkam und die Fotos sah, dass Sie mich das fragen würden. Den hat man ja ordentlich zugerichtet!«

»Hast du ihn noch nie gesehen?«

Fred nahm seinen Beruf als Polizeispitzel sichtlich ernst. Aufmerksam betrachtete er die Fotos, trat damit sogar ans Fenster.

»Nein. Obwohl …«

Maigret wartete, während er die Kohlen im Ofen auffüllte.

»Nein, doch nicht … Ich bin sicher, dass ich ihn noch nie gesehen habe, auch wenn er mich an etwas erinnert. Schwer zu sagen … Ist jedenfalls keiner aus dem Milieu … Selbst wenn er neu wäre, hätte ich ihn schon mal gesehen.«

»Woran erinnert er dich?«

»Das überlege ich gerade … Sie wissen nicht, was für einen Beruf er hatte?«

»Nein.«

»Auch nicht, in welchem Viertel er gewohnt hat?«

»Leider nein.«

»Aus der Provinz kommt er nicht, das sieht man gleich.«

»Da bin ich mir ebenfalls sicher.«

Maigret hatte am Vortag bemerkt, dass der Anrufer einen ziemlich starken Pariser Akzent hatte, den Akzent der kleinen Leute, wie sie einem in der

Metro, in Vorstadtkneipen oder auf den Tribünen des Velodroms begegneten.

Das brachte ihn auf eine Idee. Er würde der Sache später nachgehen.

»Und eine Nine ist dir auch nicht bekannt?«

»Warten Sie ... Doch, in Marseille ... Sie leitet dort ein Bordell in der Rue Saint-Ferréo.«

»Die ist es nicht, die kenne ich auch. Sie ist mindestens fünfzig Jahre alt.«

Fred betrachtete noch einmal das Foto des Mannes, der etwa dreißig Jahre alt sein musste, und murmelte:

»Das will nichts heißen, wissen Sie!«

»Nimm ein Foto mit und zeig es überall herum. Versuch, etwas herauszubekommen.«

»Sie können sich auf mich verlassen ... Ich hoffe, ich kann Ihnen in ein paar Tagen einen heißen Tipp geben. Nicht in dieser Sache, sondern zu einem Drogenboss. Bis jetzt ist er mir nur unter dem Namen Monsieur Jean bekannt. Ich habe ihn noch nie gesehen. Ich weiß nur, dass er hinter einer ganzen Bande von Händlern steckt. Ich kaufe regelmäßig bei ihnen das Zeug. Kostet mich eine Stange Geld. Falls Sie zufällig etwas übrighaben ...«

Nebenan war Janvier immer noch auf der Suche nach dem Stockfischpüree.

»Sie hatten recht, Chef. Alle sagen, dass es Stockfisch nur am Freitag gibt, und auch dann nicht immer. In der Karwoche manchmal auch mittwochs, aber bis Ostern ist es noch lange hin.«

»Torrence soll alleine weitermachen … Gibt es heute Nachmittag was im Velodrom?«

»Moment, ich sehe in der Zeitung nach.«

Es würde ein Steherrennen stattfinden.

»Nimm ein Foto mit. Zeig es den Ticketverkäufern, den Orangen- und Erdnusshändlern. Geh in alle Kneipen rund ums Stadion, dann in die Lokale an der Porte Dauphine.«

»Sie glauben, er ist ein Sportler gewesen?«

Maigret wusste es nicht. Er hatte eine Ahnung, wie alle anderen, wie der Wirt von den Caves du Beaujolais, wie Fred, der Spitzel, aber sie war vage und nicht zu greifen.

Er sah seinen Toten weder in einem Büro noch als Verkäufer. Und Fred behauptete, er sei nicht aus dem Milieu.

Dagegen war er gern in kleine einfache Lokale gegangen.

Er hatte eine Frau, die Nine hieß. Und Maigret hatte diese Frau kennengelernt.

Bei welchem Anlass? Hätte der Mann davon gesprochen, wenn sie eine von Maigrets »Kunden« gewesen wäre?

»Dubonnet, geh mal bei der Sitte vorbei und lass dir die Liste mit den Mädchen geben, die in den letzten Jahren registriert wurden. Schreibe die

Adressen aller Nines auf, die du darin findest. Und dann gehst du zu ihnen … Verstanden?«

Dubonnet war ein junger Mann, frisch von der Polizeischule, etwas steif, immer tadellos gekleidet und von ausgesuchter Höflichkeit. Vielleicht war es sein Sinn für Ironie, der Maigret dazu bewog, gerade ihn mit dieser Aufgabe zu betrauen.

Einen anderen schickte er in alle kleinen Lokale rings um das Châtelet, die Place des Vosges und die Bastille.

Unterdessen wartete Richter Coméliau, der die Untersuchung von seinem Amtszimmer aus leitete, ungeduldig darauf, dass Maigret sich bei ihm meldete.

»Was ist mit dem gelben Citroën?«

»Ériau kümmert sich darum.«

All das war Routine. Es musste erledigt werden, selbst wenn es zu nichts führte. Auf allen Landstraßen Frankreichs hielten Polizei und Gendarmerie sämtliche gelben Citroëns an und verhörten die Fahrer.

Und ebenso schickte man jemanden in das Warenhaus am Boulevard Sébastopol, wo das Jackett des Toten gekauft worden war, und anschließend in ein Geschäft am Boulevard Saint-Martin, aus dem der Regenmantel stammte.

In der Zwischenzeit nahmen fünfzig weitere Fälle die Inspektoren in Anspruch. Sie kamen und gingen, telefonierten, tippten ihre Berichte. In den Fluren warteten zahlreiche Leute. Man lief von der Fremdenpolizei zum Sittendezernat und vom Sittendezernat zum Erkennungsdienst.

Moers rief an:

»Hören Sie, Chef. Mir ist da etwas aufgefallen, das wahrscheinlich nicht viel zu sagen hat. Aber da ich bislang so wenig gefunden habe, wollte ich es Ihnen auf alle Fälle melden. Wie üblich habe ich ein paar Haare des Toten untersucht und Lippenstiftspuren darauf gefunden.«

Das war fast komisch, und dennoch lachte niemand darüber. Eine Frau hatte Maigrets Toten aufs Haar geküsst, eine Frau mit geschminkten Lippen.

»Es ist ein billiger Lippenstift, und die Frau ist wahrscheinlich brünett, denn es ist ein sehr dunkles Rot.«

Hatte die Frau ihn am Abend geküsst? Als er nach Hause gekommen war und seine Jacke gewechselt hatte?

Wenn er sich umgezogen hatte, bedeutete das, dass er nicht beabsichtigt hatte, noch einmal auszugehen. Ein Mann, der nur auf eine Stunde nach Hause kommt, macht sich nicht die Mühe, die Kleider zu wechseln. Oder aber er müsste unerwartet noch einmal fort.

Aber war es vorstellbar, dass er in seiner Angst und Panik, die ihn durch die Straßen von Paris hetzen und immer wieder die Polizei anrufen ließ, nach Einbruch der Dunkelheit noch einmal hinausgegangen war?

Eine Frau hatte ihn aufs Haar geküsst. Oder sie hatte ihr Gesicht an seine Wange geschmiegt. In jedem Fall war es eine zärtliche Geste gewesen.

Maigret stopfte sich seufzend eine neue Pfeife und blickte auf die Uhr. Es war kurz nach zwölf.

Ungefähr um die gleiche Zeit am Vortag war der Mann über die Place des Vosges mit ihren plätschernden Brunnen gelaufen.

Der Kommissar ging durch die kleine Tür, die die Kriminalpolizei mit dem Palais de Justice verband. Die Roben der Anwälte flatterten wie große schwarze Vögel durch die Flure.

»Na, dann gehen wir mal zu dem alten Fuchs«, brummte Maigret vor sich hin, der Coméliau nie hatte leiden können.

Er wusste, dass der Richter ihn eiskalt empfangen würde, mit dem Satz, der Coméliau als schlimmster Vorwurf galt:

»Ich habe Sie schon erwartet, Herr Kommissar.«

Er wäre sogar imstande gewesen, wie Ludwig XIV. zu sagen:

»Beinahe hätte ich warten müssen.«

Maigret war das herzlich egal.

Seit halb drei Uhr morgens lebte er nur noch für seinen Toten.

3

ch bin erfreut, Herr Kommissar, Sie endlich am Apparat zu haben.«

»Glauben Sie mir, Herr Richter, die Freude ist ganz meinerseits.«

Madame Maigret hob unwillkürlich den Kopf. Es behagte ihr nicht, wenn ihr Mann in diesem sanften, übertrieben freundlichen Ton sprach. Wenn er mit ihr so redete, fing sie jedes Mal sofort zu weinen an, so sehr verstörte es sie.

»Ich habe schon fünf Mal versucht, Sie in Ihrem Büro zu erreichen.«

»Und ich war nicht dort«, seufzte Maigret mit gespielter Bestürzung.

Sie bedeutete ihm, sich in Acht zu nehmen und nicht zu vergessen, dass er mit einem Richter sprach, dessen Schwager noch dazu mehrmals Minister gewesen war.

»Man hat mir eben erst mitgeteilt, dass Sie krank seien.«

»Nur ein bisschen, Herr Richter. Die Leute übertreiben immer. Ein dicker Schnupfen. Nun, so dick ist er auch wieder nicht.«

Dass Maigret so gut gelaunt war, hatte wohl damit zu tun, dass er in Pyjama und flauschigem Morgenrock, die Füße in Pantoffeln, gemütlich zu Hause in seinem Sessel saß.

»Mich wundert nur, dass Sie mich nicht darüber in Kenntnis gesetzt haben, wer Sie vertritt.«

»Wobei vertritt?«

Coméliaus Ton war schroff, kühl, betont sachlich, während der des Kommissars immer herzlicher wurde.

»Ich spreche von dem Fall an der Place de la Concorde. Sie werden sich vermutlich noch erinnern.«

»Ich denke den ganzen Tag daran. Gerade eben sagte ich zu meiner Frau …«

Sie machte noch heftigere Zeichen, um ihm zu verstehen zu geben, dass sie in diese Geschichte nicht hineingezogen werden wollte.

Die Wohnung war klein und warm. Die dunklen Eichenmöbel im Esszimmer stammten noch aus der Anfangszeit ihrer Ehe. Durch die Tüllgardinen konnte man auf der anderen Straßenseite an einer weißen Mauer in großen schwarzen Lettern lesen: *Lhoste & Pépin – Präzisionswerkzeug.*

Seit dreißig Jahren sah Maigret tagtäglich morgens und abends diese Wörter über dem großen Tor des Lagerhauses, vor dem immer zwei, drei Lastwagen mit der gleichen Aufschrift standen, und er hatte sich noch nicht daran sattgesehen.

Im Gegenteil, es machte ihm Freude. Er ließ seinen Blick fast liebevoll über die Wörter schweifen. Und jedes Mal blickte er dann auch ein Stück höher auf die Rückwand eines weiter entfernten Hauses, vor dessen Fenstern Wäsche zum Trocknen hing und, sobald es milder wurde, eine rote Geranie zu sehen war.

Es war wahrscheinlich nicht immer dieselbe Geranie. Aber er hätte schwören können, dass der Blumentopf, so wie er selbst, seit dreißig Jahren da war. In all den Jahren hatte Maigret nie jemanden gesehen, der sich über die Brüstung gebeugt oder die Pflanze gegossen hätte. In dem Zimmer wohnte jemand, das war sicher, aber sein Tagesablauf schien nicht mit dem des Kommissars übereinzustimmen.

»Glauben Sie, Monsieur Maigret, dass Ihre Untergebenen in Ihrer Abwesenheit die Ermittlungen mit der gebotenen Sorgfalt durchführen?«

»Davon bin ich überzeugt, Monsieur Coméliau. Ich weiß es sogar ganz sicher. Sie können sich nicht vorstellen, wie gut es tut, so eine Untersuchung von zu Hause aus zu leiten, fernab von allem Getriebe in einem warmen, ruhigen Zimmer, das Telefon und eine Kanne Kräutertee griffbereit. Ich will Ihnen ein kleines Geheimnis verraten: Ich frage mich, ob ich, wenn dieser Fall nicht wäre, überhaupt krank wäre. Nein, das wäre ich wohl nicht, denn ich habe mich just in der Nacht erkältet, als man an der Place de la Concorde die Leiche fand. Oder am nächsten Morgen, als Doktor Paul und ich nach der Autopsie noch die Quais entlanggingen. Aber das wollte ich gar nicht erzählen. Ohne diesen Fall wäre mein Schnupfen einer von der Sorte, die man durch Nichtbeachtung kuriert, verstehen Sie?«

Das Gesicht von Richter Coméliau, der da in seinem Amtszimmer saß, musste gelb, ja vielleicht grün geworden sein, und die arme Madame Maigret wusste nicht mehr ein noch aus. Wo sie doch solchen Respekt vor gehobenen Positionen und Hierarchien hatte!

»Jedenfalls habe ich hier zu Hause, wo mich meine Frau pflegt, viel mehr Ruhe, um darüber nachzudenken und die Ermittlungen zu leiten. Niemand stört mich, oder doch so gut wie niemand.«

»Maigret!«, rief seine Frau entsetzt.

»Scht!«

Jetzt redete der Richter.

»Finden Sie es normal, dass die Identität des Mannes nach drei Tagen noch immer nicht geklärt ist? Sein Bild ist in allen Zeitungen erschienen. Dabei haben Sie mir erzählt, er sei verheiratet …«

»Ja, das hat er gesagt.«

»Lassen Sie mich bitte ausreden. Er hat also eine Frau, wahrscheinlich auch Freunde. Er hat Nachbarn, einen Vermieter, was weiß ich. Zu bestimmten Zeiten wird man ihn auf der Straße gesehen haben.

Aber noch hat ihn niemand identifiziert oder sein Verschwinden gemeldet. Gut, nicht jeder kennt den Weg zum Boulevard Richard-Lenoir ...«

Armer Boulevard Richard-Lenoir! Warum hatte er nur so einen schlechten Ruf? Sicher, er endete an der Bastille. Und es stimmte auch, dass er von kleinen, dichtbevölkerten Querstraßen durchzogen war. Im Viertel wimmelte es außerdem von Werkstätten und Lagerhäusern. Aber der Boulevard war breit, und in der Mitte gab es sogar einen Rasenstreifen. Freilich verlief die Metro unter dem Gras. Hier und da strömte warme, chlorhaltige Luft aus den Schächten, und alle zwei Minuten erfasste die Häuser bei der Durchfahrt der Züge ein seltsames Beben.

Alles eine Frage der Gewohnheit. Freunde und Kollegen hatten in den letzten dreißig Jahren sicher hundertmal eine Wohnung für Maigret ausfindig gemacht, die in einem, in ihren Worten, »freundlicheren Viertel« lag.

Er hatte sie sich angesehen und gemurmelt:

»Nicht schlecht, in der Tat.«

»Und erst die Aussicht, Maigret!«

»Oh ja.«

»Die Zimmer sind groß und hell.«

»Ja ... Wirklich perfekt ... Es wäre großartig, hier zu wohnen ... Wenn man ...«

Er hatte eine kleine Pause gemacht und dann

66

seufzend den Kopf geschüttelt. »Wenn man dafür nur nicht umziehen müsste!«

Wer den Boulevard Richard-Lenoir nicht mochte, war selbst schuld. Das galt auch für Coméliau.

»Sagen Sie, Herr Richter, haben Sie sich schon einmal eine Trockenerbse in die Nase gesteckt?«

»Wie?«

»Eine Trockenerbse. Ich erinnere mich, dass wir das als Kinder gemacht haben. Versuchen Sie's mal, und schauen Sie sich dann im Spiegel an. Sie werden von dem Ergebnis überrascht sein. Ich wette, mit einer Erbse im Nasenloch wird Sie keiner der Menschen, die Sie Tag für Tag sehen, wiedererkennen. Es verändert ein Gesicht enorm. Und gerade die, die uns am besten kennen, geraten durch die kleinste Veränderung am meisten durcheinander. Nun wissen Sie ja, dass das Gesicht unseres Ermordeten noch schlimmer entstellt wurde, als es durch eine Erbse in der Nase möglich wäre.

Und da ist noch etwas: Die Menschen können sich nur schwer vorstellen, dass ihr Nachbar, ihr Kollege, der Kellner, der sie jeden Mittag bedient, plötzlich ein anderer werden könnte, dass er sich zum Beispiel in einen Mörder oder einen Ermordeten verwandelt. Sie lesen in der Zeitung von einem Verbrechen und haben das Gefühl, dass das in einer anderen Welt geschieht, auf einem anderen Stern. Nicht in ihrer Straße, ihrem Haus.«

»Sie finden es also normal, dass ihn bislang niemand wiedererkannt hat?«

»Es wundert mich nicht allzu sehr. Ich erinnere mich an den Fall einer Ertrunkenen, bei der es sechs Monate gedauert hat. Das war noch zur Zeit des alten Leichenschauhauses, als es noch keine Kühlanlage gab und die Leichen nur durch einen dünnen Wasserstrahl aus einem Wasserhahn gekühlt wurden.«

Madame Maigret seufzte. Sie hatte es aufgegeben, ihn zum Schweigen zu bringen.

»Kurz gesagt, Sie sind zufrieden. Ein Mann ist ermordet worden, und drei Tage danach haben wir weder eine Spur vom Mörder, noch wissen wir etwas über das Opfer.«

»Ich weiß eine Menge kleiner Einzelheiten, Herr Richter.«

»Aber offenbar sind sie so klein, dass Sie es nicht für nötig halten, mich darüber zu informieren, obwohl ich mit dem Fall betraut bin.«

»Ich gebe Ihnen ein Beispiel: Der Mann war auf sein Aussehen bedacht. Er hatte vielleicht keinen Geschmack, aber er war eitel. Das verraten seine Socken und seine Krawatte. Und zu einer grauen Hose und einem Gabardinemantel trug er sehr feine Schuhe aus schwarzem Ziegenleder.«

»Das ist ja wirklich hochinteressant.«

»Hochinteressant, wohl wahr. Vor allem weil er

ein weißes Hemd trug. Würden Sie nicht vermuten, dass ein Mann, der fliederfarbene Socken und Krawatten mit Rankenmustern liebt, ein farbiges, zumindest gestreiftes oder kleingemustertes Hemd bevorzugen würde? Gehen Sie mal in eines der Lokale, in die er uns gerufen hat und in denen er sich offenbar wohlfühlte. Sie werden dort wenig weiße Hemden sehen.«

»Und was schließen Sie daraus?«

»Warten Sie. In mindestens zwei dieser Lokale – Torrence ist noch einmal dorthin gegangen – hat er sich einen Suze-Citron bestellt, als wäre er das so gewohnt.«

»Sehr schön, wir kennen also seinen Geschmack, was Aperitifs betrifft.«

»Haben Sie schon einmal einen Suze getrunken, Herr Richter? Das ist ein bitteres Getränk, das nur wenig Alkohol enthält. Kein sehr verbreiteter Aperitif. Und mir ist aufgefallen, dass Leute, die ihn sich bestellen, nicht in die Kneipe gehen, um sich mit einem Drink in Stimmung zu bringen, sondern meist geschäftlich dort sind, Handlungsreisende zum Beispiel, die sich viele Runden spendieren lassen müssen.«

»Sie schließen daraus, dass der Tote Handlungsreisender war?«

»Nein.«

»Sondern?«

»Augenblick noch. Er wurde von fünf oder sechs Personen gesehen, deren Zeugenaussagen wir haben. Aber niemand kann ihn genau beschreiben. Die meisten bezeichnen ihn als einen kleinen, aufgeregt gestikulierenden Mann. Da ist noch etwas. Moers hat es heute Morgen entdeckt. Er ist ein gewissenhafter junger Mann, der nie mit seiner Arbeit zufrieden ist und sie unaufgefordert noch einmal überprüft. Nun, Moers hat also entdeckt, dass der Tote einen Entengang gehabt hat.«

»Was?«

»Einen Entengang! Das heißt, er hat die Fußspitzen nach außen gesetzt.«

Maigret gab seiner Frau durch einen Wink zu verstehen, dass sie ihm eine neue Pfeife stopfen sollte. Er verfolgte die Prozedur aus den Augenwinkeln und achtete darauf, dass sie den Tabak nicht zu fest klopfte.

»Ich komme wieder auf die Beschreibungen zurück, die wir haben. Sie sind sehr vage, und dennoch hatten zwei von fünf Personen den gleichen Eindruck. ›Ich bin mir nicht sicher‹, meinte der Wirt von den Caves du Beaujolais. ›Aber er erinnert mich an etwas … Nur an was?‹ Nun, Filmschauspieler war er nicht. Nicht einmal Statist, ein Inspektor hat das überprüft. Ebenso wenig war er Politiker oder Richter …«

»Maigret!«, rief seine Frau.

Er zündete sich die Pfeife an, sprach weiter und stieß zwischen den Worten' kleine Rauchwolken aus.

»Was meinen Sie, Herr Richter, zu welchem Beruf könnten diese Details passen?«

»Ich bin kein Freund von Rätseln.«

»Wissen Sie, wenn man das Haus hüten muss, hat man Zeit zum Nachdenken. Fast hätte ich das Wichtigste vergessen. Wir haben natürlich in ganz verschiedenen Kreisen nachgeforscht. Die Radrennen und Fußballspiele waren unergiebig. Auch alle Inhaber von Wettbüros habe ich vernehmen lassen ... Ich weiß nicht warum, aber ich hatte so ein Gefühl, dass unser Mann dort ein- und ausging. Aber das hat auch nichts ergeben ...«

Maigret hatte eine Engelsgeduld. Es schien ihm sogar Freude zu bereiten, das Telefonat in die Länge zu ziehen.

»Bei den Pferderennen selbst hingegen hat Lucas mehr Erfolg gehabt ... Das dauerte seine Zeit ... Man kann nicht sagen, dass er eindeutig identifiziert ist. Sein Gesicht war schließlich entstellt ... Nicht zu vergessen die Tatsache, dass man gewöhnlich die Menschen nicht tot sieht, sondern lebendig, und dass der Tod einen Menschen sehr verändert ... Aber immerhin, auf der Rennbahn erinnerten sich einige an ihn. Er saß nicht auf der Tribüne, sondern schaute gewöhnlich auf dem Rasen zu. Nach der

Aussage eines Mannes, der mit Renntipps handelt, war er ziemlich häufig dort.«

»Und das hat nicht ausgereicht, um seine Identität festzustellen?«

»Nein, aber das und alles Übrige, was ich Ihnen erzählt habe, lässt mich fast mit Sicherheit sagen, dass er im Schankgewerbe war. Und damit meine ich Kellner, Tellerwäscher, Barkeeper oder Gastwirte. Denken Sie daran, dass alle Kellner sich ähneln. Sie gleichen sich nicht aufs Haar, aber sie kommen einem doch bekannt vor. Immer wieder passiert es einem, dass man einen Kellner wiederzuerkennen glaubt, den man nie zuvor gesehen hat. Die meisten von ihnen haben beanspruchte Füße, was sich von selbst versteht. Achten Sie einmal darauf. Sie tragen weiche, geschmeidige Schuhe, fast wie Pantoffeln. Nie werden Sie einen Kellner in festem Schuhwerk mit verstärkten Sohlen sehen. Auch tragen sie von Berufs wegen meist weiße Hemden. Und ich behaupte zwar nicht, dass das immer so sein muss, aber viele von ihnen haben einen Entengang. Hinzu kommt, dass Kellner aus unerfindlichen Gründen eine Vorliebe für Pferderennen haben. Viele von ihnen, die früh am Morgen oder in der Nacht arbeiten müssen, gehen regelmäßig zu Rennen.«

»Und aus alldem schließen sie, dass der Mann Kellner gewesen ist?«

»Nein, gerade nicht.«

»Jetzt verstehe ich überhaupt nichts mehr.«

»Er war im Schankgewerbe, aber kein Kellner. Ich habe stundenlang darüber nachgedacht, während ich hier vor mich hin döste.«

Sicherlich zuckte dieser Eisblock von einem Richter bei jedem Wort zusammen.

»Alles, was ich gerade über die Kellner gesagt habe, trifft genauso auf die Wirte zu. Ich möchte mich nicht brüsten, aber ich habe von Anfang an den Eindruck gehabt, dass mein Toter kein Angestellter war, sondern selbstständig. Deswegen habe ich heute Morgen um elf mit Moers telefoniert. Das Hemd liegt immer noch beim Erkennungsdienst, und ich erinnerte mich nicht mehr, in welchem Zustand es gewesen war. Er hat es noch einmal genau untersucht. Wir hatten Glück, denn es hätte genauso gut neu sein können. Jeder zieht irgendwann einmal ein neues Hemd an. Aber durch einen Zufall war es nicht neu. Es ist sogar am Kragen schon ziemlich abgenutzt.«

»Weil Gastwirte ihre Hemden besonders am Kragen abtragen?«

»Nein, Herr Richter, nicht mehr als andere Leute. An den Manschetten hingegen nutzen sie sie überhaupt nicht ab. Ich spreche von einfachen Kneipen, nicht von den mondänen Bars an der Oper oder auf den Champs-Élysées. Ein Wirt, der ständig die

Hände in Wasser oder Eis tauchen muss, krempelt die Hemdsärmel hoch. Und Moers hat mir nun bestätigt, dass der Kragen stark abgenutzt, ja fast zerschlissen ist, die Manschetten aber aussehen wie neu.«

Zu Madame Maigrets Verwunderung sprach er jetzt im Brustton tiefster Überzeugung.

»Und dann nehmen Sie noch die Sache mit dem Stockfischpüree …«

»Das ist wohl auch so eine Vorliebe von Gastwirten?«

»Nein, Herr Richter. Aber es gibt in Paris eine Unmenge kleiner Kneipen, in denen man auch etwas essen kann. Schmucklos, ohne Tischtuch. Meist kocht die Wirtin selbst, und es gibt nur ein Tagesgericht. Zu bestimmten Zeiten ist dort nichts los, und der Wirt hat einen Teil des Nachmittags frei. Deshalb telefonieren sich seit heute Morgen zwei Inspektoren durch sämtliche Viertel von Paris. Sie haben am Hôtel de Ville und der Bastille begonnen, weil unser Mann sich in dieser Gegend aufgehalten hat. Die Pariser hängen leidenschaftlich an ihren Vierteln, man könnte meinen, sie würden sich nur dort sicher fühlen.«

»Rechnen Sie damit, den Fall bald aufzuklären?«

»Ja, über kurz oder lang. Habe ich Ihnen überhaupt schon alles erzählt? Ah ja, ich muss Ihnen noch von dem Lackfleck berichten.«

»Von was für einem Lackfleck?«

»Am Hosenboden. Wieder war es Moers, der ihn entdeckt hat, obwohl er kaum sichtbar ist. Moers meint, es sei frischer Lack, irgendein Möbelstück müsse damit erst vor drei oder vier Tagen gestrichen worden sein. Darauf habe ich in den Bahnhöfen recherchieren lassen, zunächst in der Gare de Lyon.«

»Warum in der Gare de Lyon?«

»Weil sie gleichsam zum Bastilleviertel gehört.«

»Und warum überhaupt in einem Bahnhof?«

Maigret seufzte. Lieber Himmel, was man alles erklären musste! Wie konnte ein Untersuchungsrichter so wenig Sinn für die grundlegenden Dinge haben! Wie konnte jemand, der nie einen Fuß in eine Kneipe oder ein Wettbüro oder auf die Rennbahn gesetzt hatte, behaupten, in der Seele von Verbrechern zu lesen?

»Sie haben doch sicher meinen Bericht vor sich liegen.«

»Ich habe ihn schon mehrmals gelesen.«

»Als ich am Mittwochvormittag um elf den ersten Anruf bekam, fühlte sich der Mann schon lange verfolgt, zumindest seit dem Vortag. Er hatte nicht gleich daran gedacht, die Polizei zu benachrichtigen, er hoffte, allein damit fertig zu werden. Trotzdem hatte er große Angst. Er wusste, dass man ihm nach dem Leben trachtete. Darum musste er alle menschenleeren Orte meiden. Die Menge war sein einziger Schutz. Er wagte auch nicht mehr, nach Hause zu gehen, weil man ihm dorthin nachgegangen wäre und ihn umgebracht hätte. Selbst in Paris gibt es nur wenige Lokale, die die ganze Nacht geöffnet sind. Außer den Nachtclubs am Montmartre herrscht nur in den Wartesälen der Bahnhöfe durchgehend Betrieb. Nun, und die Bänke des Wartesaals dritter Klasse in der Gare de Lyon sind am Montag frisch gestrichen worden. Und laut Moers ist der Lack mit dem an der Hose identisch.«

»Hat man die Bahnangestellten verhört?«

»Ja, und man tut es weiterhin, Herr Richter.«

»So haben Sie also trotz allem einige Ergebnisse erzielt.«

»Ja, trotz allem. Ich weiß auch, wann unser Mann es sich anders überlegt hat.«

»Es sich anders überlegt hat?«

Madame Maigret goss ihrem Mann eine Tasse Kräutertee ein und gab ihm ein Zeichen, ihn zu trinken, solange er heiß war.

»Wie gesagt, anfangs hoffte er noch, alleine durchzukommen. Am Mittwochvormittag kam ihm dann der Gedanke, sich an mich zu wenden. Das hat er bis etwa vier Uhr nachmittags mehrmals gemacht. Was danach geschehen ist, weiß ich nicht. Vielleicht ist er, nachdem er seinen letzten Hilferuf vom Postamt am Faubourg Saint-Denis an uns gesandt hatte, zu der Überzeugung gelangt, dass es ja doch nichts nützen würde. Jedenfalls ist er ungefähr eine Stunde später, gegen fünf, in eine Brasserie in der Rue Saint-Antoine gegangen.«

»Hat sich also schließlich doch ein Zeuge gefunden?«

»Nein, Herr Richter. Janvier hat es herausbekommen, als er in allen Lokalen das Foto herumgezeigt und die Kellner befragt hat. Der Mann hat sich einen Suze bestellt – eine Verwechslung ist also nahezu ausgeschlossen – und um einen Briefumschlag gebeten. Keinen Briefbogen, nur einen Umschlag. Er hat ihn hastig in seine Tasche gesteckt und ist zur Telefonkabine geeilt, nachdem er sich noch eine Münze von der Kasse geholt hatte. Die Verbindung ist zustande gekommen. Die Kassiererin hat gehört, wie die Münze heruntergefallen ist.«

»Aber Sie hat er da nicht angerufen?«

»Nein«, räumte Maigret mit einer gewissen Bitterkeit ein. »Der Anruf war nicht für uns bestimmt. Er hat sich an jemand anderen gewandt, verstehen Sie? Was das gelbe Auto betrifft …«

»Haben Sie etwas darüber erfahren?«

»Wir haben ein paar vage Hinweise bekommen, die aber übereinstimmen. Kennen Sie den Quai Henri-IV?«

»Bei der Bastille?«

»Ganz richtig. Wie Sie sehen, hat sich alles in derselben Gegend abgespielt. Beinahe meint man, sich im Kreis zu drehen. Der Quai Henri-IV ist eine der ruhigsten Straßen von Paris. Es gibt dort keinen Laden, kein Lokal, nur Wohnhäuser. Ein junger Telegrammbote hat am Mittwochabend das gelbe Auto gesehen, genau um zehn nach acht. Es ist ihm aufgefallen, weil es gegenüber dem Haus Nummer 63, wo er ein Telegramm abgeben musste, eine Panne hatte. Zwei Männer waren über die geöffnete Motorhaube gebeugt.«

»Hat er sie Ihnen beschreiben können?«

»Nein, es war dunkel.«

»Hat er sich das Kennzeichen gemerkt?«

»Auch nicht. Die Leute achten nur selten auf Nummernschilder, Herr Richter. Interessant ist aber, dass der Wagen in Richtung Pont d'Austerlitz stand. Und dass es zehn nach acht war, denn durch die Obduktion wissen wir, dass der Mord zwischen acht und zehn Uhr begangen wurde.«

»Glauben Sie, Ihr Gesundheitszustand erlaubt es Ihnen, bald wieder das Haus zu verlassen?«

Der Richter war ein wenig besänftigt, blieb aber hartnäckig.

»Ich weiß es nicht.«

»In welche Richtung werden Sie jetzt ermitteln?«

»In keine Richtung. Ich warte. Es ist das Einzige, was man tun kann, nicht wahr? Wir sind an einem toten Punkt angelangt. Wir – vielmehr meine Leute – haben alles getan, was wir konnten. Jetzt bleibt uns nichts anderes übrig, als zu warten.«

»Worauf?«

»Auf was auch immer. Irgendetwas wird sich ergeben. Die Aussage eines Zeugen. Oder ein neuer Hinweis.«

»Und Sie glauben, das wird passieren?«

»Es bleibt zu hoffen.«

»Ich danke Ihnen. Ich werde den Staatsanwalt über unser Gespräch informieren.«

»Richten Sie ihm meine besten Grüße aus.«

»Gute Besserung, Herr Kommissar.«

»Ich danke Ihnen, Herr Richter.«

Mit feierlicher Miene legte Maigret den Hörer auf. Er warf einen verstohlenen Blick auf Madame Maigret, die ihre Strickarbeit wieder aufgenommen hatte, aber besorgt aussah.

»Meinst du nicht, dass du zu weit gegangen bist?«

»Inwiefern?«

»Gib zu, dass du nicht ernst warst.«

»Und ob ich das war.«

»Du hast dich doch unaufhörlich über ihn lustig gemacht.«

»Glaubst du?«

Er schien ehrlich erstaunt darüber zu sein. Denn im Grunde hatte er in vollem Ernst gesprochen. Alles, was er gesagt hatte, entsprach der Wahrheit, sogar seine Zweifel hinsichtlich der Erkältung. Es kam immer wieder vor, dass er sich, wenn eine Ermittlung nicht voranging, ins Bett legte oder zumindest zu Hause blieb. Da wurde er gehätschelt, mit Samthandschuhen angefasst. So entging er dem ständigen Hin und Her, dem Lärm, den lästigen Fragen und tausend anderen kleinen Widrigkeiten des Büroalltags. Seine Mitarbeiter besuchten ihn zu Hause oder telefonierten mit ihm, und alle verhielten sich rücksichtsvoll. Man erkundigte sich nach seinem Befinden. Und wenn er brav seine Gesundheitstees trank – wenn auch nur mit verzogenem Gesicht –, bereitete ihm Madame Maigret gelegentlich einen Grog zu.

Im Grunde hatte er manches mit seinem Toten gemein. In Wahrheit, so dachte er plötzlich, war es nicht so sehr der Umzug selbst, vor dem ihm graute, sondern der Umstand, dass sich damit seine Umgebung verändern würde. Die Vorstellung, dass er nach dem Aufwachen nicht mehr die Worte *Lhoste & Pépin* sehen, dass er nicht mehr denselben Weg zur Arbeit nehmen würde, den er meist zu Fuß zurücklegte …

Der Tote und er waren beide mit ihrem Viertel verwachsen. Und diese Feststellung gefiel ihm. Er klopfte seine Pfeife aus und stopfte sich eine neue.

»Glaubst du wirklich, dass er Kneipier war?«

»Vielleicht habe ich ein klein wenig übertrieben, als ich das so sicher behauptet habe, aber, da ich's nun einmal gesagt habe, möchte ich, dass es so ist. Außerdem ist es nur logisch.«

»Was ist logisch?«

»Alles, was ich erzählt habe. Eigentlich hatte ich nicht vor, so viel darüber zu sagen. Ich kam etwas ins Improvisieren, aber dann habe ich gemerkt, dass alles stimmig ist, und habe einfach weitergeredet.«

»Und was ist, wenn er Schuhmacher oder Schneider gewesen ist?«

»Das hätte Dr. Paul mir gesagt. Und Moers ebenfalls.«

»Woher sollten sie das wissen?«

»Der Doktor hätte es an den Schwielen und Deformierungen der Hände erkennen können; und Moers am Staub in den Kleidern.«

»Und wenn er trotzdem etwas ganz anderes gewesen ist als Gastwirt?«

»Dann ist das eben so. Gib mir doch bitte mein Buch.«

Das war auch so eine Gewohnheit, dass er sich, wenn er krank war, in einen Roman von Alexandre Dumas versenkte. Er besaß die gesammelten Werke in einer alten Volksausgabe mit romantischen Stichen. Die Seiten waren schon ganz vergilbt, und allein der Geruch, der den Bänden entströmte, erinnerte ihn an all die kleinen Krankheiten seines Lebens.

Der Ofen knisterte, und die Stricknadeln klapperten. Wenn er aufblickte, sah er das Messingpendel der Standuhr aus dunkler Eiche hin- und herschwingen.

»Du solltest noch ein Aspirin nehmen.«

»Wenn du meinst.«

»Warum denkst du, dass er sich an jemand anderen gewandt hat?«

Die gute Madame Maigret! Sie hätte ihm so gern geholfen. Normalerweise wagte sie nicht, ihn nach seiner Tätigkeit zu fragen – allenfalls, wann er nach Hause und zum Essen komme –, aber wenn er krank war und sie ihn arbeiten sah, war sie doch ein bisschen beunruhigt. Im Grunde, in ihrem tiefsten Innern, schien sie zu denken, dass er nichts wirklich ernst nahm.

Bei der Kriminalpolizei war er wahrscheinlich anders, handelte und sprach dort wie ein richtiger Kommissar.

Das Gespräch mit Richter Coméliau – ausgerechnet mit dem! – machte ihr zu schaffen, und man sah ihr an, dass sie unaufhörlich daran dachte, während sie leise ihre Maschen zählte.

»Sag mal, Maigret …«

Er sah unwillig auf, weil er in seine Lektüre vertieft gewesen war.

»Da ist etwas, was ich nicht verstehe. Als du von der Gare de Lyon sprachst, hast du gesagt, der Mann hätte nicht gewagt, nach Hause zu gehen, weil man ihn verfolgt hätte.«

»Ja, das habe ich wohl gesagt.«

»Gestern hast du aber gesagt, dass er vermutlich die Jacke gewechselt hat.«

»Ja. Und?«

»Und dann hast du dem Richter von dem Stockfischpüree erzählt, als hätte er es in seinem eigenen Lokal gegessen. Also ist er dorthin zurückgekehrt. Also hatte er keine Angst mehr, dass man ihm nach Hause folgt.«

Hatte Maigret wirklich vorher schon daran gedacht? Oder antwortete er ihr jetzt aufs Geratewohl?

»Das passt sehr gut zusammen.«

»Aha!«

»Am Bahnhof war er Dienstagabend. Da hatte er mich noch nicht angerufen und hoffte noch, seinem Verfolger zu entkommen.«

»Und am nächsten Tag? Glaubst du, dass er da nicht mehr verfolgt wurde?«

»Doch, wohl schon. Es ist sogar wahrscheinlich. Nur habe ich auch gesagt, dass er es sich gegen fünf Uhr anders überlegt hatte. Vergiss nicht, dass er ein Telefongespräch geführt und um einen Briefumschlag gebeten hat.«

»Das stimmt.«

Obwohl sie nicht überzeugt war, fügte sie seufzend hinzu:

»Du hast sicherlich recht.«

Sie schwiegen. Von Zeit zu Zeit blätterte Maigret eine Seite um, und der Strumpf auf Madame Maigrets Schoß wurde ein klein wenig länger.

Sie öffnete den Mund, machte ihn aber gleich wieder zu. Ohne aufzublicken, murmelte er:

»Sag schon!«

»Es ist nichts. Es hat bestimmt nichts zu bedeuten. Ich dachte nur eben, dass er sich getäuscht hat. Weil er ja trotzdem ermordet worden ist …«

»Worin getäuscht?«

»Darin, nach Hause zu gehen. Aber entschuldige, lies nur weiter.«

Er las jedoch nicht, jedenfalls nicht aufmerksam, denn gleich darauf hob er wieder den Kopf.

»Du vergisst die Panne«, sagte er.

Und es war, als ob sich seinem Denken ein neuer Weg öffnete, als ob ein Riss entstünde, durch den er einen Blick auf die Wahrheit erhaschte.

»Man müsste nur wissen, wie lange es genau gedauert hat, bis die Panne an dem Auto behoben war.«

Er sprach nicht mehr zu ihr, sondern zu sich selbst. Sie wusste es und hütete sich wohlweislich, ihn noch einmal zu unterbrechen.

»Eine Panne ist etwas Unvorhergesehenes. Ein Zwischenfall, der alle Pläne durcheinanderbringt. Das heißt, die Dinge sind anders verlaufen, als sie sollten.«

Er warf seiner Frau einen seltsamen Blick zu. Im Grunde war sie es, die ihn auf die richtige Spur gebracht hatte.

Womöglich ist er wegen dieser Panne gestorben.

Hastig klappte er sein Buch zu, legte es in seinen Schoß, streckte die Hand zum Telefon aus und wählte die Nummer der Kriminalpolizei.

»Gib mir mal Lucas, mein Guter. Wenn er nicht in seinem Büro ist, findest du ihn in meinem … Bist du's, Lucas? … Wie? … Was Neues? … Warte einen Augenblick …«

Er wollte als Erster sprechen, aus Angst, man könnte ihm mitteilen, was er soeben selbst entdeckt hatte.

»Schick jemanden zum Quai Henri-IV, Ériau oder Dubonnet, wenn sie gerade da sind. Sie sollen alle Concierges und alle Mieter verhören, nicht nur im Haus Nummer 63 und den Nachbarhäusern, sondern in allen Gebäuden. Der Quai ist nicht lang. Sicher hat jemand das gelbe Auto gesehen. Ich möchte so genau wie möglich wissen, wann es die Panne gehabt hat und wann es weitergefahren ist. Halt, das ist noch nicht alles. Die Insassen des

Wagens haben vielleicht ein Ersatzteil gebraucht. Es gibt sicher ein paar Autowerkstätten in der Nähe. Da sollen sie auch hingehen. Für den Augenblick ist das alles. Jetzt bist du dran!«

»Moment, Chef, ich gehe in ein anderes Büro.«

Das bedeutete, dass Lucas nicht allein war und dass er in Gegenwart der anderen Person nicht sprechen wollte.

»Hallo? … Da bin ich wieder. Mir ist lieber, sie hört das Gespräch nicht mit an. Es geht noch um das Auto. Vor einer halben Stunde ist hier eine alte Frau aufgetaucht. Ich habe sie in Ihrem Büro empfangen. Leider scheint sie ein bisschen verrückt zu sein …«

Das war nicht zu vermeiden. Sobald ein Fall größere Wellen schlug, fanden sich alle Verrückten von Paris bei der Kriminalpolizei ein.

»Sie wohnt am Quai de Charenton, ein Stück hinter den Lagerhäusern von Bercy.«

Das erinnerte Maigret an eine Untersuchung, die er vor einigen Jahren in einem merkwürdigen kleinen Haus in dieser Gegend durchgeführt hatte. Er sah wieder den Quai de Bercy vor sich, das Eisentor vor der Lagerhalle zur Linken, die großen Bäume und die steinerne Ufermauer zur Rechten. Hinter einer Brücke, deren Namen er vergessen hatte, verbreitete sich der Quai. Auf der einen Seite standen kleine ein- oder zweistöckige Einfamilienhäuser, die mehr an einen Vorort denken ließen als an die Stadt. Es gab an dieser Stelle viele Frachtkähne, und der Kommissar sah auch den Hafen vor sich, der über und über mit Fässern bedeckt war.

»Und was macht diese alte Frau?«

»Das ist der Haken an der Sache. Sie ist Kartenlegerin und Hellseherin, eine von der besonders hellsichtigen Sorte.«

»Hm.«

»Ja, das habe ich auch gedacht. Sie redet wie ein Wasserfall und sieht einen dabei so eindringlich an, dass man fast verlegen wird. Erst hat sie behauptet, dass sie nie Zeitung lese. Das sei auch gar nicht nötig, weil sie sich bloß in Trance zu versetzen brauche, um über alles im Bilde zu sein.«

»Hast du ihr auf den Zahn gefühlt?«

»Ja. Und schließlich hat sie zugegeben, dass sie vielleicht doch einen Blick in die Zeitung geworfen hat, die eine Kundin bei ihr hatte liegen lassen.«

»Und weiter?«

»Sie hat die Beschreibung des gelben Autos gelesen. Sie behauptet, sie habe es Mittwochabend gesehen, kaum hundert Meter von ihrem Haus entfernt.«

»Um welche Zeit?«

»Gegen neun.«

»Hat sie auch die Insassen gesehen?«

»Sie hat zwei Männer in ein Haus gehen sehen.«

»Kann sie das Haus genauer bestimmen?«

»Es ist ein kleines Lokal an einer Ecke des Quais und einer Nebenstraße. Es heißt Petit Albert.«

Maigret biss auf das Mundstück seiner Pfeife und hielt den Blick gesenkt, damit Madame Maigret das Flackern in seinen Augen nicht sah.

»Ist das alles?«

»So ungefähr. Alles, was mir interessant schien. Sie hat eine halbe Stunde lang wie wild auf mich eingeredet. Vielleicht wäre es das Beste, Sie sprächen einmal mit ihr.«

»Du liebe Güte …«

»Soll ich sie zu Ihnen bringen?«

»Einen Moment noch. Weiß man, wie lange das Auto vor dem Petit Albert gestanden hat?«

»Ungefähr eine halbe Stunde.«

»Ist es dann Richtung Stadt weitergefahren?«

»Nein, Richtung Charenton.«

»Und es wurde kein größeres Paket in den Wagen getragen? Du weißt, was ich meine.«

»Nein. Die Alte behauptet felsenfest, die Männer hätten nichts getragen. Und das will mir einfach nicht in den Kopf. Dann ist da noch die Uhrzeit. Ich möchte bloß wissen, was die Kerle von neun Uhr abends bis ein Uhr morgens mit der Leiche gemacht haben – doch wohl keine Landpartie. Soll ich Ihnen nun die seltsame Alte bringen?«

»Ja. Ruf ein Taxi und lass es dann warten. Bring noch einen Inspektor mit. Er soll unten im Wagen mit der Alten warten.«

»Wollen Sie denn ausgehen?«

»Ja.«

»Und was ist mit Ihrer Bronchitis?«

Das war liebenswürdig von Lucas; er sagte Bronchitis statt Schnupfen, weil das ernster klang.

»Mach dir keine Sorgen.«

Madame Maigret rutschte unruhig auf ihrem Stuhl herum und öffnete den Mund.

»Und sag dem Inspektor, er soll sie nicht entwischen lassen, während du hier oben bist. Manche Leute neigen dazu, urplötzlich ihre Meinung zu ändern.«

»Das ist bei ihr wohl nicht der Fall. Sie will unbedingt ihr Foto in der Zeitung sehen, mit Berufsbezeichnung und allem. Sie hat mich schon nach den Fotografen gefragt.«

»Gut, dann lass sie erst noch fotografieren, wenn's ihr Freude macht.«

Er legte auf, sah seine Frau verschmitzt an, blickte dann auf seinen Alexandre Dumas hinunter, mit dem er wohl auch diesmal nicht fertig werden würde – das Buch würde auf die nächste Krankheit warten müssen –, und warf noch einen verächtlichen Blick auf die Tasse Kräutertee.

Dann rief er: »An die Arbeit!«, stand auf, ging

zum Schrank hinüber und holte die Flasche Calvados und ein kleines Glas mit Goldrand heraus.

»Das viele Aspirin zum Schwitzen hättest du dir
sparen können!«

4

Zum Geschichtenschatz der Kriminalpolizei gehörte eine Reihe berühmter Beschattungsaktionen, die jeder Neuling unweigerlich erzählt bekam. Darunter eine, die schon fünfzehn Jahre zurücklag, in der Maigret die Hauptrolle spielte. Es war im Spätherbst gewesen, in dieser besonders scheußlichen Jahreszeit, vor allem in der Normandie, wo der bleierne Himmel die Tage noch kürzer macht. Drei Tage und zwei Nächte lang hatte der Kommissar an einem Gartentor ausgeharrt, an einer verlassenen Straße in der Nähe von Fécamp, und darauf gewartet, dass ein Mann aus dem gegenüberliegenden Haus herauskam. Weit und breit gab es kein anderes Gebäude, nichts als Felder ringsum. Selbst die Kühe waren nicht mehr auf der Weide. Er hätte zwei Kilometer laufen müssen, um ein Telefon zu erreichen und um Ablösung zu bitten. Niemand wusste, dass er dort stand. Er hatte es selbst nicht so geplant.

Drei Tage und zwei Nächte lang hatte es in Strömen geregnet, ein eisiger Regen, der schließlich sogar den Tabak in seiner Pfeife durchnässt hatte.

Gerade einmal drei Bauern in Holzschuhen waren vorbeigekommen. Sie hatten ihn misstrauisch gemustert und waren dann schleunigst weitergegangen. Maigret hatte nichts zu essen und nichts zu trinken bei sich gehabt, doch das Schlimmste war, dass ihm am Ende des zweiten Tages die Streichhölzer für seine Pfeife ausgegangen waren.

Lucas konnte ebenfalls mit einer Geschichte aufwarten, die als »Die Sache mit dem alten Invaliden« bekannt war. Um ein kleines Hotel zu überwachen – das sich übrigens in der Rue de Birague, nahe der Place des Vosges befand –, hatte er sich in einem Zimmer gegenüber eingemietet, getarnt als gelähmter Greis, den eine Schwester jeden Morgen ans Fenster schob, wo er den ganzen Tag sitzen blieb. Ein prächtiger Vollbart umrahmte sein Gesicht. Das Essen wurde ihm mit dem Löffel eingeflößt. Zehn Tage lang war das so gegangen. Danach war er so steif gewesen, dass er kaum noch gehen konnte.

An diese und andere Geschichten musste Maigret in dieser Nacht denken, und er ahnte, dass die bevorstehende Aktion ebenso berühmt werden würde. Ebenso bedeutsam jedenfalls, zumindest für ihn. Es glich einem Spiel, dem er sich mit dem allergrößten Ernst widmete. Und so hatte er um sieben Uhr, als Lucas sich zum Gehen rüstete, ganz selbstverständlich gefragt: »Du nimmst doch noch ein Gläschen?«

Die Fensterläden des Lokals waren geschlossen, so wie sie sie vorgefunden hatten. Die Lampen brannten. Es herrschte eine Atmosphäre wie in jeder anderen kleinen Kneipe nach Feierabend. Die Tische standen an ihrem Platz, und der Fußboden war mit Sägespänen bestreut.

Maigret hatte zwei Gläser aus dem Regal genommen.

»Grenadine oder Cassis?«

»Cassis.«

Als wollte er sich noch mehr mit dem toten Wirt identifizieren, hatte er sich einen Suze eingeschenkt.

»Was meinst du, wer könnte hier übernehmen?«

»Chevrier. Seine Eltern haben ein Hotel in Moret-sur-Loing, und er hat dort mitgeholfen, bis er zum Militär musste.«

»Ruf ihn noch heute Abend an, damit er vorbereitet ist. Auf dein Wohl! Er braucht nur noch eine Frau, die kochen kann.«

»Das kriegt er schon hin.«

»Noch ein kleiner Wermut?«

»Danke, ich mach mich lieber auf den Weg.«

»Schick mir Moers her. Er soll alles mitbringen, was er für seine Arbeit braucht.«

Maigret begleitete Lucas zur Tür und betrachtete einen Moment lang den verlassenen Quai, die aufgereihten Fässer und die für die Nacht vor Anker liegenden Lastkähne.

Es war ein pittoreskes Lokal, wie man es häufig sieht, nicht in Paris selbst, sondern in den Vorstädten: ein einstöckiges Eckhaus mit rotem Ziegeldach und gelbgestrichenen Mauern, auf denen in großen braunen Lettern AU PETIT ALBERT zu lesen war. Rechts und links davon stand in kindlichen Schnörkeln geschrieben: *Wein – Durchgehende Küche*. Hinten im Hof hatte der Kommissar unter einem Vordach grüne Kübel mit Ziersträuchern gesehen, die man im Sommer wohl zusammen mit zwei, drei Tischen auf den Gehweg stellte, um eine Terrasse zu bilden.

Er fühlte sich schon ganz heimisch in dem leeren Haus. Da seit mehreren Tagen nicht geheizt worden war, war es kalt und feucht, und mehrmals schielte Maigret zu dem großen Ofen in der Mitte der Gaststube, dessen schwarz glänzendes Rohr sich durch den ganzen Raum zog, ehe es in einer Wand verschwand.

Warum sollte er eigentlich nicht Feuer machen, zumal der Kohleeimer doch fast voll war? Unter dem Vordach im Hof entdeckte er Brennholz sowie ein Beil und einen Hackklotz, und in einer Ecke der Küche lagen alte Zeitungen.

Einige Minuten später knisterte schon das Feuer, und der Kommissar stellte sich in der für ihn typischen Haltung vor den Ofen, breitbeinig, die Hände hinter dem Rücken verschränkt.

Im Grunde war die alte Frau, von der Lucas gesprochen hatte, gar nicht so verrückt. Sie waren gemeinsam zu ihr nach Hause gefahren. Im Taxi hatte sie unaufhörlich geredet, aber zwischendurch hatte sie ihre Begleiter verstohlen gemustert, um zu sehen, welchen Eindruck ihre Worte auf sie machten.

Ihr Haus lag keine hundert Meter von der Kneipe entfernt. Es war ebenfalls klein und einstöckig, ein freistehendes Haus mit Gärtchen. Da es auf derselben Straßenseite lag, hatte Maigret sich gefragt, wie sie, zumal im Dunkeln, hatte sehen können, was in einiger Entfernung auf dem Gehsteig vor sich ging.

»Sie haben doch nicht die ganze Zeit auf dem Gehsteig gestanden?«

»Nein.«

»Auch nicht in der Tür?«

»Nein, ich war im Haus.«

Sie hatte recht. Das Vorderzimmer, das überraschend sauber und aufgeräumt war, hatte nicht nur Fenster zur Straße, sondern auch ein seitliches, durch das man einen großen Teil des Quais in Richtung des Petit Albert sehen konnte. Da es keine Läden hatte, war es ganz natürlich, dass die Scheinwerfer eines haltenden Autos die Aufmerksamkeit der Alten erregt hatten.

»Waren Sie allein zu Hause?«

»Nein, Madame Chauffier war bei mir.«

Eine Hebamme, die eine Straße weiter wohnte.

Man hatte es überprüft. Anders als man bei der Erscheinung der Alten vermutet hätte, war die Einrichtung des Hauses die einer ganz gewöhnlichen alleinstehenden Dame. Es fehlte all der Plunder, mit dem sich Wahrsagerinnen sonst umgeben. Die hellen Möbel kamen sogar direkt vom Boulevard Barbès, und auf dem Boden lag gelbes Linoleum.

»Es musste ja so weit kommen«, sagte sie. »Haben Sie gelesen, was auf der Fassade seines Lokals steht? Entweder war er ein Eingeweihter oder ein Frevler.«

Sie hatte Wasser für den Kaffee aufgesetzt und bestand darauf, dass Maigret auch eine Tasse trank. Sie erklärte ihm, dass der *Petit Albert* ein Zauberbuch aus dem vierzehnten oder fünfzehnten Jahrhundert sei.

»Und wenn er mit Vornamen Albert heißt? Und tatsächlich klein ist?«, entgegnete der Kommissar.

»Klein ist er, das weiß ich. Schließlich habe ich ihn oft gesehen. Aber das ist kein ausreichender Grund. Es gibt Dinge, mit denen darf man nicht spielen.«

Über Alberts Frau sagte sie: »Eine große Brünette, etwas schmuddelig. Bei der möchte ich nicht essen. Sie riecht immer nach Knoblauch.«

»Seit wann sind die Läden geschlossen?«

»Ich weiß nicht. Am Morgen nach dem Tag, an

dem ich das Auto gesehen habe, lag ich mit Grippe im Bett. Als ich dann aufgestanden bin, war die Kneipe geschlossen, und ich hab mir gedacht: Na, Gott sei Dank.«

»War es denn so laut?«

»Nein, es ging fast niemand hin. Die Arbeiter von dem Ladekran da drüben am Quai haben dort zu Mittag gegessen. Und ein Mitarbeiter von Cess, dem Weinhändler. Und manchmal kamen Matrosen vorbei, auf ein Glas an der Theke.«

Dann hatte sie unbedingt wissen wollen, in welchen Zeitungen ihr Foto erscheinen würde.

»Vor allem soll auf keinen Fall drunterstehen, ich sei Kartenlegerin. Das wär ja so, als würde man Sie als Schutzmann bezeichnen.«

»Das wäre keine Beleidigung.«

»Mir würde es aber schaden.«

Gut, das war also die Sache mit der Alten gewesen. Er hatte seinen Kaffee getrunken und war dann mit Lucas zu dem Eckhaus gegangen. Lucas hatte spontan an dem Knauf gedreht, und die Tür war aufgegangen.

Es war erstaunlich, dass die kleine Kneipe, deren Tür mindestens vier Tage unverschlossen gewesen war, ganz unversehrt aussah. Die Flaschen standen im Regal, und in der Kasse befand sich Geld.

Die Wände waren mit Ölfarbe gestrichen, bis ungefähr einen Meter Höhe in Braun und darüber in

Hellgrün. Es hingen auch Reklamekalender dort, wie sie typisch für Provinzlokale sind.

Im Grunde war der »kleine Albert« nicht sehr pariserisch gewesen, oder besser gesagt, er hatte sich, wie die meisten Pariser, einen bäuerlichen Geschmack bewahrt. Man spürte, dass er die Kneipe ganz in seinem Sinne eingerichtet hatte, mit einer gewissen Liebe. Ein vergleichbares Lokal hätte man in jedem französischen Dorf finden können.

Mit dem Schlafzimmer im oberen Stockwerk verhielt es sich genauso. Maigret war, die Hände in den Taschen, durch das ganze Haus gegangen. Lucas, der ihm gefolgt war, stellte amüsiert fest, dass der Kommissar, der Hut und Mantel abgelegt hatte, den Eindruck machte, als würde er eine neue Bleibe beziehen. Nach kaum einer halben Stunde fühlte er sich bereits wie zu Hause und stellte sich immer wieder hinter die Theke.

»Eins ist sicher, Nine ist nicht hier.«

Sie hatten überall nach ihr gesucht, vom Keller bis zum Dachboden, hatten auch den Hof durchforstet und ebenso das Gärtchen, in dem lauter leere Kisten und Flaschen herumlagen.

»Was hältst du davon?«

»Ich weiß nicht, Chef.«

Nur acht Tische standen in der Gaststube. Vier standen an der einen Wand, zwei an der Wand gegenüber und die übrigen beiden in der Mitte des Raums, nahe beim Ofen. Einer der beiden Tische in der Mitte zog immer wieder ihre Blicke auf sich, weil die Sägespäne unter einem der Stühle sorgfältig zusammengekehrt waren. Um Blutspuren zu verbergen?

Aber wer hatte das Gedeck des Toten abgeräumt und gespült?

»Vielleicht sind sie noch einmal wiedergekommen?«, meinte Lucas.

Eines war jedenfalls merkwürdig: Das ganze Haus war aufgeräumt, aber auf der Theke stand eine angebrochene Flasche. Maigret hatte sich wohlweislich gehütet, sie anzufassen. Es war eine Flasche Cognac, und man musste annehmen, dass diejenigen, die davon getrunken hatten, keine Gläser benutzt, sondern direkt aus der Flasche getrunken hatten.

Die unbekannten Besucher waren auch hinaufgegangen. Sie hatten die Schubladen durchwühlt. Wäsche und andere Dinge lagen wild durcheinander, doch danach hatten sie die Schubladen wieder geschlossen. Das Seltsamste war, dass zwei Rahmen an der Wand des Schlafzimmers, die Fotos enthalten haben mussten, jetzt leer waren.

Das Bild des kleinen Albert hatte man allerdings nicht beseitigen wollen, denn es stand auf der Kommode: ein rundes, heiteres Gesicht, eine

Locke in der Stirn, das Gesicht eines Spaßvogels, wie der Wirt der Caves du Beaujolais gesagt hatte.

Draußen hielt ein Taxi. Man hörte Schritte auf dem Gehsteig. Maigret schob den Riegel zurück.

»Komm rein«, sagte er zu Moers, der einen ziemlich schweren Koffer schleppte. »Hast du zu Abend gegessen? Nein? Wie wär's mit einem kleinen Aperitif?«

Und es wurde einer der sonderbarsten Abende, eine der merkwürdigsten Nächte in Maigrets Leben. Von Zeit zu Zeit trat er zu Moers und sah ihm bei seiner langwierigen Arbeit zu, die darin bestand, erst im Lokal, dann in der Küche, im Schlafzimmer und in den übrigen Räumen des Hauses jede noch so kleine Spur von Fingerabdrücken abzunehmen.

»Der, der die Flasche als Erster angefasst hat, hat Gummihandschuhe getragen«, stellte er fest.

Er hatte auch ein paar Proben von dem Sägemehl neben dem Tisch genommen. Und Maigret hatte im Mülleimer Reste von Stockfisch gefunden.

Noch vor wenigen Stunden hatte der Tote für Maigret keinen Namen gehabt, und sein Bild war ziemlich verschwommen gewesen. Jetzt besaß er nicht nur sein Foto, sondern bewegte sich in seinem Haus, zwischen seinen Möbeln, betastete Kleidungsstücke, die ihm gehört hatten, und nahm seine persönlichen Dinge in die Hand. Nicht ohne

eine gewisse Befriedigung hatte er, gleich nachdem sie hereingekommen waren, Lucas auf ein
Kleidungsstück aufmerksam gemacht, das an einem
der Haken im Schlafzimmer hing: ein Jackett aus
demselben Stoff wie die Hose des Toten.

Mit anderen Worten, er hatte recht gehabt. Albert war nach Hause gegangen und hatte sich wie
gewöhnlich umgezogen.

»Sag mal, Moers, wann, glaubst du, war zuletzt
jemand hier?«

»Heute, wie es aussieht«, antwortete der junge
Mann, nachdem er die Alkoholspuren neben der
angebrochenen Flasche auf der Theke untersucht
hatte.

Das war gut möglich. Schließlich stand das Haus
jedermann offen. Nur wussten das die vorüberge-
henden Leute nicht. Wenn man irgendwo geschlos-
sene Läden sieht, kommt man nicht unbedingt auf
die Idee, am Knauf zu drehen, um zu sehen, ob die
Tür offen ist oder nicht.

»Die suchen wohl etwas, wie?«

»Sieht ganz so aus.«

Es konnte nichts Großes sein, wahrscheinlich ein
Stück Papier, denn man hatte sogar eine winzige
Pappschachtel geöffnet, die Ohrringe enthielt.

Ein kurioses Abendessen war das gewesen, das
Maigret und Moers im Schankraum abgehalten
hatten. Maigret hatte den Kellner gespielt. In der

Anrichte hatte er eine Wurst, Sardinenbüchsen und holländischen Käse gefunden. Er war in den Keller hinuntergestiegen und hatte aus einem Fass einen dickflüssigen, bläulichen Wein abgezapft. Es gab dort auch abgefüllte Flaschen, aber die hatte er nicht angerührt.

»Bleiben Sie noch, Chef?«

»Ja, ich denke schon. Heute Nacht wird wohl niemand mehr kommen, aber ich habe keine Lust, nach Hause zu gehen.«

»Soll ich auch bleiben?«

»Danke, mein Guter. Mir wäre es lieber, du gehst mit den Proben direkt ins Labor.«

Moers hatte nichts übersehen, nicht einmal die Frauenhaare in dem Kamm, der auf dem Toilettentisch im ersten Stock lag. Von draußen hörte man kaum ein Geräusch. Nur selten ging jemand vorüber. Hin und wieder, vor allem nach Mitternacht, polterte ein Lastwagen vorbei, der aus der Banlieue zu den Markthallen fuhr.

Maigret hatte mit seiner Frau telefoniert.

»Nicht dass du dich gleich wieder erkältest!«

»Keine Sorge, ich habe geheizt. Und später werde ich mir noch einen Grog genehmigen.«

»Bleibst du die ganze Nacht auf?«

»Aber nein. Ich habe die Wahl zwischen einem Bett und einer Chaiselongue.«

»Sind die Laken denn sauber?«

»Im Wandschrank im Treppenhaus liegen saubere.«

Fast hätte er wirklich das Bett frisch bezogen und sich dort schlafen gelegt, aber dann entschied er sich doch für die Chaiselongue.

Moers ging gegen ein Uhr morgens. Maigret füllte noch einmal den Ofen auf, machte sich einen starken Grog, vergewisserte sich, dass alles in Ordnung war, und schob den Riegel vor. Dann stieg er mit schweren Schritten die Wendeltreppe hinauf.

Im Schrank hing ein Morgenmantel aus blauem Flanell mit kunstseidenen Aufschlägen, aber er war ihm viel zu klein und zu eng. Die Pantoffeln, die unter dem Bett standen, passten ihm auch nicht.

Er behielt seine Socken an, wickelte sich in eine Decke ein und legte sich, ein Kissen unterm Kopf, auf die Chaiselongue. Die Fenster im ersten Stock hatten keine Läden. Der Schein einer Gaslaterne fiel durch die gemusterten Vorhänge und warf verschlungene Arabesken auf die Wände.

Er betrachtete sie mit halb geschlossenen Augen und paffte dabei eine letzte Pfeife. Er lebte sich ein. Er probierte dieses Haus aus wie ein neues Kleidungsstück. Sein Geruch wurde ihm allmählich vertraut, ein irgendwie ländlicher Geruch, herb und süß zugleich.

Warum hatte man Nines Fotografien entfernt? Warum war sie selbst verschwunden und hatte das

Haus im Stich gelassen? Nicht einmal das Geld aus der Kasse hatte sie mitgenommen. Es waren allerdings auch kaum hundert Franc. Wahrscheinlich bewahrte Albert sein Geld anderswo auf, und man hatte es genauso mitgenommen wie all seine persönlichen Papiere.

Eigentümlich war, dass man das Haus zwar gründlich durchsucht, aber kein Chaos hinterlassen hatte. Man hatte die Kleider inspiziert, aber nicht von den Bügeln genommen. Man hatte die Fotos aus den Rahmen entfernt, die Rahmen aber wieder aufgehängt.

Maigret schlief ein, und als er hörte, wie unten jemand an die Läden klopfte, hätte er schwören mögen, dass er nur ein paar Minuten gedöst hatte.

Doch es war bereits sieben Uhr morgens und taghell. Die Sonne schien auf die Seine, auf der die Frachtkähne sich wieder in Bewegung setzten und die Schlepper Pfiffe ausstießen.

Maigret zog sich hastig die Schuhe an, ohne die Schnürsenkel zuzubinden, und ging dann mit wirrem Haar, offenem Hemdkragen und zerknitterter Jacke hinunter, um aufzumachen.

Es war Chevrier samt einer recht hübschen Frau in marineblauem Kostüm und mit einem kleinen roten Hut auf dem strubbeligen Haar.

»Da wären wir, Chef.«

Chevrier war erst seit drei oder vier Jahren bei

der Kriminalpolizei. Alles an ihm, Gesicht und Körper, war weich und rund. Die Frau zupfte ihn am Ärmel. Er begriff und stammelte:

»Pardon! Herr Kommissar, ich möchte Ihnen meine Frau vorstellen.«

»Keine Sorge«, sagte sie beherzt. »Ich kenne mich aus. Meiner Mutter hat der Gasthof in unserem Dorf gehört, und wir haben manchmal mit nur zwei Kellnerinnen Hochzeiten für fünfzig Personen und mehr ausgerichtet.«

Sie ging sofort an die Kaffeemaschine und sagte zu ihrem Mann: »Gib mir deine Streichhölzer.«

Das Gas machte »pfff«, und wenige Minuten später war der Raum von Kaffeeduft erfüllt.

Chevrier hatte sich eine schwarze Hose und ein weißes Hemd angezogen. Auch er machte sich gleich ans Werk, stellte sich hinter die Theke und rückte einiges hin und her.

»Sollen wir aufmachen?«

»Ja, es ist sicher schon Zeit.«

»Wer übernimmt die Einkäufe?«, fragte Madame Chevrier.

»Rufen Sie sich ein Taxi und kaufen Sie möglichst in der Nähe ein.«

»Essen Sie gern Kalbsbraten mit Sauerampfer?«

Sie hatte eine weiße Schürze mitgebracht, wirkte lebhaft und fröhlich. Das Ganze begann wie ein amüsantes Gesellschaftsspiel.

»Die Läden können jetzt geöffnet werden«, sagte der Kommissar. »Wenn die Gäste Fragen stellen, sagen Sie, dass Sie die Vertretung sind.«

Er ging hinauf ins Schlafzimmer, fand ein Rasiermesser, Rasierpinsel und Seife. Warum die Sachen nicht nutzen? Der kleine Albert schien reinlich und gesund gewesen zu sein.

Er machte in aller Ruhe seine Morgentoilette, und als er wieder hinunterging, war Chevriers Frau schon fort, um ihre Besorgungen zu erledigen. An der Theke lehnten zwei Männer, offenbar Matrosen, und tranken einen Kaffee mit Schuss. Es schien sie nicht zu kümmern, wer hier der Wirt war. Sie waren wohl nur auf der Durchreise. Sie erzählten, dass ein Schleppschiff am Vortag fast eine Schleuse gerammt hätte.

»Was darf ich Ihnen bringen, Chef?«

Aber Maigret bediente sich lieber selbst. Im Grunde war es das erste Mal in seinem Leben, dass er sich hinter einem Tresen einen Rum eingoss. Plötzlich musste er lachen.

»Ich denke gerade an Richter Coméliau«, erklärte er.

Er versuchte sich den Richter vorzustellen, wie er das Petit Albert betrat und den Kommissar mit einem seiner Inspektoren hinter der Theke stehen sah.

Aber es war nun einmal die einzige Möglichkeit, etwas herauszufinden. Würden die Mörder des

Wirts nicht verwirrt sein, wenn die Kneipe ganz normal geöffnet war?

Und Nine, falls es Nine noch gab?

Gegen neun strich die alte Hellseherin, ein Einkaufsnetz in der Hand, vor dem Lokal herum, presste sogar das Gesicht an die Scheibe und entfernte sich dann wieder, wobei sie etwas vor sich hin murmelte.

Madame Maigret hatte gerade angerufen, um zu hören, wie es ihrem Mann ging.

»Kann ich dir etwas bringen? Deine Zahnbürste zum Beispiel?«

»Danke, ich habe mir schon eine besorgen lassen.«

»Der Richter hat angerufen.«

»Du hast ihm doch hoffentlich nicht meine Nummer gegeben?«

»Nein, ich habe ihm nur gesagt, dass du seit gestern Nachmittag unterwegs bist.«

Chevriers Frau stieg aus einem Taxi und schleppte ganze Kisten voller Gemüse und etliche Pakete ins Haus. Als Maigret sie mit »Madame« ansprach, sagte sie:

»Nennen Sie mich einfach Irma. Sie werden sehen, die Gäste werden mich auch so nennen. Nicht wahr, Émile, der Kommissar darf das doch?«

Es kam kaum jemand. Nur drei Maurer, die eine Straße weiter auf einem Baugerüst arbeiteten und gerade Pause machten. Sie hatten Brot und Wurst dabei und bestellten zwei Liter Rotwein.

»Gut, dass wieder offen ist. Wir mussten zehn Minuten laufen, um was zu trinken zu kriegen!«

Sie wunderten sich nicht groß über die unbekannten Gesichter.

»Hat sich der vorige Wirt aus dem Geschäft zurückgezogen?«

Und einer fügte hinzu: »War ein netter Kerl.«

»Kannten Sie ihn schon länger?«

»Nur die zwei Wochen, die wir hier in der Gegend sind. Wir arbeiten mal hier, mal da, wissen Sie.«

Immerhin stutzten sie etwas, als sie Maigret herumschleichen sahen.

»Was ist denn das für einer? Der gehört doch nicht hierher.«

Und Chevrier antwortete schlagfertig:

»Psst! Mein Schwiegervater …«

Auf dem Herd köchelte das Mittagessen. Das Haus erwachte zum Leben. Durch die breiten Fenster des Lokals fielen grelle Sonnenstrahlen. Chevrier hatte sich die Ärmel hochgekrempelt, sie mit Gummibändern befestigt und die Sägespäne weggekehrt.

Das Telefon klingelte.

»Für Sie, Chef. Es ist Moers.«

Der arme Moers hatte die ganze Nacht nicht geschlafen. Was die Fingerabdrücke betraf, war er nicht sehr erfolgreich gewesen. Da gab es die verschiedensten Abdrücke, auf den Flaschen wie auf den Möbeln, aber die meisten waren schon alt und überlagerten einander. Und die besser erhaltenen stimmten mit keinem der beim Erkennungsdienst erfassten Abdrücke überein.

»Offenbar wurden fast überall Gummihandschuhe verwendet. Lediglich eine Sache hat etwas ergeben: die Sägespäne. Ich habe Blutspuren darin gefunden.«

»Menschliches Blut?«

»Das weiß ich erst in einer Stunde. Aber ich bin mir ziemlich sicher.«

Lucas, der an diesem Morgen ebenfalls einiges erledigt hatte, erschien gegen elf frisch und munter, und Maigret fiel auf, dass er sich eine helle Krawatte umgebunden hatte.

»Einen Cassis für mich!«, rief er seinem Kollegen Chevrier augenzwinkernd zu.

Irma hatte an der Tür eine Tafel angebracht, auf die sie unter das Wort »Tagesgericht« mit Kreide *Kalbsbraten mit Sauerampfer* geschrieben hatte. Man hörte sie geschäftig hin und her eilen. Bestimmt hätte sie an diesem Tag für nichts in der Welt mit jemandem tauschen mögen.

»Gehen wir hinauf«, sagte Maigret zu Lucas.

Sie setzten sich im Schlafzimmer ans Fenster, das

man wegen des milden Wetters auflassen konnte. Der Ladekran war in Betrieb und hob Fässer aus dem Bauch eines Frachtkahns. Man hörte Pfiffe, das Rasseln von Ketten und immer wieder das Keuchen und Stampfen der auf dem glitzernden Wasser vorüberfahrenden Schlepper.

»Sein Name ist Albert Rochain. Ich war beim Gewerbeamt. Vor vier Jahren hat er die Konzession bekommen.«

»Stand auch der Name seiner Frau dabei?«

»Nein. Die Konzession ist auf seinen Namen ausgestellt. Ich bin auch zum Standesamt gegangen, aber dort konnte man mir keine Auskunft geben. Wenn er verheiratet ist, muss er es schon vor seinem Umzug in dieses Viertel gewesen sein.«

»Was ist mit dem hiesigen Polizeirevier?«

»Hat nichts ergeben. Anscheinend ging es in der Kneipe ruhig zu. Die Polizei hat nie eingreifen müssen.«

Maigrets Blick schweifte immer wieder zu dem Bild seines Toten, der von der Kommode herablächelte.

»Chevrier wird von den Gästen bald mehr über ihn erfahren.«

»Bleiben Sie hier?«

»Wir könnten unten etwas essen, als wären wir zufällig vorbeigekommen. Gibt es Neuigkeiten von Torrence oder Janvier?«

»Sie sind immer noch mit den Stammgästen auf den Rennbahnen beschäftigt.«

»Wenn du sie ans Telefon bekommst, sag ihnen, sie sollen sich auf Vincennes konzentrieren.«

Es war immer das Gleiche: Die Rennbahn von Vincennes gehörte quasi zum Viertel. Und der kleine Albert war, wie Maigret, ein Gewohnheitsmensch.

»Wundern sich die Leute nicht, dass das Lokal wieder offen ist?«

»Nicht besonders. Manche Nachbarn werfen einen flüchtigen Blick hinein. Vermutlich denken sie, Albert habe das Geschäft verkauft.«

Sie setzten sich an einen Tisch am Fenster, Irma bediente sie. An den anderen Tischen saßen ein paar Gäste, vor allem Kranarbeiter.

»Albert hat wohl endlich auf das richtige Pferd gesetzt?«, meinte einer von ihnen, zu Chevrier gewandt.

»Er ist für einige Zeit aufs Land gefahren.«

»Und Sie vertreten ihn? Hat er Nine mitgenommen? Vielleicht kriegen wir dann ein bisschen weniger Knoblauch, was nichts schaden würde. Nicht dass es nicht schmeckt, aber man stinkt so aus dem Maul …«

Der Mann kniff Irma, als sie an ihm vorbeiging, in den Hintern. Chevrier ließ sich nichts anmerken und hielt sogar Lucas' spöttischen Blick aus.

»Ein guter Kerl, das muss man schon sagen. Wenn er nur nicht diese Leidenschaft für Pferderennen hätte … Aber sagen Sie, warum hat er die Bude vier Tage zugemacht, wenn er doch eine Vertretung hatte? Und seinen Gästen hat er nichts gesagt. Am ersten Tag mussten wir bis zum Pont de Charenton laufen, um was zwischen die Zähne zu kriegen … Nee, Schätzchen, Camembert ist nichts für mich. Ich will meinen Petit Suisse, und Jules seinen Roquefort …«

Doch die Sache ließ ihnen keine Ruhe, und sie unterhielten sich leise miteinander. Irma interessierte sie ganz besonders.

»Chevrier wird das nicht lange aushalten«, flüsterte Lucas Maigret ins Ohr. »Er ist erst seit zwei Jahren verheiratet. Wenn die Kerle weiter seiner Frau den Hintern tätscheln, wird er ihnen bald eine verpassen.«

Ganz so schlimm wurde es nicht. Aber als der Inspektor die Getränke brachte, sagte er sehr bestimmt:

»Das ist meine Frau.«

»Na, da kann man dir ja gratulieren! Mach dir nichts draus. Uns gefällt sie auch ganz gut.«

Sie lachten schallend. Sie waren keine schlechten Kerle, aber sie spürten, dass dem Wirt nicht wohl in seiner Haut war.

»Weißt du, Albert war vorsichtiger. Da besteht keine Gefahr, dass man ihm seine Nine aus-spannt …«

»Warum?«

»Kennst du sie denn nicht?«

»Ich habe sie nie gesehen.«

»Da hast du nicht viel verpasst, Kumpel. Die wär selbst in einem Zimmer voller Senegalesen sicher. Aber die beste Frau der Welt, das schon, nicht wahr, Jules?«

»Wie alt ist sie?«

»Hat sie überhaupt ein Alter, Jules?«

»Schwer zu sagen. Vielleicht dreißig, vielleicht auch schon fünfzig. Kommt drauf an, von welcher Seite man sie ansieht. Die Seite mit dem gesunden Auge geht, aber die andere …«

»Schielt sie?«

»Das fragst du noch? Und wie! Die könnte gleichzeitig deine Schnürsenkel und die Spitze des Eiffelturms sehen.«

»Liebt Albert sie?«

»Weißt du, Albert liebt vor allem seine Bequem-lichkeit. Der Braten von deiner Angetrauten ist gut, er ist sogar ausgezeichnet. Aber ich wette, du musst jeden Morgen um sechs selbst zum Markt. Und am Ende sogar noch beim Kartoffelschälen helfen … Und den Abwasch macht sie bestimmt auch nicht allein, nur damit du dich auf der Renn-bahn rumtreiben kannst. Nine, ja, die hat das gemacht. Albert lebt wie ein Pascha. Und offenbar hat sie auch jede Menge Zaster …«

Warum blickte Lucas in diesem Augenblick Maigret verstohlen an? War es nicht, als hätte man seinen Toten entehrt?

»Ich weiß nicht, wie sie zu dem Geld gekommen ist«, fuhr der Arbeiter fort, »aber so, wie sie ausgestattet ist, wohl kaum im Gewerbe …«

Maigret zuckte nicht mit der Wimper. Es spielte sogar ein leises Lächeln um seinen Mund. Ihm entging kein Wort der Unterhaltung, und die Worte verwandelten sich wie von alleine in Bilder. Das Bild des kleinen Albert wurde schärfer, und der Kommissar schien dem Menschen, der immer deutlicher zum Vorschein trat, seine ganze Zuneigung zu bewahren.

»Woher kommt ihr eigentlich?«

»Aus dem Berry«, antwortete Irma.

»Ich aus dem Cher«, sagte Chevrier.

»Also, da habt ihr Albert wohl nicht gerade kennengelernt. Der stammt nämlich aus dem Norden. Aus Tourcoing, oder, Jules?«

»Aus Roubaix.«

»Ist doch fast dasselbe.«

Maigret mischte sich ins Gespräch, was in einer solchen Eckkneipe nicht weiter auffiel.

»Hat er nicht in der Nähe der Gare du Nord gearbeitet?«

»Ja, im Cadran. Er war dort zehn oder zwölf Jahre lang Kellner, bevor er sich hier niedergelassen hat.«

Maigret hatte diese Frage nicht zufällig gestellt. Er wusste, dass die Leute, die aus dem Norden nach Paris kamen, sich nur ungern von »ihrem« Bahnhof entfernten und deshalb eine regelrechte Kolonie um die Rue de Maubeuge herum bildeten.

»Aber dort hat er Nine wohl nicht kennengelernt?«

»Ob da oder woanders, er hat mit ihr das große Los gezogen. Vielleicht nicht gerade, was gewisse Dinge betrifft … Aber ansonsten war er alle Sorgen los …«

»Stammt sie aus dem Süden?«

»Das kann man wohl sagen.«

»Aus Marseille?«

»Toulouse. Ein Akzent, der sich gewaschen hat. Da kann der Sprecher von Radio-Toulouse einpacken! … Zahlen, bitte! … Aber hör mal, Patron, was ist mit den guten alten Sitten?«

Chevrier blickte begriffsstutzig drein. Aber Maigret hatte verstanden und sagte:

»Er hat recht. Wenn ein Lokal einen neuen Wirt bekommt, muss das begossen werden.«

Insgesamt kamen nur sieben Gäste zum Mittagessen. Einer der Küfer von Cess, ein Mann mittleren Alters mit mürrischer Miene, aß schweigend in einer Ecke und ärgerte sich über alles, über die Küche, die nicht mehr dieselbe war, über das Besteck, das nicht das richtige war, über den Weißwein, den man ihm anstelle des Rotweins servierte, den er sonst trank.

»Ich seh schon, das wird eine Kneipe wie alle anderen«, brummte er, als er ging. »Ist immer dasselbe.«

Chevrier machte das Ganze nicht mehr so viel Spaß wie am Morgen. Nur Irma nahm alles von der heiteren Seite, jonglierte mit den Schüsseln und ganzen Tellerstapeln und trällerte beim Abwasch vor sich hin.

Um halb zwei waren nur noch Maigret und Lucas in der Gaststube. Die tote Zeit begann, in der nur hin und wieder ein Gast auftauchte, irgendein durstiger Passant, und zwei Matrosen, die hier warteten, bis ihr Schiff geladen hatte.

Maigret rauchte gemächlich seine Pfeife, mit vorgeschobenem Bauch. Er hatte viel gegessen, vielleicht um Irma eine Freude zu machen. Ein Sonnenstrahl wärmte sein Ohr, und er wirkte höchst zufrieden. Dann trat er Lucas unter dem Tisch auf den Fuß.

Draußen war ein Mann vorübergegangen. Er hatte neugierig hineingespäht, war nach kurzem Zögern umgekehrt und auf die Eingangstür zugegangen. Er war recht groß, rothaarig und sommersprossig, hatte blaue Augen und fleischige Lippen und trug weder Hut noch Mütze.

Er drehte den Türknauf und trat dann, immer noch zögernd, ein. Er schien fast zu schleichen, und seine Bewegungen waren seltsam vorsichtig.

Seine stark abgenutzten Schuhe waren lange nicht geputzt worden. Sein dunkler Anzug war abgewetzt, das Hemd nicht sehr sauber und die Krawatte schief gebunden.

Er erinnerte an eine Katze, die in ein fremdes Zimmer schleicht, alles rings um sich beobachtet und umgehend jede Gefahr wittert. Besonders intelligent schien er nicht zu sein. Dorftrottel haben oft so einen Blick, aus dem nur instinktive Verschlagenheit und Misstrauen sprechen.

Die Anwesenheit von Maigret und Lucas irritierte ihn offensichtlich. Sie waren ihm nicht geheuer. Er ging schräg durch den Raum auf die Theke zu, ohne sie aus den Augen zu lassen, und klopfte mit einem Geldstück auf den Tresen.

Chevrier, der in einer Ecke der Küche etwas aß, kam herbei.

»Was darf's sein?«

Wieder zögerte der Mann. Er schien heiser zu sein. Er brachte nur einen krächzenden Laut heraus, dann gab er es auf und deutete mit dem Finger auf die Cognacflasche im Regal.

Jetzt sah er vor allem Chevrier interessiert an. Da

war etwas, was er nicht begriff, was seinen Verstand überstieg.

Maigrets Miene blieb gleichmütig, als er Lucas erneut auf den Fuß trat.

Es war nur ein kurzer Moment, auch wenn es viel länger erschien. Der Mann holte mit der linken Hand Geld aus seiner Tasche, während er mit der rechten das Glas an die Lippen führte und in einem Zug austrank.

Das scharfe Getränk reizte ihn zum Husten, und seine Augen tränten.

Dann warf er ein paar Münzen auf die Theke und eilte mit großen Schritten hinaus. Draußen drehte er sich noch einmal um, ehe er Richtung Quai de Bercy davonlief.

»Ihm nach!«, sagte Maigret, an Lucas gewandt. »Dass er dir bloß nicht entwischt!«

Lucas stürzte hinaus. Zu Chevrier sagte der Kommissar:

»Ruf schnell ein Taxi!«

Der Quai de Bercy war lang und sehr gerade, ohne Querstraßen. Vielleicht konnte Maigret den Mann mit dem Wagen noch einholen, bevor er Lucas entkam.

5

Je schneller das Tempo der Verfolgung wurde, desto mehr hatte Maigret das Gefühl, als hätte er das alles schon einmal erlebt. So erging es ihm auch manchmal im Traum, und solche Träume hatte er schon als Kind am meisten gefürchtet: Er bewegte sich in einer verworrenen Umgebung, und plötzlich war ihm, als wäre er schon einmal da gewesen, als hätte er schon einmal die gleichen Gesten vollführt, dieselben Worte gesprochen. Es verursachte ihm eine Art Schwindel, besonders in dem Augenblick, da ihm bewusst wurde, dass er etwas ein zweites Mal durchlebte.

Diese Menschenjagd, die am Quai de Charenton begonnen hatte, hatte er in all ihrer Dramatik zum ersten Mal von seinem Büro aus verfolgt, als die erregte Stimme des kleinen Albert ihm von Stunde zu Stunde das Echo einer wachsenden Angst zutrug.

Auch jetzt nahm die Angst zu. Auf dem langen, fast menschenleeren Quai de Bercy drehte sich der Mann, der mit großen, geschmeidigen Schritten den Gitterzaun entlanglief, von Zeit zu Zeit um und beschleunigte seinen Schritt, sobald er den kleinen Lucas hinter sich erblickte.

Maigret fuhr auf dem Beifahrersitz im Taxi hinter den beiden her. Wie sehr die beiden Männer sich unterschieden! Der eine hatte etwas Raubtierhaftes in Blick und Gang. Noch im Rennen blieben seine Bewegungen harmonisch. Ihm auf den Fersen lief der untersetzte Lucas mit dem Bauch voran. Er erinnerte an eine dieser Promenadenmischungen, die wie Würste aussehen, aber ein Wildschwein besser aufspüren können als die edelsten Jagdhunde.

Jeder hätte gegen ihn gewettet und auf den Rothaarigen gesetzt. Und als Maigret sah, wie dieser auf dem verlassenen Quai vorwärtspreschte, bat er den Fahrer, das Tempo zu erhöhen. Doch es war gar nicht nötig. Das Seltsamste war, dass man Lucas nicht ansah, wie schnell er lief. Er wirkte wie ein braver Pariser Bürger, der geruhsam seinen Spaziergang macht.

Als der Unbekannte die Schritte hinter sich hörte und, halb den Kopf wendend, Maigret in dem Taxi sah, das jetzt fast auf seiner Höhe war, begriff er, dass es keinen Sinn hatte, weiterzuhetzen und dadurch Aufmerksamkeit zu erregen, und verfiel in ein normaleres Tempo.

Unzähligen Menschen sollten sie an diesem Nachmittag noch auf den Straßen und Plätzen begegnen, und wie bei dem kleinen Albert ahnte

niemand etwas von dem Drama, das sich hier ab-
spielte.

Am Pont d'Austerlitz blickte der Ausländer –
denn aus irgendeinem Grund hielt Maigret ihn
für einen Ausländer – schon unruhiger um sich.
Er setzte seinen Weg auf dem Quai Henri-IV fort.
Er hatte etwas vor, das sah man an seiner Haltung.
Und tatsächlich, als die beiden Männer in Saint-
Paul waren – das Taxi immer noch hinterdrein –,
preschte er auf einmal los, doch diesmal in das Stra-
ßengewirr zwischen der Rue Saint-Antoine und
den Quais hinein.

Maigret verlor ihn beinahe aus den Augen, weil
ein Lastwagen eine der Gassen versperrte.

Auf dem Gehweg spielende Kinder blickten den
beiden rennenden Männern nach, und zwei Straßen weiter entdeckte Maigret die beiden endlich
wieder. Lucas wirkte kaum außer Atem und sah in
seinem zugeknöpften Mantel noch tadellos aus. Er
hatte sogar die Geistesgegenwart, dem Kommissar
zuzuzwinkern, als wollte er sagen: »Machen Sie
sich keine Sorgen.«

Er wusste noch nicht, dass diese Jagd, der Maigret bequem vom Wagen aus zusah, Stunden dauern sollte. Und ebenso wenig, dass sie immer gna-
denloser werden würde.

Erst nachdem er telefoniert hatte, begann der
Mann seine Sicherheit zu verlieren. Er war in ein

kleines Lokal in der Rue Saint-Antoine gegangen, und Lucas war ihm gefolgt.

»Wird er ihn verhaften?«, fragte der Taxifahrer, der Maigret kannte.

»Nein.«

»Warum nicht?«

Für ihn stand fest, dass man einen Mann, den man verfolgt, auch festnimmt. Wozu sonst die ganze Verfolgung, die unnötige Grausamkeit? Er reagierte wie ein Laie, der einer Fuchsjagd zusieht.

Ohne sich um den Inspektor zu kümmern, hatte der Ausländer sich eine Telefonmünze geholt und war in die Kabine gegangen. Durch die Glasfront des Lokals konnte Maigret sehen, dass Lucas die Zeit nutzte, um schnell ein großes Glas Bier zu trinken, und Maigret bekam Durst bei dem Anblick.

Das Telefongespräch dauerte lange, fast fünf Minuten. Zwei-, dreimal blickte Lucas nervös durch die Luke in die Kabine, um sich zu vergewissern, dass seinem ›Kunden‹ nichts zugestoßen war.

Anschließend standen sie nebeneinander an der Theke, ohne etwas zu sagen, wie zwei Fremde. Der Gesichtsausdruck des Mannes hatte sich verändert. Er blickte wie verstört um sich und schien auf einen günstigen Moment zur Flucht zu lauern, begriff aber, dass es vergeblich war.

Schließlich zahlte er und ging. Er lenkte seine

Schritte Richtung Place de la Bastille, ging fast um den ganzen Platz herum und dann ein Stück den Boulevard Richard-Lenoir entlang, bis er fast bei Maigrets Haus war, bog dann aber rechts in die Rue de la Roquette ein.

Kurz darauf verlor er die Orientierung. Ganz offensichtlich kannte er sich hier nicht aus. Zwei-, dreimal machte er noch Anstalten zu fliehen, aber es waren zu viele Leute auf den Straßen, oder er bemerkte an der nächsten Kreuzung einen Polizisten.

Ab da begann er zu trinken. Er ging in verschiedene Bars, aber nicht um zu telefonieren, sondern um ein Glas schlechten Cognac hinunterzustürzen, und Lucas beschloss für sich, ihm nicht jedes Mal zu folgen.

In einer der Kneipen sprach jemand den Mann an, und dieser schaute auf, ohne zu antworten, als hätte man in einer fremden Sprache zu ihm gesprochen.

Maigret begriff, warum er ihn, schon als er ins Petit Albert gekommen war, für einen Ausländer gehalten hatte. Es waren nicht so sehr der Schnitt seines Anzugs oder seine Gesichtszüge, die wenig französisch wirkten. Vielmehr war es seine Scheu, die Scheu eines Menschen, der nicht zu Hause ist, die Sprache nicht versteht und sich nicht verständigen kann.

Die Sonne schien, und die Luft war mild. Rund

um die Rue Picpus hatten Concierges ihre Stühle vor die Tür gestellt, wie in einer kleinen Provinzstadt.

Nach zahlreichen Umwegen gelangte der Mann zum Boulevard Voltaire und dann zur Place de la République, die ihm – endlich! – wieder vertraut war.

Er ging hinunter zur Metro. Hoffte er immer noch, Lucas abzuhängen? Jedenfalls musste er bemerkt haben, dass seine Idee sinnlos war, denn Maigret sah die beiden Männer auf der anderen Seite wieder herauskommen.

Rue Réaumur ... Wieder ein Umweg ... Rue de Turbigo ... dann durch die Rue Chapon und die Rue Beaubourg.

Das ist sein Viertel, dachte der Kommissar.

Man spürte es. Man sah es an den Blicken des Fremden, dass er jeden Laden wiedererkannte. Hier war er zu Hause. Vielleicht wohnte er in einer der vielen schäbigen Pensionen?

Der Mann zögerte. Immer wieder blieb er an einer Straßenecke stehen. Irgendetwas hinderte ihn, zu tun, was er tun wollte. Auf diese Weise erreichte er schließlich die Rue de Rivoli, die gleichsam die Außengrenze dieses armseligen Viertels bildete.

Er überschritt sie nicht. Durch die Rue des Archives kehrte er in das Ghetto zurück und bog bald darauf in die Rue des Rosiers ein.

»Er will verhindern, dass wir seine Adresse herausfinden.«

Aber warum und mit wem hatte er telefoniert? Hatte er Komplizen um Hilfe gebeten? Was konnte er sich von ihnen erhoffen?

»Der arme Kerl tut mir leid«, seufzte der Taxifahrer. »Sind Sie sicher, dass er ein Verbrecher ist?«

Nein, nicht einmal das war sicher! Und dennoch galt es, ihn zu verfolgen. Es war die einzige Chance, mehr über die Ermordung des kleinen Albert zu erfahren.

Der Mann schwitzte. Seine Nase lief. Mehrmals zog er ein großes grünes Taschentuch hervor. Und immer noch trank er, kehrte in Kneipen ein, die außerhalb des Gebiets lagen, das von der Rue du Roi-de-Sicile, der Rue des Écouffes und der Rue de la Verrerie gebildet wurde, kreiste um dieses Gebiet, wagte sich aber nicht hinein.

Er entfernte sich und kam, unwiderstehlich angezogen, wieder zurück, mit langsamen, zögerlichen Schritten. Er sah sich nach Lucas um. Dann wieder hielt er nach dem Auto Ausschau und bedachte es mit einem gehässigen Blick. Wäre das Taxi nicht hinter ihm her gewesen, hätte er vielleicht versucht, Lucas loszuwerden, ihn in einen dunklen Winkel gelockt und fertiggemacht.

Je mehr sich der Tag neigte, desto belebter wurden die Straßen. Spaziergänger schlenderten an den niedrigen, düsteren Häusern vorüber. Die Leute in diesem Viertel leben draußen, sobald der Frühling beginnt. Die Türen der Geschäfte und die Fenster standen offen. Es roch erdrückend nach Schmutz und Armut, und manchmal sah man eine Frau Spülwasser auf die Straße gießen.

Lucas musste am Ende seiner Kräfte sein, auch wenn er sich nichts anmerken ließ. Maigret wollte ihn bei der nächsten Gelegenheit ablösen. Es war ihm etwas peinlich, dass er so bequem im Taxi hinterherfuhr, wie Gäste, die eine Hetzjagd aus dem Wagen verfolgen.

An manchen Straßenkreuzungen waren sie schon vier- oder fünfmal vorbeigekommen. Da verfiel der Mann auf eine neue List. Er verschwand in einer dunklen Toreinfahrt, und Lucas blieb am Eingang stehen. Maigret bedeutete ihm, dem Mann zu folgen.

»Sei vorsichtig!«, rief er ihm noch zu.

Kurz darauf kamen beide Männer wieder heraus. Offensichtlich war der Fremde in das erstbeste Haus gegangen, um seine Verfolger zu verwirren.

Das machte er noch zweimal. Beim zweiten Mal fand Lucas ihn oben auf der Treppe sitzend.

Kurz vor sechs waren sie wieder an der Ecke Rue du Roi-de-Sicile und Rue Vieille-du-Temple, als bewegten sie sich durch ein Labyrinth. Wieder zögerte der Mann. Dann ging er in eine Straße, in der es von armen Leuten wimmelte. Man sah die runden Milchglasleuchten mehrerer Hotels. Die Ladenfronten waren sehr schmal, und kleine Durchgänge führten in geheimnisvolle Hinterhöfe.

Er kam nicht weit. Er hatte kaum zehn Meter zurückgelegt, als ein dumpfer Schuss ertönte, nicht lauter als das Knallen eines platzenden Autoreifens. Es dauerte einige Sekunden, bis die wogende Menschenmenge in der Straße innehielt. Auch das Taxi schien von allein anzuhalten, wie verblüfft.

Dann hörte man eilige Schritte auf dem Pflaster. Lucas rannte los. Ein zweiter Schuss fiel.

In dem Gedränge konnte man nichts mehr sehen, und Maigret wusste nicht, ob sein Inspektor getroffen war. Er stieg aus dem Wagen und lief auf den Unbekannten zu.

Der saß auf dem Gehsteig. Er war nicht tot. Er stützte sich auf eine Hand, während er mit der anderen seine Brust hielt. Seine blauen Augen blickten den Kommissar vorwurfsvoll an.

Dann verschleierte sich sein Blick. Eine Frau sagte:

»Was für ein Unglück!«

Sein Oberkörper schwankte, fiel schräg auf das Pflaster.

Der Mann war tot.

Lucas kam unverrichteter Dinge, aber unversehrt zurück. Die zweite Kugel hatte ihn nicht getroffen. Der flüchtige Täter hatte zwar noch ein drittes Mal zu schießen versucht, aber seine Waffe musste eine Ladehemmung gehabt haben.

Der Inspektor hatte kaum einen Blick auf ihn erhaschen können: »Ich würde ihn nicht wiedererkennen. Aber ich glaube, er hat braunes Haar.«

Unwillentlich hatte die Menschenmenge dem Mörder zur Flucht verholfen. Wie zufällig. Immer wieder hatte jemand Lucas den Weg verstellt.

Und jetzt umringten die Leute sie, nahmen eine kritische, fast drohende Haltung an. In diesem Viertel wurden Polizisten in Zivil schnell erkannt.

Ein Schutzmann kam angelaufen und drängte die Schaulustigen zurück.

»Wir brauchen einen Krankenwagen«, brummte Maigret. »Aber pfeifen Sie erst zwei, drei Kollegen herbei.«

Mit sorgenvoller Miene gab er Lucas leise ein paar Anweisungen, bevor er ihn mit den Polizisten am Tatort zurückließ. Noch einmal betrachtete er den Toten. Am liebsten hätte er sofort dessen Taschen durchwühlt, aber ein seltsames Schamgefühl hinderte ihn daran, es vor den Blicken der Neugierigen zu tun. Dieses nüchtern-professionelle Vorgehen würde hier wie eine Entweihung, ja sogar wie eine Provokation wirken.

»Sei auf der Hut«, flüsterte er Lucas zu. »Das war bestimmt nicht der Einzige.«

Es ließ sich mit dem Taxi die wenigen Meter bis zum Quai des Orfèvres fahren, wo er unverzüglich und unangemeldet beim Chef vorstellig wurde.

»Noch ein Toter«, sagte er. »Diesmal hat man ihn direkt vor unseren Augen erschossen, wie einen Hasen, mitten auf der Straße.«

»Weiß man, wer es ist?«

»Lucas wird in wenigen Minuten hier sein, sobald die Leiche abgeholt worden ist. Kann ich zwanzig Männer bekommen? Wir müssen ein ganzes Viertel abriegeln.«

»Welches Viertel?«

»An der Roi-de-Sicile.«

Der Leiter der Kriminalpolizei verzog das Gesicht. Maigret ging ins Büro der Inspektoren, wählte einige von ihnen aus und instruierte sie. Dann suchte er den Kommissar vom Sittendezernat auf.

»Könnten Sie mir einen Inspektor ausleihen, der die Rue du Roi-de-Sicile, die Rue des Rosiers und das umliegende Viertel wie seine Westentasche kennt? Dort gibt es sicher eine ganze Menge Prostituierte.«

»Das kann man wohl sagen.«

»In einer halben Stunde bekommt er ein Foto.«

»Noch ein Toter?«

»Leider ja. Aber sein Gesicht ist nicht entstellt.«

»Gut.«

»In der Gegend scheinen sich mehrere dieser Typen zu verstecken. Geben Sie acht, die schrecken vor nichts zurück.«

Anschließend ging er hinunter zur Fremdenpolizei, wo er seinem Kollegen die gleiche Bitte antrug.

Vor allem musste man schnell handeln. Er vergewisserte sich, dass die Inspektoren aufgebrochen waren, um das Viertel abzuriegeln. Dann telefonierte er mit dem Gerichtsmedizinischen Institut.

»Gibt es schon Fotos?«

»Sie können sie in wenigen Minuten abholen lassen. Die Leiche ist hier und der Fotograf gerade bei der Arbeit.«

Ihm war, als hätte er etwas vergessen. Schon im Gehen kratzte er sich nachdenklich am Kinn, und plötzlich fiel ihm Richter Coméliau ein. Zum Glück!

»Hallo! Guten Abend, Herr Richter. Hier ist Maigret.«

»Nun, Herr Kommissar, wie sieht es aus mit Ihrem Wirt?«

»Er ist tatsächlich Wirt, Herr Richter.«

»Ist seine Identität geklärt?«

»Oh ja.«

»Geht die Untersuchung voran?«

»Wir haben bereits einen neuen Toten.«

Er glaubte zu sehen, wie Coméliau am anderen Ende der Leitung zusammenzuckte.

»Was sagen Sie da?«

»Wir haben einen neuen Toten, allerdings von der Gegenpartei.«

»Soll das heißen, er wurde von der Polizei erschossen?«

»Nein, das haben diese Herren selbst erledigt.«

»Von welchen Herren sprechen Sie?«

»Seine Komplizen wahrscheinlich.«

»Sind sie verhaftet?«

»Noch nicht.« Maigret senkte die Stimme. »Ich fürchte, Herr Richter, das wird eine längere und komplizierte Geschichte. Es ist eine ziemlich üble Sache. Das sind Mörder, verstehen Sie?«

»Wenn sie das nicht wären, gäbe es wohl den ganzen Fall nicht.«

»Sie verstehen nicht. Diese Leute morden kaltblütig, um sich zu verteidigen. Das kommt nicht oft vor, wie Sie wissen, auch wenn gemeinhin das Gegenteil geglaubt wird. Die schrecken auch nicht davor zurück, einen der ihren abzuknallen.«

»Aber warum?«

»Wahrscheinlich, weil wir ihn im Visier hatten und die ganze Bande aufzufliegen drohte. Es ist ohnehin eines der berüchtigtsten Viertel von Paris. Ein Sammelbecken für Ausländer, die keine oder gefälschte Papiere haben.«

»Was gedenken Sie zu tun?«

»Das Übliche. Weil ich dazu verpflichtet bin, weil ich die Verantwortung trage. Heute Nacht wird eine Razzia stattfinden. Aber das wird zu nichts führen.«

»Dann hoffe ich, dass es zumindest keine neuen Opfer gibt.«

»Das hoffe ich auch.«

»Wann wollen Sie loslegen?«

»Wie üblich gegen zwei Uhr morgens.«

»Ich spiele heute Abend Bridge. Ich werde es so lange wie möglich hinausziehen. Rufen Sie mich gleich nach der Razzia an.«

»In Ordnung, Herr Richter.«

»Wann schicken Sie mir Ihren Bericht?«

»Sobald ich dazu komme, aber wohl kaum vor morgen Abend.«

»Und Ihre Erkältung?«

»Welche Erkältung?«

Er hatte nicht mehr daran gedacht. Lucas kam ins Büro, eine rote Karte in der Hand. Maigret wusste sofort, worum es sich handelte. Ein Gewerkschaftsausweis. Ausgestellt war er auf den Namen Victor Poliensky, tschechischer Staatsangehöriger, Hilfsarbeiter in den Citroën-Werken.

»Die Adresse, Lucas?«

»Quai de Javel hundertzweiunddreißig.«

»Warte mal, das kommt mir bekannt vor. Ist das

nicht eine Absteige an einer Ecke des Quais? Wir haben da vor zwei Jahren mal eine Razzia gemacht. Finde heraus, ob es dort ein Telefon gibt.«

Das Haus lag flussabwärts, nahe der dunklen Masse der Fabriken, ein heruntergekommenes Gebäude, in dem es von frisch eingetroffenen Ausländern wimmelte. Entgegen den polizeilichen Vorschriften hausten sie oft zu dritt oder zu viert in einem Zimmer. Erstaunlich war vor allem, dass die Pension von einer Frau geleitet wurde und sie die Schar ihrer zweifelhaften Gäste gut im Griff hatte. Sie kochte sogar für sie.

»Hallo? Ist dort Quai de Javel hundertzweiunddreißig?«

Eine heisere Frauenstimme meldete sich.

»Ist Poliensky bei Ihnen?«

Sie schien sich ihre Antwort erst überlegen zu müssen.

»Ich meine Victor …«

»Und?«

»Ist er bei Ihnen?«

»Geht Sie das was an?«

»Ich bin mit ihm befreundet.«

»Na klar. Sie sind von der Polizei.«

»Also gut, nehmen wir an, hier spricht die Polizei. Wohnt Poliensky noch bei Ihnen? Ich muss Ihnen wohl nicht sagen, dass Ihre Angaben überprüft werden.«

»Ich kenne eure Methoden.«

»Also?«

»Er wohnt schon seit einem halben Jahr nicht mehr hier.«

»Wo hat er gearbeitet?«

»Bei Citroën.«

»War er schon lange in Frankreich?«

»Weiß ich nicht.«

»Hat er Französisch gesprochen?«

»Nein.«

»Hat er lange bei Ihnen gewohnt?«

»Ungefähr drei Monate.«

»Hatte er Freunde? Empfing er Besucher?«

»Nein.«

»Und seine Papiere waren in Ordnung?«

»Werden sie wohl gewesen sein, sonst hätten sich Ihre Kollegen von der Fremdenpolizei längst bei mir gemeldet.«

»Noch eine Frage: Hat er seine Mahlzeiten bei Ihnen eingenommen?«

»Meistens ja.«

»Traf er sich mit Frauen?«

»Hören Sie mal, Sie altes Ferkel, glauben Sie, ich kümmere mich um so was?«

Er legte auf und wandte sich an Lucas:

»Ruf die Fremdenpolizei an.«

In den Akten fand sich jedoch nicht der geringste Hinweis auf den Mann. Mit anderen Worten, der

Tscheche war illegal nach Frankreich gekommen, wie so viele andere, wie Tausende und Abertausende, die die zwielichtigen Viertel von Paris heimsuchten. Vermutlich hatte er sich wie die meisten von ihnen falsche Papiere beschafft. Es gab im Umkreis des Faubourg Saint-Antoine einige Druckereien, die sie serienmäßig und zu festen Preisen herstellten.

»Lass dich mit Citroën verbinden!«

Die Fotos des Toten wurden gebracht, und er verteilte sie an die Inspektoren des Sittendezernats und der Fremdenpolizei.

Dann ging er mit den Fingerabdrücken zum Erkennungsdienst hinauf.

Sie stimmten mit keiner der dort registrierten Abdrücke überein.

»Ist Moers zufällig hier?«, fragte er, während er die Tür zum Labor einen Spaltbreit öffnete.

Moers hätte nicht da sein müssen, da er die ganze Nacht und einen Tag lang gearbeitet hatte. Aber er brauchte nur wenig Schlaf. Er hatte keine Familie und, soweit man wusste, auch keine Freundin. Seine Leidenschaft galt dem Labor.

»Ich bin hier, Chef.«

»Da ist noch ein Toter für dich. Aber komm erst mal mit in mein Büro.«

Sie gingen gemeinsam hinunter. Lucas hatte inzwischen mit der Buchhaltung der Citroën-Werke gesprochen.

»Die Alte hat nicht gelogen. Er war dort drei Monate als Hilfsarbeiter beschäftigt. Seit etwa einem halben Jahr wird er nicht mehr in den Lohnlisten geführt.«

»Hat er gut gearbeitet?«

»Jedenfalls hat er selten gefehlt. Aber sie haben so viele, dass sie nicht jeden Einzelnen kennen. Ich habe gefragt, ob mir sein Vorarbeiter Genaueres über ihn sagen könnte, wenn ich ihn morgen aufsuchen würde. Aber das ist unmöglich. Bei einem Facharbeiter wäre das anders, aber die Hilfsarbeiter, die fast alle Ausländer sind, kommen und gehen, und man kennt sie nicht. Täglich warten mehrere Hundert vor den Fabriktoren auf Einstellung. Sie arbeiten drei Tage, drei Wochen oder drei Monate, und dann sieht man sie nicht mehr. Sie werden je nach Bedarf in dieser oder jener Werkstatt beschäftigt.«

»Was hatte er in den Taschen?«

Auf dem Schreibtisch lag eine abgenutzte Brieftasche, deren Leder wohl einmal grün gewesen war und in der sich neben dem Gewerkschaftsausweis das Foto einer jungen Frau befand – ein rundes, frisches Gesicht, mit dicken Flechten um den Kopf. Ein tschechisches Landmädchen wahrscheinlich.

Außerdem steckten darin zwei Tausend- und drei Hundert-Franc-Scheine.

»Viel Geld«, murmelte Maigret.

Auf dem Tisch lag ferner ein langes Klappmesser mit einer rasiermesserscharfen Klinge.

»Was meinst du, Moers, könnte dieses Messer den kleinen Albert getötet haben?«

»Möglich, Chef.«

Ein hellgrünes Taschentuch. Victor Poliensky schien eine Vorliebe für die Farbe Grün gehabt zu haben.

»Nimm das mit. Es ist nicht gerade appetitlich, aber wer weiß, was deine Analysen ergeben.«

Schließlich ein Päckchen Zigaretten, ein Feuerzeug deutscher Herkunft und etwas Kleingeld. Aber kein Schlüssel.

»Bist du sicher, Lucas, dass kein Schlüssel dabei war?«

»Vollkommen, Chef.«

»Hat man ihm schon die Kleider ausgezogen?«

»Noch nicht. Sie warten noch auf Moers.«

»Also, dann mal los, mein Junge. Diesmal habe ich keine Zeit, dabei zu sein. Du wirst noch die halbe Nacht aufbleiben müssen und danach völlig erledigt sein.«

»Ich komme ohne weiteres zwei Nächte lang ohne Schlaf aus. Es wäre nicht das erste Mal.«

Maigret rief im Petit Albert an.

»Nichts Neues, Émile?«

»Nein, Chef. Nichts von Bedeutung.«

»Viele Leute?«

»Weniger als heute Morgen. Einige nehmen einen Aperitif, aber zu Abend essen will fast keiner.«

»Macht es deiner Frau immer noch Spaß, die Wirtin zu spielen?«

»Sie ist begeistert. Sie hat das Schlafzimmer geputzt, die Betten neu bezogen, und wir werden's gemütlich haben. Was ist mit dem Rotschopf?«

»Tot.«

»Was?«

»Einer seiner lieben Freunde hat ihm eine Kugel in den Leib gejagt, als er gerade nach Hause gehen wollte.«

Noch ein schneller Blick ins Büro der Inspektoren. Man musste an alles denken.

»Was ist mit dem gelben Citroën?«

»Noch nichts Neues. Aber ein paar Leute wollen ihn im Viertel Barbès-Rochechouart gesehen haben.«

»Könnte durchaus sein. Die Spur sollten wir verfolgen.«

Wieder einmal aus geographischen Gründen. Das Barbès-Viertel grenzte an das der Gare du Nord. Und Albert hatte dort lange als Kellner in einer Brasserie gearbeitet.

»Hast du Hunger, Lucas?«, fragte der Kommissar.

»Nicht besonders. Ich kann noch warten.«

»Was ist mit deiner Frau?«

»Ich brauche sie nur anzurufen.«

»Gut. Dann rufe ich meine ebenfalls an, und du bleibst hier bei mir.«

Er war doch ein bisschen müde, und außerdem arbeitete er nicht gern allein, zumal es eine anstrengende Nacht zu werden versprach.

Sie gingen auf einen Aperitif in die Brasserie Dauphine, und wie immer, wenn sie mitten in einer Untersuchung steckten, stellten sie verblüfft fest, dass das Leben um sie herum einfach weiterging, dass die Leute ihren kleinen Beschäftigungen nachgingen, dass sie lachten und scherzten. Was bedeutete es ihnen schon, dass ein Tscheche an der Rue du Roi-de-Sicile erschossen worden war? Ein paar Zeilen in der Zeitung, das war alles.

Und genauso würden sie eines schönen Tages erfahren, dass man den Mörder festgenommen hatte.

Auch wusste niemand von ihnen, dass in einem der am dichtesten bevölkerten und unheimlichsten Pariser Viertel eine nächtliche Razzia geplant war. Ob ihnen die Inspektoren auffielen, die mit möglichst gleichgültiger Miene an allen Straßenecken standen?

Allenfalls ein paar Mädchen, die sich in dunkle Winkel zurückgezogen hatten und von Zeit zu Zeit herauskamen, um sich an den Arm eines Passanten zu hängen, runzelten die Stirn, als sie die vertraute Silhouette eines Beamten von der Sitte erkannten. Sie machten sich darauf gefasst, die

Nacht in Polizeigewahrsam zu verbringen, Sie waren es gewohnt. Das passierte mindestens einmal im Monat. Wenn sie nicht krank waren, wurden sie gegen zehn Uhr morgens wieder entlassen. Und dann?

Die Hotelbesitzer mochten es ebenfalls nicht, wenn man zu ungewohnter Stunde auftauchte, um ihr Meldebuch zu überprüfen. Bei ihnen war alles in Ordnung, bei ihnen war doch immer alles in Ordnung!

Man hielt ihnen ein Foto unter die Nase. Sie taten, als ob sie es aufmerksam betrachteten. Manche holten sogar ihre Brille.

»Kennen Sie den Mann?«

»Nie gesehen.«

»Wohnen Tschechen bei Ihnen?«

»Polen, Italiener, ein Armenier, aber keine Tschechen.«

»Ist gut.«

Reine Routine. Einer der Inspektoren, der sich nur um den gelben Wagen zu kümmern hatte, befragte in Barbès Werkstattbesitzer, Automechaniker, Polizisten, Ladenbesitzer, Concierges.

Reine Routine.

Chevrier und seine Frau spielten am Quai de Charenton Wirtsleute. Bald, wenn sie die Läden geschlossen hätten, würden sie noch ein wenig vor dem Ofen plaudern, bevor sie sich friedlich im

Bett des kleinen Albert und der schielenden Nine schlafen legten.

Noch jemand, den man ausfindig machen musste. Bei der Sittenpolizei war Nine nicht bekannt. Was mochte aus ihr geworden sein? Wusste sie, dass ihr Mann tot war? Aber warum war sie dann nicht gekommen, um die Leiche zu identifizieren, nachdem man das Foto in der Zeitung veröffentlicht hatte? Andere hatten ihn vielleicht nicht erkannt. Aber sie?

Musste man annehmen, dass die Mörder sie entführt hatten? Sie hatte nicht in dem gelben Auto gesessen, als die Leiche an der Place de la Concorde abgeladen worden war.

»Ich wette«, sagte Maigret, der laut weiterdachte, »wir werden sie eines Tages irgendwo auf dem Land finden.«

Es ist kaum zu glauben, wie viele Menschen ein Bedürfnis nach Landluft haben, sobald sich etwas Unangenehmes ereignet, wie viele sich dann einen ruhigen Gasthof suchen, in dem es gutes Essen und einen leichten Roten gibt.

»Nehmen wir ein Taxi?«

Das würde wieder Ärger mit dem Kassenwart geben, der pingelig die Spesenabrechnungen kontrollierte und gern ausrief: »Lasse ich mich vielleicht mit dem Taxi herumkutschieren?«

Sie hielten trotzdem eins an, statt auf der anderen Seite des Pont Neuf auf den Bus zu warten.

»Zum Cadran, Rue de Maubeuge.«

Es war eine hübsche Brasserie, wie Maigret sie liebte, ganz im alten Stil, mit verspiegelten Wänden, dunkelroten Kunstlederbänken, weißen Marmortischen und hie und da einem runden Nickelbehälter für die Wischtücher. Es roch nach Bier und Sauerkraut. Nur dass es etwas zu voll war. Die Gäste hatten ihr Gepäck dabei, tranken oder aßen in aller Hast und riefen ungeduldig nach dem Kellner, während sie auf das große Leuchtzifferblatt der Bahnhofsuhr blickten.

Der Wirt, der würdevoll bei der Kasse stand und alles aufmerksam verfolgte, passte zum Ambiente, ein kleiner rundlicher Mann mit kahlem Schädel, weitem Anzug und eleganten Schuhen, auf denen nicht ein Stäubchen zu sehen war.

»Zweimal Sauerkraut, zwei Bier und den Wirt, bitte.«

»Sie möchten Monsieur Jean sprechen?«

»Ja.«

Ein ehemaliger Kellner oder Oberkellner, der sich schließlich selbstständig gemacht hatte?

»Messieurs …«

»Ich hätte gern eine Auskunft von Ihnen, Monsieur Jean. Bei Ihnen hat ein Kellner namens Albert Rochain gearbeitet, der, glaube ich, der kleine Albert genannt wurde.«

»Ich habe von ihm gehört.«

142

»Haben Sie ihn nicht gekannt?«

»Ich habe das Lokal erst vor drei Jahren gekauft. Die damalige Kassiererin hat einmal von ihm erzählt.«

»Sie arbeitet hier nicht mehr?«

»Sie ist voriges Jahr gestorben. Sie hat mehr als vierzig Jahre hier gesessen.«

Er zeigte auf die Kasse aus lackiertem Holz, hinter der eine blonde Person von etwa dreißig Jahren thronte.

»Und was ist mit den Kellnern?«

»Ja, einer von den alten war noch hier, Ernest, aber der ist inzwischen im Ruhestand und in seine Heimat zurückgekehrt, irgendwo in der Dordogne, wenn ich mich nicht täusche.«

Der Wirt blieb vor den beiden Männern stehen, die ihr Sauerkraut aßen. Trotzdem entging ihm nichts von dem, was um ihn herum geschah.

»Jules! Tisch vierundzwanzig …«

Er lächelte einem Gast zu, der das Lokal verließ.

»François! Das Gepäck von Madame …«

»Lebt der frühere Besitzer noch?«

»Der ist das blühende Leben.«

»Wissen Sie, wo ich ihn treffen kann?«

»Er wird zu Hause sein. Manchmal kommt er noch her. Er langweilt sich und würde gern wieder ein Lokal aufmachen.«

»Könnten Sie mir seine Adresse geben?«

»Polizei?«, fragte der Wirt geradeheraus.

»Kommissar Maigret.«

»Oh, Pardon. Leider kenne ich seine Hausnummer nicht, aber ich kann Ihnen das Haus beschreiben, denn er hat mich zwei-, dreimal zum Mittagessen eingeladen. Kennen Sie Joinville? Und gleich hinter der Brücke die Île d'Amour? Er wohnt nicht auf der Insel selbst, sondern in einem Haus gegenüber der Spitze. Mit einem Bootsschuppen davor. Sie können es nicht verfehlen.«

Es war halb neun, als das Taxi vor dem Haus hielt. Auf einem weißen Marmorschild stand in Druckbuchstaben: LE NID, und daneben sah man einen exotischen Vogel oder das, was man sich darunter vorstellte, auf dem Rand eines Nestes sitzen.

»Darüber hat er bestimmt lange gebrütet«, sagte Maigret, während er klingelte.

Der ehemalige Wirt des Cadran hieß Loiseau, der Vogel, Désiré Loiseau.

»Du wirst sehen, er ist aus dem Norden und bietet uns einen alten Genever an.«

Und so war es auch. Als Erstes kam eine kleine mollige Frau mit hellblondem Haar und rosigem Teint. Man musste schon genau hinsehen, um die feinen Falten unter der dicken Puderschicht zu entdecken.

»Monsieur Loiseau!«, rief sie. »Hier ist jemand für Sie.«

Dabei war es Madame Loiseau! Sie ließ sie in den Salon eintreten, in dem es nach Möbelpolitur roch.

Loiseau war ebenfalls recht dick, aber groß und breit, größer und breiter als Maigret, was ihn nicht daran hinderte, sich mit tänzerischer Grazie zu bewegen.

»Setzen Sie sich doch, Herr Kommissar. Und Sie auch, Monsieur …«

»Das ist Inspektor Lucas.«

»Na so was, ich hatte einen Schulkameraden, der ebenfalls Lucas hieß. Sie sind nicht zufällig Belgier, Herr Inspektor? Ich bin es nämlich, das hört man gleich, nicht wahr? Doch, doch … Ich schäme mich deswegen nicht. Ist ja keine Schande! Mein Schatz, bring uns bitte was zu trinken.«

Und gleich darauf stand der Genever auf dem Tisch.

»Albert? Oh ja, ich erinnere mich gut an ihn. Er stammte aus dem Norden. Ich glaube übrigens, seine Mutter war ebenfalls Belgierin. Ich habe es sehr bedauert, als er ging. Sehen Sie, in unserem Beruf ist die gute Laune das Wichtigste. Leute, die in ein Lokal kommen, möchten lächelnde Gesichter sehen. Ich erinnere mich zum Beispiel an einen Kellner, ein braver Mann mit ich weiß nicht wie vielen Kindern, der sich immer, wenn ein Gast ein Mineralwasser oder ein anderes nichtalkoholisches Getränk bestellte, zu ihm hinunterbeugte und

vertraulich flüsterte: ›Haben Sie auch ein Magen-
geschwür?‹ Für ihn gab es nichts als sein Magen-
geschwür. Ich musste ihn schließlich entlassen, weil
die Leute sich umsetzten, sobald sie ihn an ihren
Tisch kommen sahen. Aber Albert war das ganze
Gegenteil. Ein Spaßvogel. Er summte meistens etwas vor sich hin, setzte sich den Hut verwegen auf
den Kopf und hatte stets einen Witz auf Lager. Er
hatte eine unverwechselbare Art, den Leuten zuzu-
rufen: ›Schönes Wetter heute, nicht?‹«

»Ist er von Ihnen fortgegangen, um sich selbstständig zu machen?«

»Ja, er hat eine Kneipe eröffnet, irgendwo am
Quai de Charenton.«

»Hatte er geerbt?«

»Das glaube ich nicht. Er hätte es mir erzählt.
Aber ich erinnere mich, dass er geheiratet hat.«

»Als er von Ihnen wegging?«

»Ja, kurz davor.«

»Waren Sie nicht zur Hochzeit eingeladen?«

»Ich wäre sicherlich dabei gewesen, wenn sie in
Paris stattgefunden hätte, denn in der Brasserie
waren wir wie eine große Familie. Aber sie haben
irgendwo auf dem Land geheiratet, im Süden, ich
weiß nicht mehr wo.«

»Können Sie sich gar nicht mehr daran erinnern?«

»Nein. Ich muss gestehen, für mich ist alles jen-
seits der Loire tiefster Süden.«

»Haben Sie seine Frau kennengelernt?«

»Er hat sie mir vorgestellt, eine Brünette, nicht besonders hübsch …«

»Schielte sie?«

»Ja, ihre Augen standen nicht ganz gerade. Aber das störte kaum. Es gibt Menschen, bei denen stößt einen das ab, aber anderen steht es gar nicht so schlecht.«

»Sie kennen nicht zufällig ihren Mädchennamen?«

»Nein. Ich glaube, sie war mit ihm verwandt, eine Cousine oder so ähnlich. Sie kannten sich schon ewig. Albert hat gesagt: ›Wenn man doch sowieso irgendwann heiraten muss, kann man gleich jemanden nehmen, den man schon kennt.‹ Er musste immer Witze reißen. Anscheinend war er auch ein begabter Sänger. Manche Gäste haben mir ernsthaft versichert, er könne seinen Lebensunterhalt im Varieté verdienen.

Nehmen Sie noch ein Gläschen? Wie Sie sehen, ist es hier sehr ruhig, zu ruhig, und es kann gut sein, dass ich eines Tages meinen Beruf wieder aufnehme. Aber leider findet man kaum noch solche Angestellten wie Albert. Kennen Sie ihn gut? Wie läuft sein Lokal?«

Maigret verschwieg den beiden lieber, dass Albert tot war, denn er fürchtete, dass sonst endloses Wehklagen und Seufzen gefolgt wäre.

»Erinnern Sie sich, ob er Freunde hatte, die ihm wirklich nahestanden?«

»Er war mit jedermann gut Freund.«

»Hat ihn nie jemand von der Arbeit abgeholt?«

»Nein. Er ging gern zu Pferderennen. Er richtete es so ein, dass er möglichst oft nachmittags frei hatte. Aber er war nicht leichtsinnig. Er hat nie versucht, mich anzupumpen. Er hat immer nur so viel gewettet, wie ihm seine Mittel erlaubten. Wenn Sie ihn sehen, richten Sie ihm bitte aus, dass …«

Und Madame Loiseau, die in der Anwesenheit ihres Mannes den Mund nicht mehr aufgemacht hatte, lächelte die ganze Zeit, wie eine Wachspuppe im Schaufenster eines Friseurs.

Ob sie noch ein Gläschen nehmen würden? Aber ja. Zumal der Genever wirklich gut war. Und dann auf zu der Razzia in einer Straße, wo man sie nicht mehr anlächeln würde.

6

Zwei Mannschaftswagen hatten in der Rue de Rivoli, Ecke Rue Vieille-du-Temple gehalten, und im Schein der Laternen sah man einen Augenblick lang die silbernen Knöpfe der Polizeiuniformen aufblitzen. Die Polizisten hatten sofort begonnen, einige Straßen abzuriegeln, in denen Inspektoren der Kriminalpolizei bereits auf ihren Posten standen.

Hinter den Mannschaftswagen reihten sich die Gefangenentransporter auf. Direkt an der Ecke zur Rue du Roi-de-Sicile stand ein Polizeioffizier und blickte unverwandt auf seine Uhr.

In der Rue Saint-Antoine drehten sich Passanten beunruhigt um und beschleunigten den Schritt. In dem umstellten Viertel waren noch einige Fenster erleuchtet; aus den Türen der kleinen Hotels und Pensionen fiel ein schwacher Lichtschein, und die Laterne vor dem Bordell in der Rue des Rosiers brannte noch.

Der Polizeioffizier, der weiterhin auf seine Uhr starrte, zählte die letzten Sekunden, während Maigret, gleichgültig oder ein wenig verlegen, die

Hände in den Manteltaschen vergraben, neben ihm stand und ins Leere blickte.

Vierzig … fünfzig … sechzig … Zwei schrille Pfiffe ertönten, auf die sofort andere Pfiffe antworteten. Die uniformierten Beamten schwärmten in die Straßen aus, während die Inspektoren in die zwielichtigen Absteigen hineingingen.

Wie immer in solchen Fällen öffneten sich überall Fenster, und im Dunkeln sah man helle Schemen, die sich besorgt oder empört hinausbeugten. Schon hörte man Stimmen. Schon schob ein Polizist ein Mädchen vor sich her, aufgegriffen in einem dunklen Winkel, das ihm unflätige Schimpfworte an den Kopf warf.

Man hörte schnelle Schritte, sah Männer, die zu fliehen versuchten und in die dunklen Gassen eintauchten. Vergebens, denn auch dort stießen sie auf Polizeikordons.

»Papiere!«

Taschenlampen blitzten auf, richteten sich auf verdächtige Gesichter, speckige Pässe und Personalausweise. An den Fenstern standen Leute, die all das schon kannten und so bald nicht wieder einschlafen würden. Sie verfolgten die Razzia wie ein Schauspiel.

Die größte Ausbeute war bereits auf der Polizeiwache. Es waren diejenigen, die nicht erst die Razzia abgewartet hatten. Schon am späten Nachmittag, als der Mann auf der Straße erschossen worden war, hatten sie Lunte gerochen. Und sobald es Abend wurde, waren dunkle Gestalten, beladen mit alten Koffern oder seltsamen Bündeln, die Mauern entlanggeschlichen und Maigrets Inspektoren in die Arme gelaufen.

Es war so ziemlich alles dabei: Aufenthaltsverbote, gefälschte Personalausweise, Zuhälter, Polen und Italiener, die nicht gemeldet waren.

Ihnen allen, die sich unbekümmert gaben, wurde dieselbe harsche Frage gestellt:

»Wo willst du hin?«

»Ich ziehe um.«

»Weshalb?«

Ängstliche oder wütende Blicke im Dunkeln.

»Ich habe Arbeit gefunden.«

»Wo?«

Manche erzählten etwas von einer Schwester, zu der sie fahren wollten und die im Norden oder in der Gegend um Toulouse wohne.

»Einsteigen!«

Und dann saßen sie im Gefangenenwagen. Verbrachten die Nacht auf der Präfektur, wo man ihre Identität überprüfte. In der Regel waren es arme Teufel, aber nur wenige von ihnen hatten ein reines Gewissen.

»Kein einziger Tscheche bisher, Chef«, hatte man Maigret gemeldet.

Und jetzt stand der Kommissar hier im Dunkeln, rauchte missmutig seine Pfeife, sah schattenhafte Gestalten, hörte Schreie, hastige Schritte und bisweilen das dumpfe Geräusch einer Faust, die in ein Gesicht schlug.

In den Hotels und Pensionen ging es am bewegtesten zu. Die Wirte streiften in aller Eile eine Hose über und warteten dann mürrisch in ihrem Büro, wo die meisten ein Feldbett stehen hatten. Einige versuchten, den Polizisten, die im Flur Wache hielten, etwas zu trinken anzubieten, während die Inspektoren die Treppe hinaufstampften. Gleich darauf begann es in allen Löchern des Hauses lebendig zu werden. Ein Hämmern an der ersten Tür.

»Polizei!«

Männer und Frauen, nur im Hemd, verschlafen und bleich, alle mit der gleichen ängstlichen, manchmal auch verstörten Miene.

»Ihre Papiere!«

Barfuß liefen sie zum Bett, um sie unter dem Kopfkissen hervorzuziehen, oder wühlten in einer Schublade. Manche kramten auch in abgenutzten, altmodischen Koffern, die vom anderen Ende Europas stammten.

Im Hôtel du Lion d'Or blieb ein splitternackter Mann mit herunterbaumelnden Beinen auf dem Bett sitzen, während seine Begleiterin ihren Prostituierten-Ausweis vorzeigte.

»Und du?«

Der Mann blickte den Inspektor verständnislos an.

»Dein Pass?«

Er rührte sich noch immer nicht. Seine Haut wirkte umso weißer, als sein ganzer Körper sehr dicht und schwarz behaart war.

»Wer ist das?«, fragte der Inspektor das Mädchen.

»Weiß ich nicht.«

»Hat er dir nichts gesagt?«

»Er spricht kein Wort Französisch.«

»Wo hast du ihn kennengelernt?«

»Auf der Straße.«

Mitkommen! Man drückte ihm seine Kleidungsstücke in die Hand, machte ihm ein Zeichen, dass er sich anziehen solle. Es dauerte lange, bis er begriff; er protestierte, wandte sich seiner Begleiterin zu, von der er irgendetwas wollte. Wahrscheinlich sein Geld. Vielleicht war er erst an diesem Abend nach Frankreich gekommen, und nun sollte er seine erste Nacht in einer Zelle am Quai de l'Horloge verbringen.

»Papiere ...«

Türen öffneten sich auf verwahrloste Zimmer, die außer dem Geruch des Hauses den Muff ihrer Gäste verströmten, die für eine Nacht oder eine Woche dort hausten.

Fünfzehn, zwanzig Personen drängten sich vor

dem Gefangenenwagen. Man schob einen nach dem anderen hinein, und einige der Mädchen, die so etwas schon oft erlebt hatten, scherzten mit den Polizisten. Manche machten sich einen Spaß daraus, ihnen obszöne Gesten zu zeigen.

Andere weinten. Männer ballten ihre Fäuste, darunter ein Halbwüchsiger mit kahlrasiertem Schädel, der keine Papiere hatte und bei dem ein Revolver gefunden worden war.

In den Hotels und auf der Straße hatte man nur eine grobe Auslese treffen können. Die eigentliche Arbeit begann in der Polizeipräfektur, entweder im Laufe der Nacht oder am nächsten Morgen.

»Papiere …«

Die Hotelinhaber waren am nervösesten. Ihre Konzession stand auf dem Spiel. Und doch hielt sich keiner von ihnen an die Vorschriften. Alle hatten einige Gäste nicht ordnungsgemäß eingetragen.

»Wissen Sie, Herr Inspektor, ich bin immer in allem korrekt gewesen, aber wenn ein Gast um Mitternacht erscheint und man ganz verschlafen ist …«

Maigret stand unter der Milchglaslampe des Hôtel du Lion d'Or. Über ihm öffnete sich ein Fenster. Ein Pfiff ertönte. Der Kommissar ging ein paar Schritte vor und hob den Kopf.

»Was ist los?«

Ein blutjunger Inspektor stammelte:

»Ich glaube, Sie sollten raufkommen.«

Maigret stieg die enge Treppe hinauf, und Lucas folgte ihm. Man streifte zugleich das Geländer und die Wand. Die Stufen knarrten. Vor Jahrzehnten, um nicht zu sagen Jahrhunderten schon hätten all diese Häuser abgerissen oder vielmehr samt ihrem Ungeziefer aus aller Herren Länder verbrannt werden müssen.

Es war im zweiten Stock. Die Tür stand offen. Kein Mensch war in dem Zimmer. Eine schwache Glühbirne baumelte von der Decke herab. Zwei Eisenbetten, von denen das eine ungemacht war. Auf dem Fußboden lagen eine Matratze und grobe graue Wolldecken, über einem Stuhl hing eine Jacke. Auf dem Tisch ein Spirituskocher, Essensreste und leere Weinflaschen.

»Hier entlang, Chef.«

Die Verbindungstür zum Nebenzimmer stand ebenfalls offen, und Maigret erblickte eine Frau, die dort im Bett lag, sah ihr Gesicht auf dem Kopfkissen, ihre dunklen Augen, die ihn wild anfunkelten.

»Was ist hier los?«, fragte er.

Selten hatte er ein ausdrucksvolleres Gesicht gesehen. Und nie eines von solcher Wildheit.

»Schauen Sie sie sich an«, stotterte der Inspektor. »Ich wollte sie dazu bringen aufzustehen. Aber sie hat mir nicht einmal geantwortet. Also bin ich zum Bett hingegangen und wollte sie an der Schulter rütteln. Sehen Sie sich nur meine Hand an. Blutig gebissen hat sie mich.«

Die Frau lächelte nicht, als sie sah, wie der Inspektor Maigret seinen verletzten Daumen zeigte. Im Gegenteil, ihre Züge verzerrten sich wie unter einem plötzlichen, heftigen Schmerz.

Maigret, der sie beobachtete, runzelte die Stirn und brummte:

»Aber sie liegt ja in den Wehen!«

Er drehte sich zu Lucas um.

»Ruf einen Krankenwagen. Bring sie zur Geburtsklinik. Und sag dem Wirt, er soll sofort heraufkommen.«

Der junge Inspektor wurde rot und wagte nicht mehr, auf das Bett zu blicken. Die Jagd in den anderen Stockwerken des Hauses ging unterdessen weiter, dass der Boden bebte.

»Willst du nichts sagen?«, fragte Maigret die Frau. »Verstehst du kein Französisch?«

Sie starrte ihn immer noch an. Unmöglich, ihre Gedanken zu erraten. Das Einzige, was sich in ihrem Gesicht spiegelte, war wilder Hass.

Sie war jung, wahrscheinlich noch keine fünfundzwanzig. Die vollen Wangen waren von langem seidig-schwarzem Haar umrahmt. Jemand polterte die Treppe herauf. Einen Augenblick später stand der Wirt in der Tür und zögerte.

»Wer ist das?«

»Sie heißt Maria.«

»Und weiter?«

»Ich glaube nicht, dass sie einen anderen Namen hat.«

Plötzlich wurde Maigret von einem Zorn ergriffen, der ihm später peinlich sein sollte. Er hob einen Männerschuh auf, der vor dem Bett lag.

»Und das hier?«, schrie er und warf ihn dem Wirt vor die Füße. »Hat das auch keinen Namen? Und das? Und das?«

Er griff nach einem Jackett, schnappte sich ein schmutziges Hemd aus dem Schrank, einen zweiten Schuh, eine Mütze.

»Und das hier?«

Er ging ins Nebenzimmer und deutete auf zwei Koffer, die in einer Ecke standen.

»Und das?«

Ein Stück Käse auf fettigem Papier, vier Gläser, Teller mit Wurstresten.

»Sind alle, die hier gewohnt haben, in deinem Meldebuch eingetragen? Hm? Antworte! Und vor allem: Wie viele waren es?«

»Ich weiß nicht.«

»Spricht diese Frau unsere Sprache?«

»Ich weiß nicht. Nein … Sie versteht einige Wörter.«

»Seit wann ist sie hier?«

»Ich weiß nicht.«

Der Mann sah ungesund aus. Er hatte ein scheußliches, bläuliches Furunkel am Hals und spärliches Haar. Seine Hose, deren Träger er nicht übergestreift hatte, rutschte an den Hüften hinunter, und er hielt sie mit beiden Händen fest.

»Wann hat das hier angefangen?«

Maigret deutete auf die Frau.

»Ich wusste nichts davon ...«

»Du lügst! Was ist mit den anderen? Wo sind sie?«

»Vermutlich sind sie abgereist ...«

»Wann?«

Maigret ging mit finstrer Miene und geballten Fäusten auf ihn zu. In diesem Moment wäre er imstande gewesen, den Mann zu schlagen.

»Gib zu, dass sie gleich abgehauen sind, nachdem der Kerl auf der Straße erschossen wurde! Sie waren schlauer als die anderen. Sie haben nicht erst abgewartet, dass die Polizei die Gegend abriegelt.«

Der Wirt antwortete nicht.

»Schau dir das an. Du kennst ihn. Gib's zu!«

Er hielt ihm Victor Polienskys Foto unter die Nase.

»Und, kennst du ihn?«

»Ja.«

»Hat er in diesem Zimmer gewohnt?«

»Nebenan.«

»Zusammen mit den anderen? Und wer hat hier bei der Frau geschlafen?«

»Ich schwöre Ihnen, ich weiß es nicht. Vielleicht waren es mehrere …«

Lucas kam wieder herauf. Gleich darauf hörte man die Sirene des Krankenwagens. Die Frau schrie vor Schmerzen auf, biss sich aber gleich auf die Lippe und blickte die Männer verächtlich an.

»Hör mal, Lucas, ich habe noch eine Weile hier zu tun. Fahr du mit ihr und weiche nicht von ihrer Seite. Damit meine ich, warte im Flur des Krankenhauses. Ich werde gleich nachher versuchen, einen tschechischen Dolmetscher aufzutreiben.«

Weitere Mieter, die man abführte, polterten die Treppe hinunter und stießen mit den Sanitätern zusammen, die mit der Tragbahre heraufkamen. All das hatte in dem trüben Licht etwas Gespenstisches. Es erinnerte an einen Albtraum, einen Albtraum, der nach Schweiß und Schmutz roch.

Maigret ging nach nebenan, solange die Sanitäter sich um die junge Frau kümmerten.

»Wohin bringst du sie?«, fragte er Lucas.

»Ins Laënnec. Ich musste erst drei Kliniken anrufen, bis ich ein freies Bett gefunden habe.«

Der Wirt wagte nicht, sich zu rühren, und blickte mit düsterer Miene zu Boden.

»Du bleibst. Mach die Tür zu!«, befahl ihm Maigret, als die anderen weg waren. »Und jetzt erzähl!«

»Ich weiß kaum was, ich schwöre es Ihnen.«

»Heute Abend war ein Inspektor hier und hat dir das Foto gezeigt, stimmt's?«

»Das stimmt.«

»Du hast behauptet, du würdest den Mann nicht kennen.«

»Moment! Ich habe gesagt, er sei kein Mieter.«

»Wieso das?«

»Er und die Frau sind hier nicht gemeldet. Die beiden Zimmer laufen auf den Namen eines anderen.«

»Wie lange schon?«

»Ungefähr fünf Monate.«

»Wie heißt er?«

»Serge Madok.«

»Ist er der Chef?«

»Der Chef wovon?«

»Ich will dir einen guten Rat geben: Spiel nicht den Dummen, sonst werden wir diese Unterhaltung anderswo fortsetzen, und morgen früh wird deine Bude dichtgemacht. Verstanden?«

»Ich habe mich immer korrekt verhalten.«

»Außer heute Abend. Erzähl mir etwas von deinem Serge Madok. Ist er Tscheche?«

»So steht es jedenfalls in seinen Papieren. Sie sprechen alle dieselbe Sprache. Polnisch ist es nicht, denn Polen kenne ich genug.«

»Wie alt?«

»Etwa dreißig. Am Anfang hat er mir erzählt, er würde in einer Fabrik arbeiten.«

»Und stimmte das?«

»Nein.«

»Woher weißt du das?«

»Weil er den ganzen Tag hier war.«

»Und die anderen?«

»Die anderen auch. Es hat immer nur einer das Haus verlassen. Meistens die Frau, wenn sie ihre Besorgungen in der Rue Saint-Antoine gemacht hat.«

»Was haben sie den ganzen Tag getrieben?«

»Nichts. Geschlafen, gegessen, getrunken, Karten gespielt. Sie waren ziemlich ruhig. Hin und wieder haben sie gesungen, aber nie nachts, sodass ich nichts dagegen sagen konnte.«

»Wie viele waren es?«

»Vier Männer und eben Maria.«

»Und die vier Männer haben mit Maria …«

»Weiß ich nicht.«

»Du lügst! Rede!«

»Irgendwas ging da vor sich, aber ich weiß nicht genau, was. Manchmal haben sie gestritten, und ich glaube, das war ihretwegen. Ein paarmal bin ich zufällig ins Nebenzimmer gekommen, und es war nicht immer derselbe Mann, der fehlte.«

»Und der auf dem Foto, Victor Poliensky?«

»Ja, der auch. Jedenfalls war er in sie verliebt.«

»Wer war der Anführer?«

»Ich glaube, das war der, den sie Carl nannten. Ich habe auch seinen anderen Namen gehört, aber der ist so schwierig, dass ich ihn nie aussprechen konnte und ihn auch nicht behalten habe.«

»Einen Augenblick.«

Maigret zog sein Notizbuch hervor und feuchtete, wie ein Schüler, seinen Bleistift an.

»Da ist erst einmal die Frau, die du Maria nennst. Dann Carl. Dann Serge Madok, auf dessen Namen die beiden Zimmer gingen. Und Victor Poliensky, der tot ist. Sind das alle?«

»Da ist noch der Junge.«

»Was für ein Junge?«

»Ich vermute, er ist Marias Bruder. Jedenfalls sieht er ihr ähnlich. Sie haben ihn Pietr gerufen. Er muss sechzehn oder siebzehn Jahre alt sein.«

»Arbeitet er auch nicht?«

Der Wirt schüttelte den Kopf. Er stand ohne Jacke da und fröstelte vor Kälte. Maigret hatte das Fenster geöffnet, um zu lüften – allerdings war die Luft draußen auch nicht frischer.

»Keiner von denen arbeitet.«

»Und trotzdem haben sie viel Geld ausgegeben.«

Maigret deutete auf den Haufen leerer Flaschen in einer Ecke, darunter auch Champagnerflaschen.

»Für hiesige Verhältnisse haben sie viel ausgegeben. Aber es schwankte. Es gab Zeiten, wo sie den Gürtel enger schnallen mussten. Das hat man sofort gemerkt. Wenn der Junge mit den leeren Flaschen loszog, um sie zu verkaufen, war Ebbe in der Kasse.«

»Hatten sie Besucher?«

»Kann sein, gelegentlich.«

»Du willst diese Unterhaltung wohl unbedingt am Quai des Orfèvres fortsetzen?«

»Nein. Ich sage Ihnen alles, was ich weiß. Zwei- oder dreimal ist jemand vorbeigekommen.«

»Wer?«

»Ein gutgekleideter Herr.«

»Ist er zu ihnen hochgegangen? Was hat er unten zu dir gesagt?«

»Nichts. Offenbar wusste er, wo sie wohnten. Er ist direkt hinaufgegangen.«

»Und das ist alles?«

Draußen war es allmählich ruhig geworden. Die Lichter hinter den Fenstern waren erloschen. Man hörte noch die Schritte einiger Polizisten, die eine letzte Runde machten und an ein paar Türen läuteten.

Der Polizeioffizier kam die Treppe herauf.

»Ich erwarte Ihre Anweisungen, Herr Kommissar. Die Razzia ist beendet, die Wagen sind voll.«

»Sie können losfahren. Schicken Sie bitte zwei meiner Inspektoren zu mir.«

Der Wirt jammerte: »Ich friere.«

»Und mir ist zu heiß«, antwortete Maigret.

Allerdings hätte er seinen Mantel in dieser schäbigen Absteige nirgendwo ablegen mögen.

»Und du bist diesem Besucher nirgendwo sonst begegnet? Und hast sein Foto auch nicht in der Zeitung gesehen? War es vielleicht der hier?«

Er zeigte ihm das Foto des kleinen Albert, das er immer bei sich trug.

»Er sieht ihm nicht ähnlich. Es war ein schöner, sehr eleganter Mann mit einem kleinen braunen Schnurrbart.«

»Wie alt etwa?«

»Vielleicht fünfunddreißig. Er trug einen dicken goldenen Siegelring, das ist mir aufgefallen.«

»Franzose? Tscheche?«

»Bestimmt kein Franzose. Er hat mit ihnen in ihrer Sprache geredet.«

»Hast du an der Tür gelauscht?«

»Das tue ich manchmal. Ich will wissen, was bei mir vorgeht, verstehen Sie?«

»Und ich nehme an, du hast es ziemlich schnell kapiert.«

»Was kapiert?«

»Du hältst mich wohl für einen Idioten. Was machen Leute, die sich in so einem Rattenloch verkriechen und sich keine Arbeit suchen? Wovon leben sie? Antworte!«

»Das geht mich nichts an.«

»Wie oft haben sie alle zusammen das Haus verlassen?«

Der Mann wurde rot und zögerte, aber Maigrets Blick ließ ihm eine gewisse Aufrichtigkeit ratsam erscheinen.

»Vier- oder fünfmal.«

»Wie lange sind sie weggeblieben? Eine Nacht?«

»Woher wissen Sie, dass es nachts war? Gewöhnlich war es so. Aber einmal sind sie zwei Tage und zwei Nächte weggeblieben, und ich dachte schon, sie würden gar nicht mehr wiederkommen.«

»Du dachtest, man hätte sie erwischt, stimmt's?«

»Kann sein.«

»Was haben sie dir gegeben, wenn sie wiederkamen?«

»Sie haben mir die Miete gezahlt.«

»Die Miete für eine einzige Person? Schließlich war ja nur einer gemeldet.«

»Sie haben mir etwas mehr gegeben.«

»Wie viel? Sei auf der Hut, Bürschchen. Denk dran, dass ich dich wegen Beihilfe ins Kittchen bringen kann.«

»Einmal haben sie mir fünfhundert Franc gegeben. Ein andermal zweitausend.«

»Und dann haben sie wieder ordentlich gefeiert, was?«

»Ja, sie haben eine Menge eingekauft.«

»Und wer hat Schmiere gestanden?«

Diese Frage war dem Wirt offensichtlich besonders unangenehm, und er blickte unwillkürlich zur Tür.

»Es gibt hier zwei Ausgänge, nicht wahr?«

»Na ja, wenn man durch die Hinterhöfe läuft und über zwei Mauern klettert, gelangt man zur Rue Vieille-du-Temple.«

»Wer hat Schmiere gestanden?«

»Auf der Straße?«

»Ja, auf der Straße. Und vermutlich stand auch einer immer am Fenster? Als Madok sich hier eingemietet hat, hat er doch sicher ein Zimmer zur Straße verlangt.«

»Das stimmt. Und ja, einer ging immer auf der Straße auf und ab. Sie haben sich abgewechselt.«

»Und noch etwas: Wer von ihnen hat dir gedroht, dich umzubringen, wenn du den Mund aufmachst?«

»Carl.«

»Wann war das?«

»Nachdem sie zum ersten Mal eine Nacht auswärts verbracht hatten.«

»Woher wusstest du, dass die Drohung ernst gemeint war, dass diese Leute zu allem fähig sind?«

»Ich war in ihrem Zimmer. Ich mache oft einen kleinen Rundgang, unter dem Vorwand, dass ich nachsehen will, ob das Licht funktioniert oder ob die Betten frisch bezogen sind.«

»Werden sie oft frisch bezogen?«

»Einmal im Monat. Da habe ich die Frau dabei überrascht, wie sie ein Hemd in der Schüssel ausgewaschen hat. Ich habe gleich gesehen, dass es blutig war.«

»Wem gehörte das Hemd?«

»Einem der Männer, ich weiß nicht, welchem.«

Zwei Inspektoren warteten draußen auf dem Treppenabsatz auf weitere Anweisungen.

»Einer von euch soll Moers anrufen. Er ist jetzt wohl schon im Bett, es sei denn, er muss noch etwas fertig machen. Wenn ihr ihn nicht am Quai erreicht, ruft bei ihm zu Hause an und sagt ihm, er soll mit seiner Ausrüstung herkommen.«

Ohne den Wirt weiter zu beachten, ging Maigret jetzt zwischen den beiden Zimmern hin und her, öffnete hier einen Schrank, dort eine Schublade, trat mit dem Fuß gegen einen Haufen schmutziger Wäsche. Die Tapete an den Wänden war verblasst und löste sich an einigen Stellen. Die Eisenbetten waren schwarz und trist, die Decken von einem hässlichen Kasernengrau. Überall herrschte Unordnung. Die Mieter hatten offenbar hastig das Wertvollste zusammengerafft, aber keine größeren Gegenstände mitzunehmen gewagt, um nicht aufzufallen.

»Sind sie gleich nach dem Schuss abgehauen?«, fragte Maigret.

»Ja.«

»Vorne durch die Tür?«

»Nein, über die Höfe.«

»Wer war zu dem Zeitpunkt draußen?«

»Victor natürlich, und dann Serge Madok.«

»Wer ist unten ans Telefon gegangen?«

»Woher wissen Sie, dass ein Anruf kam?«

»Antworte!«

»Gegen halb fünf kam ein Anruf für sie, das stimmt. Ich habe die Stimme nicht erkannt, aber es war jemand, der ihre Sprache sprach und einfach nur den Namen Carl gesagt hat. Ich habe Carl gerufen, und er ist runtergekommen. Ich sehe ihn noch vor mir, wie er in meinem Büro steht, außer sich vor Wut. Er hat irgendwas in den Apparat gebrüllt. Als er wieder raufging, hat er immer noch geflucht und getobt, gleich darauf ist Madok runtergekommen.«

»Madok hat also seinen Kumpan umgebracht?«

»Gut möglich.«

»Wollten sie die Frau nicht mitnehmen?«

»Ich habe sie darauf angesprochen, als sie durch den Flur kamen. Ich habe schon geahnt, dass mir das alles Scherereien bringen würde. Mir wäre es am liebsten gewesen, sie wären alle miteinander verschwunden. Ich wusste ja nicht, dass die Geburt so bald bevorstand. Ich bin zu ihr rauf und hab gesagt, sie soll verschwinden wie die anderen auch. Sie lag im Bett und hat mich nur angeguckt. Wissen Sie, sie versteht viel mehr Französisch, als sie vorgibt. Sie hat mir einfach nicht geantwortet, aber dann hat sie sich plötzlich vor Schmerzen gewunden, und da wusste ich, was los war.«

Maigret wandte sich an den Inspektor, der dageblieben war. »Du, mein Lieber, wartest hier auf Moers. Lass niemanden in die beiden Zimmer, vor allem nicht diesen Gauner hier. Hast du eine Waffe?«

Der Inspektor zeigte auf seine Jackentasche, die von dem Revolver gewölbt war.

»Moers soll sich zuerst mit den Fingerabdrücken befassen. Dann soll er alles mitnehmen, was uns einen Hinweis geben könnte. Sie haben keinerlei Papiere hinterlassen, das habe ich schon überprüft.«

Alte Socken, Unterhosen, eine Mundharmonika, ein Nähkästchen, Kleidungsstücke, mehrere Päckchen Spielkarten, kleine Figürchen, aus weichem Holz geschnitzt …

Er stieg hinter dem Wirt die Treppe hinunter. Das sogenannte Büro war ein winziger, schummriger und stickiger Raum, in dem ein Feldbett und ein Tisch mit einem Gaskocher und den Resten einer Mahlzeit standen.

»Du hast dir wohl nicht die Daten notiert, an denen die Kerle abwesend waren?«

Die Antwort kam wie aus der Pistole geschossen.

»Nein.«

»Das habe ich mir schon gedacht. Sei's drum. Du hast bis morgen früh Zeit, dein Gedächtnis aufzufrischen. Morgen früh komme ich her oder lasse dich abholen und in mein Büro bringen. Und dann brauche ich die Daten, und zwar die *exakten* Daten. Hast du verstanden? Andernfalls bin ich leider gezwungen, dich einzusperren.«

Der Wirt hatte noch etwas auf dem Herzen, wollte aber nicht recht mit der Sprache heraus.

»Wenn zufällig einer käme … darf ich dann … darf ich dann meinen Revolver benutzen?«

»Dir ist wohl klargeworden, dass du zu viel weißt und dass sie auf die Idee kommen könnten, dir dasselbe Schicksal zu bereiten wie Victor?«

»Ich habe Angst.«

»Ein Polizist wird auf der Straße Wache stehen.«

»Aber sie könnten auch über die Höfe kommen.«

»Auch daran habe ich gedacht. Ich werde einen zweiten in der Rue Vieille-du-Temple postieren.«

Die Straßen lagen verlassen da. Nach dem Wirbel der letzten Stunden war die Stille fast unheimlich. Nichts erinnerte mehr an die Razzia. Die Lampen hinter den Fenstern waren erloschen. Alles schlief, außer denen, die man zur Präfektur gebracht hatte, und außer Maria, die wahrscheinlich gerade ihr Kind zur Welt brachte, während Lucas im Flur des Krankenhauses auf- und abging.

Wie versprochen, ließ Maigret zwei Männer Wache stehen und gab ihnen genaue Anweisungen. Es dauerte eine Weile, bis ein Taxi hielt. Die Nacht war klar und kühl.

Er zögerte einen Augenblick, als er in den Wagen stieg. Hatte er nicht die ganze vorhergehende Nacht geschlafen? Hatte er sich nicht drei Tage und Nächte lang wegen seiner berühmten Erkältung ausruhen können? Hatte Moers Zeit zum Schlafen?

»Wo ist jetzt noch ein Lokal offen?«, fragte er.

Er hatte plötzlich Hunger. Hunger und Durst. Der Gedanke an ein gut gekühltes Bier mit silbrig weißem Schaum ließ ihm das Wasser im Munde zusammenlaufen.

»Außer den Nachtlokalen wohl nur das Coupole oder die kleinen Kneipen in den Markthallen.«

Er wusste es sowieso. Warum hatte er die Frage gestellt?

»Zum Coupole.«

Der Speisesaal war geschlossen, aber die Bar war noch offen. Ein paar schläfrige Stammgäste saßen am Tresen. Er ließ sich zwei üppige Schinkensandwiches bringen und trank rasch drei kleine Bier. Das Taxi hatte er warten lassen. Es war vier Uhr morgens.

»Zum Quai des Orfèvres.«

Unterwegs überlegte er es sich anders.

»Fahren Sie lieber zum Quai de l'Horloge.«

Die ganze kleine Gesellschaft war dort versammelt, und der muffige Geruch erinnerte an den in der Rue du Roi-de-Sicile. Man hatte die Männer auf der einen und die Frauen auf der anderen Seite eingesperrt, zusammen mit all den Clochards, Säufern und Dirnen, die man in der Nacht aufgegriffen hatte. Einige schliefen auf den Pritschen. Die Stammkunden hatten ihre Schuhe ausgezogen und massierten sich die schmerzenden Füße. Ein paar Frauen schäkerten durch die Gitter mit den Wächtern, und manchmal hob eine von ihnen aufreizend den Rock bis zur Taille hoch.

Die Polizisten saßen vor dem Ofen, auf dem Kaffee warm gehalten wurde, und spielten Karten. Die Inspektoren warteten auf Maigrets Anweisungen.

Eigentlich sollten die Papiere erst ab acht Uhr morgens unter die Lupe genommen und die Leute dann nach oben geschickt werden, wo sie sich für den Erkennungsdient und die ärztliche Untersuchung splitternackt ausziehen mussten.

»Fangt schon mal an, Kinder. Um die Papiere kann sich nachher der Kommissar vom Dienst kümmern. Ich möchte, dass ihr euch die aus der Rue du Roi-de-Sicile vorknöpft, vor allem die Frauen … Und ganz besonders die Leute, die im Hôtel du Lion d'Or wohnen, falls welche dabei sind …«

»Eine Frau und zwei Männer.«

»Gut. Sie sollen ausspucken, was sie über die Tschechen oder Maria wissen.«

Er gab ihnen eine kurze Beschreibung der Bandenmitglieder, dann setzte sich jeder von ihnen an einen Tisch.

Die Verhöre begannen. Sie sollten den ganzen Rest der Nacht dauern. Unterdessen ging Maigret, nach dem Lichtschalter tastend, durch die dunklen Flure des Palais de Justice zu seinem Büro.

Joseph, der Nachtdienst hatte, empfing ihn, und es tat gut, sein freundliches Gesicht zu sehen. Im Inspektorenbüro brannte Licht, und gerade klingelte dort das Telefon.

Maigret ging hinein. Bodin war am Apparat und sagte:

»Ich gebe ihn Ihnen ... Er kommt gerade herein ...«

Es war Lucas, der dem Kommissar meldete, dass Maria soeben einen neun Pfund schweren Jungen zur Welt gebracht hatte. Sie hatte versucht, aus dem Bett zu springen, als die Schwester das Baby zum Baden hinaustragen wollte.

7

Als Maigret in der Rue de Sèvres gegenüber dem Laënnec aus dem Taxi stieg, sah er einen großen Wagen mit dem Kennzeichen des Diplomatischen Korps. Vor dem Portal wartete ein langer, dünner Mann, der so beängstigend korrekt gekleidet war, so tadellos einstudierte Bewegungen und eine so perfekte Mimik hatte, dass man gar nicht erst seine bedächtig gesprochenen Worte hören, sondern ihn bloß staunend betrachten wollte.

Dabei war es nicht einmal der unterste Sekretär der Tschechoslowakischen Botschaft, sondern ein einfacher Verwaltungsbeamter.

»Seine Exzellenz hat mir gesagt …«, begann er.

Worauf Maigret, der die letzten Stunden zu den anstrengendsten seines Lebens zählte, ihn grummelnd unterbrach:

»Schon gut, schon gut.«

Auf der Treppe im Krankenhaus drehte er sich allerdings zu seinem Begleiter um und stellte ihm eine Frage, bei der dieser zusammenzuckte:

»Sie sprechen doch wenigstens Tschechisch?«

Lucas lehnte im Flur an einem Fenster und blickte melancholisch in den Garten hinaus. Es war ein grauer, regnerischer Morgen. Eine Schwester hatte ihn gebeten, nicht zu rauchen, und er zeigte seufzend auf Maigrets Pfeife.

»Die werden Sie ausmachen müssen, Chef.«

Sie mussten warten, bis die diensthabende Schwester sie holte. Es war eine Frau mittleren Alters, die sich von Maigrets Berühmtheit nicht beeindruckt zeigte, ja, grundsätzlich nichts für die Polizei übrigzuhaben schien.

»Sie dürfen sie nicht überanstrengen. Sobald ich Ihnen ein Zeichen mache, müssen Sie das Zimmer verlassen.«

Maigret zuckte mit den Schultern und betrat als Erster den kleinen weißen Raum, in dem Maria vor sich hin zu dösen schien, während das Baby in einer Wiege neben ihrem Bett schlief. Doch unter halb geschlossenen Lidern bewegten sich ihre Augen und folgten jeder Bewegung der beiden Männer.

Sie war genauso schön wie in der Nacht in der Rue du Roi-de-Sicile. Nur blasser sah sie aus. Man hatte ihr das Haar in zwei dicken Flechten um den Kopf gesteckt.

Maigret legte seinen Hut auf einen Stuhl und sagte zu dem Tschechen:

»Fragen Sie sie bitte nach ihrem Namen.«

Er wartete, ohne sich große Hoffnungen zu machen. Und tatsächlich antwortete die junge Frau nicht auf die Frage, sondern blickte den Mann, der ihre Sprache sprach, nur gehässig an.

»Sie antwortet nicht«, sagte der Dolmetscher. »Soweit ich es beurteilen kann, ist sie keine Tschechin, sondern Slowakin. Ich habe sie in beiden Sprachen gefragt, und nur beim zweiten Mal hat sie eine Regung gezeigt.«

»Bitte sagen Sie ihr, dass ich ihr dringend rate, meine Fragen zu beantworten, andernfalls könnte sie, trotz ihres Zustands, noch heute ins Gefängnisspital überwiesen werden.«

Der Tscheche, ganz Gentleman, strafte Maigret mit einem empörten Blick, und die Schwester, die durchs Zimmer strich, murmelte vor sich hin:

»Das wollen wir doch mal sehen!«

Dann wandte sie sich an Maigret:

»Haben Sie nicht unten an der Treppe gelesen, dass Rauchen hier verboten ist?«

Überraschend folgsam nahm Maigret die Pfeife aus dem Mund und ließ sie in der Hand ausgehen.

Maria hatte inzwischen etwas gesagt.

»Könnten Sie das übersetzen?«

»Sie sagt, es sei ihr ganz egal und sie hasse uns alle. Ich habe mich nicht getäuscht, sie ist Slowakin, Südslowakin wahrscheinlich, ein Mädchen vom Land.«

Er wirkte erleichtert. Da es sich um ein slowakisches Bauernmädchen handelte, war seine Ehre als echter Prager Tscheche gerettet.

Maigret hatte sein schwarzes Notizbuch aus der Tasche gezogen.

»Fragen Sie sie, wo sie in der Nacht vom zwölften auf den dreizehnten Oktober vorigen Jahres gewesen ist.«

Diesmal zeigte sie eine deutliche Reaktion. Ihr Gesicht verdüsterte sich, und sie blickte den Kommissar durchdringend an, gab aber keinen Laut von sich.

»Und in der Nacht vom achten auf den neunten Dezember?«

Sie wurde unruhig. Man sah sie tief Luft holen. Unwillkürlich streckte sie die Hand nach der Wiege aus, als ob sie ihr Kind an sich drücken und schützen wollte.

Sie erinnerte an ein prächtiges Raubtier. Nur der Schwester entging, dass sie aus einem anderen Holz geschnitzt war als sie alle hier. Sie behandelte Maria wie eine gewöhnliche Frau, wie jede Wöchnerin.

»Sind Sie bald fertig mit Ihrer dummen Fragerei?«

»Wenn Sie die Fragen für dumm halten, werde ich ihr jetzt eine stellen, die Sie vielleicht gnädiger beurteilen, Madame – oder Mademoiselle?«

»Mademoiselle, wenn ich bitten darf.«

»Das dachte ich mir schon. Bitte übersetzen Sie,

Monsieur. In der Nacht vom achten auf den neunten Dezember ist auf einem Bauernhof in der Picardie, in Saint-Gilles-Les-Vaudreuves, eine ganze Familie auf bestialische Weise mit dem Beil erschlagen worden. In der Nacht vom zwölften auf den dreizehnten Oktober sind zwei alte Bauersleute auf ihrem Hof in Saint-Aubin, ebenfalls in der Picardie, auf die nämliche Weise umgebracht worden. In der Nacht vom einundzwanzigsten auf den zweiundzwanzigsten November ist ein altes Ehepaar mitsamt dem zurückgebliebenen Knecht ebenfalls mit dem Beil ermordet worden.«

»Und Sie wollen vermutlich behaupten, dass sie die Täterin gewesen ist?«

»Einen Augenblick, Mademoiselle, lassen Sie es bitte erst übersetzen, ja?«

Mit angewiderter Miene, als beschmutzte er sich mit der Wiedergabe dieser Gräueltaten, übersetzte der Tscheche. Kaum hatte er begonnen, richtete sich die Frau in ihrem Bett halb auf, wobei sie eine Brust entblößte, was sie nicht weiter zu kümmern schien.

»Bis zum achten Dezember wusste man nichts von den Mördern, weil es keine Überlebenden gab. Verstehen Sie, Mademoiselle?«

»Ich glaube, der Arzt hat Ihnen nur einen sehr kurzen Besuch erlaubt.«

»Seien Sie unbesorgt. Die hält einiges aus. Sehen Sie sie nur an.«

Sie war immer noch schön, wie sie da neben ihrem Kleinen lag, wie eine Wölfin oder eine Löwin. Schön musste sie auch gewesen sein, als sie, den Männern voran, auf die Jagd gegangen war.

»Übersetzen Sie bitte Wort für Wort. Am achten Dezember ist den Tätern ein neunjähriges Mädchen entwischt. Die Kleine konnte sich im Hemd und barfuß aus dem Bett in einen Winkel retten. Niemand kam auf den Gedanken, sie dort zu suchen. Sie hat alles gesehen und gehört. Sie hat eine braunhaarige junge Frau gesehen, eine wunderschöne und wilde Frau, die ihrer Mutter eine brennende Kerze an die Füße hielt, während einer der Männer dem Großvater den Schädel spaltete und ein anderer seinen Kumpanen etwas zu trinken eingoss. Die Bäuerin schrie, flehte, wand sich in Schmerzen, während diese da …«, er zeigte auf die Wöchnerin, »die Frau noch raffinierter quälte, indem sie lächelnd eine brennende Zigarette auf ihrer Brust ausdrückte.«

»Ich muss doch sehr bitten!«, rief die Schwester.

»Übersetzen Sie.«

Währenddessen beobachtete er Maria, die ihn unverwandt anstarrte, aus funkelnden Augen, auf der Lauer wie ein sprungbereites Tier.

»Fragen Sie sie, ob sie dazu etwas zu sagen hat.«

Ihre Antwort war ein verächtliches Lächeln.

»Das kleine Mädchen, das dem Blutbad entgangen ist und als Waise von einer Familie in Amiens aufgenommen wurde, hat heute Morgen ein Foto dieser Frau gezeigt bekommen, das per Bildtelegrafie übermittelt wurde. Das Mädchen hat sie eindeutig wiedererkannt. Man hatte ihr vorher nichts gesagt, sondern bloß das Foto so hingelegt, dass sie es sehen musste, und sie war von dem Anblick so erregt, dass sie einen Nervenzusammenbruch erlitt. Übersetzen Sie, Monsieur Tscheche.«

»Sie ist Slowakin«, betonte dieser noch einmal.

In diesem Augenblick begann das Baby zu schreien, und die Schwester nahm es, nachdem sie auf ihre Uhr gesehen hatte, aus seiner Wiege, um es zu wickeln, während die Mutter ihre Bewegungen genau verfolgte.

»Ich muss Sie darauf aufmerksam machen, dass es Zeit ist, Herr Kommissar.«

»War es für die Leute, von denen ich spreche, auch Zeit?«

»Das Baby muss die Brust bekommen.«

»Von mir aus.«

Und es war das erste Mal, dass Maigret ein Verhör fortsetzte, während ein Neugeborenes an der weißen Brust einer Mörderin saugte.

»Sie sagt noch immer nichts, nicht wahr? Und wahrscheinlich wird sie es auch nicht tun, wenn Sie sie nach der Witwe Rival fragen, die am neunzehnten Januar auf ihrem Hof ermordet worden

ist, so wie die anderen. Das war der letzte Mordfall. Die vierzigjährige Tochter der Witwe musste
auch daran glauben. Ich gehe davon aus, dass Maria
auch daran beteiligt war. Wieder hat man Spuren
von Verbrennungen an dem Leichnam gefunden.«

Er spürte, welch tiefes Unbehagen seine Worte
auslösten, spürte eine dumpfe Feindseligkeit, die
ihm entgegenschlug, aber er kümmerte sich nicht
darum. Er war erschöpft. Wenn er nur fünf Minuten in einem Sessel gesessen hätte, wäre er unweigerlich eingeschlafen.

»Und nun fragen Sie sie nach ihren Komplizen,
nach den Männern, nach Victor Poliensky, der so
etwas wie ein Dorftrottel mit der Kraft eines Go-
rillas war, nach Serge Madok mit dem dicken Hals
und der fettigen Haut, nach Carl und dem Jungen,
den sie Pietr nennen.«

Sie las die Namen von Maigrets Lippen ab, und
bei jedem zuckte sie zusammen.

»Ist der Junge auch ihr Geliebter gewesen?«

»Muss ich das übersetzen?«

»Ja, bitte. Sie wird schon nicht erröten.«

In die Enge getrieben, musste sie dennoch lächeln,
als sie den Namen des Halbwüchsigen hörte.

»Fragen Sie sie, ob er wirklich ihr Bruder ist.«

Seltsamerweise glomm von Zeit zu Zeit etwas
wie Zärtlichkeit in ihren Augen auf, und das nicht
nur, wenn sie dem Kind die Brust gab.

»Und jetzt, Monsieur Tscheche …«

»Ich heiße Franz Lehel.«

»Das interessiert mich nicht. Übersetzen Sie bitte sehr genau, Wort für Wort, was ich jetzt sagen werde. Vielleicht hängt das Leben Ihrer Landsmännin davon ab. Sagen Sie ihr darum zuerst dies: dass es von ihrer Haltung abhängt, ob sie am Leben bleibt oder nicht.«

»Muss ich das wirklich?«

»Das ist ja ekelhaft«, murmelte die Schwester.

Aber Maria zuckte nicht mit der Wimper. Sie wurde nur ein wenig blasser. Schließlich gelang ihr sogar ein Lächeln.

»Es gibt da noch jemanden, den wir bisher nicht kennen. Den Anführer der Bande.«

»Soll ich übersetzen?«

»Bitte.«

Das Lächeln der Wöchnerin wurde ironisch.

»Sie wird nichts sagen, ich weiß es. Ich habe es von Anfang an gewusst. Das ist keine Frau, die sich einschüchtern lässt. Trotzdem möchte ich eins noch wissen, weil Menschenleben auf dem Spiel stehen.«

»Soll ich das übersetzen?«

»Wofür habe ich Sie kommen lassen?«

»Zum Übersetzen. Entschuldigen Sie bitte.«

Und sehr steif gab der Tscheche die Worte wieder, als würde er eine Lektion herunterleiern.

»Zwischen dem zwölften Oktober und dem einundzwanzigsten November liegen ungefähr sechs Wochen, zwischen dem einundzwanzigsten November und dem achten Dezember etwas mehr als zwei Wochen. Bis zum neunzehnten Januar waren es dann wiederum fast sechs Wochen. Verstehen Sie? In diesem Zeitraum hat die Bande das erbeutete Geld ausgegeben. Und nun haben wir schon wieder Ende Februar. Ich kann ihr freilich nichts versprechen. Wenn der Prozess vors Schwurgericht kommt, werden andere über ihr Schicksal entscheiden. Übersetzen Sie.«

»Würden Sie die Daten bitte noch einmal wiederholen?«

Maigret wiederholte sie und wartete.

»Und jetzt sagen Sie ihr noch: Wenn sie auf meine letzten Fragen antwortet und dadurch neue Morde verhindert, wird man das zu ihren Gunsten berücksichtigen.«

Sie blieb stumm, blickte nur noch verächtlicher drein.

»Ich frage sie nicht danach, wo sich ihre Gefährten im Augenblick befinden. Ich frage nicht einmal nach dem Namen des Anführers. Ich will nur wissen, ob sie kein Geld mehr haben und ob für die nächsten Tage ein neuer Raubmord geplant ist.«

Die einzige Wirkung dieser Worte war ein Glimmen in Marias Augen.

»Gut. Sie will also nicht antworten. Ich glaube, ich weiß jetzt Bescheid. Bleibt nur noch die Frage, ob Victor Poliensky die Morde ausführte.«

Sie hörte sich die Übersetzung aufmerksam an und wartete. Maigret ging es nachgerade auf die Nerven, dass er nur über den Botschaftsbeamten mit ihr sprechen konnte.

»Wahrscheinlich hat nur einer das Beil benutzt. Und wenn es nicht Victor war, weiß ich nicht, warum die Bande sonst einen geistig beschränkten Menschen auf ihre Raubzüge mitgenommen hat. Letztlich ist es ihm zu verdanken, dass Maria gefasst wurde und dass man auch die anderen fassen wird.«

Wieder wurde übersetzt. Sie schien zu triumphieren. Keiner wusste etwas, nur sie wusste Bescheid. Hier lag sie, geschwächt, mit einem Säugling an der Brust, aber sie hatte kein Wort gesagt, und sie würde weiter schweigen.

Ein unwillkürlicher Blick zum Fenster verriet, was sie dachte. In dem Augenblick, da die anderen sie in der Rue du Roi-de-Sicile zurückgelassen hatten – wahrscheinlich hatte sie selbst darum gebeten –, hatte man ihr etwas versprechen müssen.

Sie kannte ihre Männer. Sie verließ sich auf sie. Solange sie in Freiheit waren, riskierte sie nichts. Früher oder später würden sie kommen und sie hier herausholen, selbst aus dem Gefängnisspital würden sie sie noch holen.

Sie war eine beeindruckende Erscheinung. Ihre Nasenflügel bebten. Ihre vollen Lippen bildeten einen Schmollmund. Wie die ganze Bande war sie nicht mit menschlichen Maßstäben zu messen. Sie hatten sich ein für alle Mal entschlossen, als Außenseiter zu leben. Sie waren reißende wilde Tiere, die sich vom Blöken der Schafe nicht rühren ließen.

In welchen Niederungen, in welcher Atmosphäre des Elends hatten sie sich zusammengeschlossen? Sie hatten allesamt Hunger gehabt. Einen so gewaltigen Hunger, dass sie nach vollbrachter Tat nur daran dachten zu essen, den ganzen Tag zu essen, zu essen und zu trinken, zu schlafen, miteinander zu schlafen, wieder zu essen, ohne sich um die schäbige Umgebung der Rue du Roi-de-Sicile oder ihre abgetragene, zerlumpte Kleidung zu scheren.

Sie töteten nicht des Geldes wegen. Das Geld war für sie nur ein Mittel, in ihrem Schlupfwinkel, in ihrer Höhle in Ruhe essen und schlafen zu können, gleichgültig gegenüber dem Rest der Menschheit.

Sie war nicht einmal eitel. Die Kleider, die man in dem Zimmer gefunden hatte, waren billige Sachen, die sie wohl schon in ihrem Heimatdorf getragen hatte. Sie benutzte weder Puder noch Lippenstift. Sie hatte keine feine Wäsche. Sie alle hätten ebenso gut nackt im Wald oder im Dschungel leben können, in einer anderen Epoche oder in anderen Breitengraden.

»Sagen Sie ihr, ich komme wieder. Sie soll es sich gut überlegen. Immerhin hat sie jetzt ein Kind.«

Bei den letzten Worten hatte er unwillkürlich die Stimme gesenkt.

»Wir gehen jetzt«, sagte er zur Krankenschwester. »Ich schicke Ihnen gleich einen zweiten Inspektor und werde mit Doktor Boucard telefonieren. Der behandelt sie doch, nicht wahr?«

»Er ist der Stationsarzt.«

»Wenn sie transportfähig ist, wird sie wohl noch heute Abend oder morgen früh ins Gefängnisspital verlegt werden.«

Trotz allem, was Maigret ihr über ihre Patientin enthüllt hatte, blickte die Schwester ihn immer noch vorwurfsvoll an.

»Auf Wiedersehen, Mademoiselle. Kommen Sie, Monsieur.«

Auf dem Flur sagte er ein paar Worte zu Lucas, der von all dem noch nichts wusste. Die Schwester, die sie hochbegleitet hatte, wartete in einiger Entfernung. Vor einer Tür standen fünf oder sechs Vasen mit frischen Blumen.

»Wem gehören die?«, fragte er.

Die Schwester war jung und blond. Unter ihrem Kittel erahnte man rundliche Formen.

»Niemandem mehr. Die Dame, die hier lag, ist eben entlassen worden. Sie hat die Blumen nicht mitgenommen. Sie hat viele Freunde.«

Maigret redete leise auf sie ein, und sie nickte, war aber augenscheinlich erstaunt. Der Tscheche hätte sich noch mehr gewundert, wenn er geahnt hätte, was Maigret gerade etwas verlegen gesagt hatte:

»Bringen Sie ein paar davon auf Zimmer zweihundertsiebzehn.«

Weil das Zimmer karg und kalt war und weil dort immerhin eine Frau und ein neugeborener kleiner Mensch lagen.

Es war halb zwölf. In dem langen, schlecht beleuchteten Gang, von dem die Zimmer der Untersuchungsrichter abgingen, hockten auf Bänken ohne Lehnen einige Männer, in Handschellen und ohne Krawatte. Von Polizisten bewacht, warteten sie darauf, dass sie an die Reihe kamen. Auch ein paar Frauen saßen dort, Zeuginnen, die allmählich ungeduldig wurden.

Richter Coméliau, dessen Miene ernster und besorgter war denn je, hatte bei einem seiner Kollegen Stühle holen lassen und seinen Schreiber zum Mittagessen geschickt.

Auf Maigrets Bitte hin war der Leiter der Kriminalpolizei anwesend. Er saß in einem Sessel, während Kommissar Colombani von der Sûreté auf einem Stuhl Platz genommen hatte, der eigentlich für diejenigen bestimmt war, die zum Verhör hereingeführt wurden.

Da die Kriminalpolizei eigentlich nur für Paris und Umgebung zuständig war, leitete Colombani seit fünf Monaten, in ständigem Austausch mit der Bereitschaftspolizei, die Ermittlungen zum Fall der »Picardie-Mörder«, wie die Journalisten die Bande nach dem ersten Verbrechen getauft hatten.

Früh am Morgen hatte er sich mit Maigret getroffen und ihm seine Akten übergeben.

Ebenfalls am Morgen, kurz vor neun, hatte einer der Inspektoren, die in der Rue du Roi-de-Sicile Wache gehalten hatten, an die Tür des Kommissars geklopft.

»Hier ist er«, hatte er gemeldet.

Es handelte sich um den Wirt des Lion d'Or. In der Nacht oder vielmehr gegen Ende der Nacht war er zur Einsicht gekommen. Bleich, schlecht rasiert, in verknitterten Kleidern war er zu dem Inspektor vor dem Haus gegangen und hatte gesagt:

»Ich möchte zum Quai des Orfèvres gehen.«

»Tun Sie das.«

»Ich habe Angst.«

»Ich begleite Sie.«

Aber war Victor nicht auf offener Straße, inmitten von Menschen erschossen worden?

»Mir wäre lieber, wir nähmen ein Taxi. Ich bezahle.«

Als er das Büro betrat, hatte Maigret gerade seine

Akte vor sich liegen, denn der Mann hatte schon drei Haftstrafen zu verbuchen.

»Hast du die Daten?«

»Ja, ich habe darüber nachgedacht. Man wird ja sehen, was passieren wird. Wenn Sie mir versprechen, mich zu beschützen …«

Er stank geradezu nach Feigheit und Krankheit. Alles an ihm war schwächlich und jämmerlich. Und doch war dieser Mann schon zweimal wegen Sittlichkeitsdelikten verhaftet worden.

»Das erste Mal, als sie verschwanden, habe ich mir nichts dabei gedacht, aber beim zweiten Mal bin ich stutzig geworden.«

»Das zweite Mal? Also am einundzwanzigsten November.«

»Woher wissen Sie das?«

»Weil ich auch darüber nachgedacht habe und weil ich Zeitung lese.«

»Ich hatte so eine Ahnung, dass sie es waren, habe mir aber nichts anmerken lassen.«

»Aber sie haben es trotzdem gemerkt, wie?«

»Ich weiß es nicht. Sie haben mir einen Tausend-Franc-Schein gegeben.«

»Gestern hast du noch von fünfhundert gesprochen.«

»Ich habe mich geirrt. Das war beim nächsten Mal, als sie wieder in die Pension zurückkehrten und Carl mir gedroht hat.«

»Waren sie mit dem Auto unterwegs?«

»Ich weiß es nicht. Jedenfalls sind sie zu Fuß weggegangen.«

»Dieser andere Mann, den du nicht kennst – hat er sie ein paar Tage vorher aufgesucht?«

»Wenn ich jetzt darüber nachdenke, glaube ich, ja.«

»Hat er ebenfalls mit Maria geschlafen?«

»Nein.«

»So, und nun wirst du mir freundlicherweise etwas gestehen. Denk an deine drei Verurteilungen.«

»Ich war damals noch ein junger Kerl.«

»Umso widerlicher ist es. Wie ich dich kenne, muss diese Maria dein Begehren geweckt haben.«

»Ich habe sie nie angerührt.«

»Na so was! Du hattest wohl Angst vor den anderen?«

»Vor ihr auch.«

»Schön. Wenigstens bist du diesmal ehrlich. Aber du hast dich doch bestimmt nicht damit zufriedengegeben, nur hin und wieder die Tür zu ihrem Zimmer zu öffnen? Gib es zu!«

»Na gut. Ich habe ein kleines Loch in die Wand gebohrt. Ich habe es so eingerichtet, dass das Nebenzimmer möglichst selten belegt war.«

»Wer hat mit ihr geschlafen?«

»Alle.«

»Auch der Junge?«

»Vor allem der Junge.«

»Du hast mir gestern gesagt, er sei wahrscheinlich ihr Bruder.«

»Weil er ihr ähnlich sieht. Er war sehr in sie verliebt. Ich habe ihn mehrmals heulen sehen. Wenn er bei ihr war, hat er sie immer angefleht.«

»Worum ging es dabei?«

»Das weiß ich nicht. Sie haben ja nicht französisch gesprochen. Wenn ein anderer bei ihr war, kam der Junge manchmal runter und hat sich dann ganz allein in einer kleinen Kneipe in der Rue des Rosiers betrunken.«

»Haben sie sich gestritten?«

»Die Männer konnten sich nicht leiden.«

»Und du weißt wirklich nicht, wem das blutbefleckte Hemd gehörte, das sie ausgewaschen hat?«

»Ich bin nicht sicher. Victor hat es getragen, aber sie haben manchmal ihre Sachen getauscht.«

»Was meinst du, wer von denen, die bei dir wohnten, der Anführer war?«

»Es gab keinen. Wenn sie sich gestritten haben, hat Maria sie angebrüllt, und dann war gleich wieder Ruhe.«

Der Wirt war in seine Absteige zurückgekehrt, wieder in Begleitung eines Polizisten, an den er sich unterwegs schutzsuchend drängte, ganz in Schweiß gebadet. Er musste noch schlechter riechen als sonst. Angst hat einen üblen Geruch.

Und nun blickte Richter Coméliau, der einen steifen Kragen, eine dunkle Krawatte und einen untadeligen Anzug trug, Maigret an, der mit dem Rücken zum Hof auf dem Fensterbrett saß.

»Die Frau hat nichts gesagt und wird es auch nicht tun«, meinte der Kommissar und zog an seiner Pfeife. »Seit gestern Abend laufen in Paris drei wilde Tiere frei herum, Serge Madok, Carl und der kleine Pietr, der trotz seiner Jugend kein Unschuldsengel ist. Ganz zu schweigen von dem, der sie mehrmals aufgesucht hat und wahrscheinlich der Anführer der Bande ist.«

»Ich nehme an«, unterbrach ihn der Richter, »dass Sie alles Notwendige veranlasst haben?«

Zu gern hätte er Maigret bei einem Fehler ertappt. Der Kommissar hatte allzu schnell allzu viel herausgefunden, beinahe spielend leicht. Während er tat, als kümmerte er sich allein um seinen Toten, den kleinen Albert, hatte er im Handumdrehen eine Bande aufgespürt, hinter der die Polizei schon seit fünf Monaten her war.

»Sie können ganz beruhigt sein, die Bahnhöfe sind informiert. Es wird zwar zu nichts führen, aber so ist nun mal das übliche Vorgehen. Die Straßen und Grenzen werden überwacht, ebenfalls wie üblich. Viele Rundschreiben, Telegramme, Telefonate, unzählige Leute, die eifrig …«

»Das ist unerlässlich.«

»Darum wird es ja gemacht. Außerdem werden die Hotels und Pensionen überwacht, vor allem solche wie das Hôtel du Lion d'Or. Irgendwo müssen diese Leute ja schließlich schlafen.«

»Ein befreundeter Chefredakteur hat mich angerufen und sich über Sie beschwert. Sie scheinen den Reportern jegliche Auskunft zu verweigern.«

»Das stimmt. Ich halte es für sinnlos, die Pariser Bevölkerung durch die Mitteilung zu beunruhigen, dass sich einige flüchtige Mörder in der Stadt herumtreiben.«

»Ich muss Maigret beipflichten«, sagte der Leiter der Kriminalpolizei.

»Ich übe keine Kritik, meine Herren. Ich möchte mir eine Meinung bilden. Sie haben Ihre Methoden. Und das gilt vor allem für Maigret. Eigentümliche Methoden. Er ist nicht immer sehr bemüht, mich auf dem Laufenden zu halten, und dabei bin ich letztlich allein verantwortlich. Der Staatsanwalt hat soeben – auf meine Bitte hin – den Fall der Picardie-Bande mit dem des kleinen Albert zusammengelegt. Ich möchte imstande sein, einen Lagebericht abzugeben.«

»Wir wissen bereits«, erklärte Maigret mit betont gelangweilter Stimme, »wie die Opfer ausgewählt wurden.«

»Haben Sie Zeugenaussagen aus dem Norden bekommen?«

»Das war nicht nötig. Moers hat in den beiden Zimmern in der Rue du Roi-de-Sicile zahlreiche Fingerabdrücke gefunden. Die Herren haben zwar auf den Bauernhöfen immer Gummihandschuhe getragen, also keine Spur hinterlassen, und auch die Mörder des kleinen Albert hatten Handschuhe an, aber im Lion d'Or haben sie keine getragen. Beim Erkennungsdienst wurden die Fingerabdrücke von einem identifiziert.«

»Von wem?«

»Carl. Sein voller Name lautet Carl Lipschitz. Er ist in Böhmen geboren und vor fünf Jahren mit gültigem Pass legal nach Frankreich gekommen. Er gehörte zu einer Gruppe von Landarbeitern, die auf den großen Bauernhöfen in der Picardie und im Artois eingesetzt wurden.«

»Warum wird er im Strafregister geführt?«

»Vor zwei Jahren wurde er der Vergewaltigung und des Mordes an einem Mädchen aus Saint-Aubin bezichtigt. Er hat damals auf einem Hof im Dorf gearbeitet. Er wurde aufgrund von Gerüchten verhaftet, aber einen Monat später mangels Beweisen wieder freigelassen. Wo er sich anschließend aufhielt, ist unbekannt. Vermutlich ist er nach Paris gekommen. Wir werden die Lohnlisten in den großen Fabriken überprüfen. Es würde mich nicht wundern, wenn er ebenfalls bei Citroën gearbeitet hätte. Ein Inspektor ist schon auf dem Weg.«

»Damit wäre also einer identifiziert.«

»Das ist nicht viel, aber immerhin steht er am Anfang all dieser Verbrechen. Colombani hat mir seine Akte übergeben, und ich habe sie aufmerksam studiert. Hier ist eine Karte, die er mit großer Sorgfalt gezeichnet hat. Ich lese auch, dass in den Dörfern, in denen die Verbrechen begangen worden sind, kein Tscheche gelebt hat. Da dort einige Polen wohnen, haben manche von einer ›Polen-Bande‹ gesprochen und ihnen die Bauernhofmorde zur Last gelegt.«

»Worauf wollen Sie hinaus?«

»Als die Gruppe, zu der Carl gehörte, nach Frankreich kam, sind die Männer auf verschiedene Orte verteilt worden. Nur er ist damals in der Gegend südlich von Amiens gelandet. Dort sind die drei ersten Verbrechen begangen worden, alle auf großen, abgelegenen Höfen, wo nur alte Leute lebten.«

»Und die beiden letzten?«

»Etwas östlicher, in der Gegend von Saint-Quentin. Wir werden bestimmt erfahren, dass Carl eine Freundin oder einen Freund in der Gegend hatte. Er konnte mit dem Rad dorthin fahren. Drei Jahre später, als die Bande sich zusammenschloss …«

»Wo, glauben Sie, ist das gewesen?«

»Ich weiß es nicht, aber Sie werden sehen, dass wir die meisten rund um den Quai de Javel ausfindig machen werden. Victor Poliensky hat noch wenige Wochen vor dem ersten Überfall bei Citroën gearbeitet.«

»Sie haben von einem Anführer gesprochen.«

»Lassen Sie mich erst meinen Gedankengang zu Ende bringen. Bevor der kleine Albert umgebracht wurde, besser gesagt, bevor seine Leiche an der Place de la Concorde entdeckt wurde – ich unterscheide hier bewusst, Sie werden sehen, warum –, konnte sich die Bande, die bei ihrem vierten Mord angelangt war, in Sicherheit wähnen. Es gab keine Täterbeschreibung. Die einzige Zeugin war ein kleines Mädchen, das miterleben musste, wie eine Frau seine Mutter quälte. Die Männer hatte es kaum gesehen, außerdem trugen sie schwarze Masken.«

»Haben Sie die in der Rue du Roi-de-Sicile gefunden?«

»Nein. Die Bande war also in Sicherheit. Niemand wäre auf den Gedanken gekommen, die Picardie-Mörder in einer gammeligen Absteige mitten in Paris zu suchen. Stimmt doch, oder, Colombani?«

»Vollkommen.«

»Der kleine Albert nun, der sich von Männern bedroht fühlte, die ihm folgten – denken Sie daran, dass er am Telefon gesagt hat, es seien mehrere, die sich abwechselten –, Albert wurde in seinem eigenen Lokal erstochen, nachdem er mich zuvor um Schutz gebeten hatte. Er hatte zu mir kommen wollen. Er hatte mir also Enthüllungen zu machen, und die anderen wussten das. Es stellt sich nun die Frage: Warum hat man sich die Mühe gemacht, seine Leiche zur Place de la Concorde zu transportieren?«

Sie blickten ihn stumm an und suchten vergeblich nach einer Antwort auf die Frage, die sich Maigret selbst schon so oft gestellt hatte.

»Ich beziehe mich immer noch auf Colombanis Akte, die von bemerkenswerter Genauigkeit ist. Bei jedem der Bauernhofüberfälle hat die Bande Autos benutzt, meistens gestohlene Lieferwagen. Fast alle wurden nahe der Place Clichy gestohlen, jedenfalls im 18. Arrondissement, und darum hat man vor allem in dieser Gegend nachgeforscht. Man hat die Autos jeweils am nächsten Tag wiedergefunden, im selben Viertel, nur ein wenig weiter stadtauswärts.«

»Und was schließen Sie daraus?«

»Dass die Bande kein eigenes Auto besitzt. Ein Wagen muss schließlich irgendwo abgestellt werden, und das bleibt nicht unbemerkt.«

»Also wäre auch das gelbe Auto …?«

»Das gelbe Auto ist nicht gestohlen worden. Wir würden es wissen, denn der Besitzer hätte den Verlust gemeldet, zumal es sich um einen recht neuen Wagen handelt.«

»Ich verstehe«, murmelte der Leiter der Kriminalpolizei, während Coméliau, der nichts verstand, verärgert die Stirn runzelte.

»Ich hätte früher darauf kommen müssen. Einen kurzen Moment hatte ich diese Möglichkeit in Erwägung gezogen, dann aber wieder verworfen, weil sie mir zu kompliziert erschien und ich die Ansicht vertrete, dass die Wahrheit immer einfach ist. Es waren nicht Alberts Mörder, die seine Leiche an der Place de la Concorde abgeladen haben.«

»Wer dann?«

»Ich weiß es nicht, aber wir werden es bald erfahren.«

»Und wie?«

»Ich habe eine Annonce aufgegeben. Erinnern Sie sich, dass Albert gegen fünf Uhr nachmittags, als er erkannte, dass wir ihm nicht zu helfen vermochten, jemand anderen angerufen hat.«

»Sie meinen, er hat Freunde um Hilfe gebeten?«

»Vielleicht. Er hat sich jedenfalls mit irgendjemandem verabredet. Und der ist nicht rechtzeitig gekommen.«

»Woher wissen Sie das?«

»Sie vergessen, dass das gelbe Auto am Quai Henri-IV eine Panne gehabt hat, die erst nach einer gewissen Weile behoben war.«

»Weshalb die beiden Männer, die in dem Auto saßen, zu spät gekommen sind?«

»So ist es.«

»Einen Augenblick! Ich habe die Akte hier auch vor mir liegen. Nach der Aussage der Kartenlegerin hat das Auto ungefähr von halb neun bis neun vor dem Petit Albert gestanden. Aber die Leiche ist erst um ein Uhr nachts an der Place de la Concorde abgelegt worden.«

»Vielleicht sind sie noch einmal zurückgekommen, Herr Richter.«

»Um das Opfer eines Verbrechens zu holen, das sie nicht begangen hatten, und es anderswohin zu bringen?«

»Das ist möglich. Ich will nichts erklären. Ich stelle nur fest.«

»Und wo war Alberts Frau in der ganzen Zeit?«

»Vielleicht haben sie sie ja genau in dieser Zeit an einen sicheren Ort gebracht.«

»Warum sollte man sie nicht zugleich mit ihrem Mann umgebracht haben, da sie wahrscheinlich genauso viel wusste wie er oder zumindest die Mörder gesehen haben muss?«

»Wer sagt uns, dass sie anwesend war? Manche Männer schicken ihre Frauen fort, wenn sie etwas Wichtiges zu erledigen haben.«

»Glauben Sie nicht, Herr Kommissar, dass uns all das nur von den Mördern ablenkt, die sich, wie Sie doch selbst sagen, in diesem Augenblick in Paris herumtreiben?«

»Wer hat uns auf ihre Spur gebracht, Herr Richter?«

»Die Leiche an der Place de la Concorde natürlich.«

»Vielleicht bringt sie uns ja erneut auf ihre Spur. Sehen Sie, ich glaube, wenn wir das Drumherum verstehen, können wir die Bande leicht dingfest machen. Wir müssen es nur verstehen.«

»Sie glauben also, dass sie diesen ehemaligen Kellner ermordet haben, weil er zu viel wusste?«

»Das ist sehr wahrscheinlich. Und ich versuche herauszubekommen, wie er zu seinem Wissen kam. Sobald mir das gelungen ist, werde ich auch wissen, *was* er wusste.«

Der Leiter der Kriminalpolizei nickte lächelnd, denn er spürte den scharfen Gegensatz zwischen den beiden Männern.

Colombani wollte auch etwas beitragen.

»Vielleicht die Sache mit dem Zug«, schlug er vor.

Er kannte seine Akte bis ins kleinste Detail.

»Von welchem Zug reden Sie?«, fragte Coméliau.

»Wir haben«, begann Colombani, von Maigret durch einen Blick ermuntert, »seit dem letzten Mordfall einen kleinen Hinweis, den wir absichtlich nicht bekannt gegeben haben, um die Täter nicht zu alarmieren. Sehen Sie sich bitte die der Akte beigefügte Karte Nummer 5 an. Der Überfall am neunzehnten Januar ist bei der Witwe Rival begangen worden, die ebenso wie ihre Tochter ermordet wurde. Ihr Hof heißt Les Nonettes, vermutlich weil er auf den Ruinen eines Nonnenklosters erbaut wurde, und liegt etwa fünf Kilometer vom Dorf entfernt. Dieses Dorf, Goderville, hat einen Bahnhof, an dem Bummelzüge halten. Er liegt an der Hauptstrecke Paris–Brüssel. Ich brauche wohl kaum zu sagen, dass dort selten aus Paris kommende Reisende aussteigen: Die Fahrt dauert nämlich stundenlang, da der Zug an jedem Gartenzaun hält. Aber am neunzehnten Januar ist um zwanzig Uhr siebzehn ein Mann aus dem Zug gestiegen, der eine Rückfahrkarte Paris–Goderville hatte.«

»Gibt es eine Personenbeschreibung?«

»Nichts Genaues. Ein gutgekleideter, noch junger Mann.«

Der Richter wollte seinerseits eine Entdeckung machen.

»Hatte er einen ausländischen Akzent?«

»Er hat kein Wort gesprochen. Er ist auf der Hauptstraße durchs Dorf gegangen, und dann hat man ihn nicht mehr gesehen. Am nächsten Morgen aber ist er kurz nach sechs von einem anderen kleinen Bahnhof, in Moucher, das einundzwanzig Kilometer südlicher liegt, in den Zug nach Paris gestiegen. Er hat sich kein Taxi genommen, und es hat ihn auch kein Bauer im Wagen dorthin gebracht. Schwer zu glauben, dass er die ganze Nacht zum

Vergnügen gewandert ist. Er ist unweigerlich bei den Nonettes vorbeigekommen.«

Maigret schloss die Augen, von einer Müdigkeit übermannt, gegen die er sich kaum zur Wehr setzen konnte. Manchmal kam es vor, dass er im Stehen halb einschlief. Sogar die Pfeife war ihm ausgegangen.

»Nachdem wir dies erfahren hatten«, fuhr Colombani fort, »haben wir bei der Bahngesellschaft nach der Fahrkarte forschen lassen. Alle nach Ankunft der Züge abgegebenen Karten werden nämlich eine Zeit lang aufbewahrt.«

»Und hat sie sich gefunden?«

»Sie ist nicht an der Gare du Nord abgegeben worden. Mit anderen Worten, entweder ist er heimlich auf der falschen Seite ausgestiegen, oder er hat sich bereits in einem Vorortbahnhof unter die Leute gemischt und unbemerkt den Bahnsteig verlassen, was nicht besonders schwierig ist.«

»War es das, was Sie vorhin meinten, Monsieur Maigret?«

»Ja, Herr Richter.«

»Und was schließen Sie daraus?«

»Ich weiß es nicht. Vielleicht saß der kleine Albert ja im selben Zug. Oder er befand sich am Bahnhof.« Er schüttelte den Kopf und korrigierte sich: »Nein, dann hätten sie ihn schon früher verfolgt.«

»Also?«

»Nichts. Übrigens muss er im Besitz eines handfesten Beweises gewesen sein, da man nach seiner Ermordung das ganze Haus von oben bis unten durchsucht hat. Vertrackte Sache. Und später ist Victor wieder um die Kneipe herumgestrichen.«

»Offenbar haben sie nicht gefunden, was sie suchten.«

»In dem Fall hätten sie aber wohl nicht gerade diesen Einfaltspinsel geschickt. Ich möchte wetten, Victor hat auf eigene Faust und ohne Wissen der anderen gehandelt. Deshalb haben sie ihn auch kaltblütig abgeknallt, als sie merkten, dass ihm die Polizei auf den Fersen war und es für sie brenzlig wurde … Entschuldigen Sie, meine Herren, entschuldigen Sie mich, Chef. Ich falle vor Müdigkeit fast um.«

Er wandte sich an Colombani:

»Sehe ich dich um fünf?«

»Gern.«

Maigret wirkte so erschöpft, so unsicher auf den Beinen, dass Coméliau ein schlechtes Gewissen bekam und murmelte:

»Sie haben ganz hübsche Resultate erzielt, trotz allem.«

Und nachdem Maigret gegangen war, sagte er:

»Er ist nicht mehr in dem Alter, wo man nächtelang ohne Schlaf auskommt. Warum muss er auch alles selbst machen?«

Er wäre sehr erstaunt gewesen, wenn er gesehen hätte, wie Maigret, als er unten in ein Taxi stieg, einen Augenblick zögerte und schließlich sagte: »Quai de Charenton. Ich sage Ihnen, wo Sie halten sollen.«

Victors Auftauchen beim Petit Albert ließ Maigret keine Ruhe. Während der ganzen Fahrt sah er den großen Rothaarigen wieder vor sich, wie er mit katzenhafter Geschmeidigkeit vor Lucas davonlief.

»Was möchten Sie trinken, Chef?«

»Gib mir irgendwas.«

Chevrier hatte sich ganz in seine Rolle eingefunden, und seine Frau schien gut zu kochen, denn es saßen an die zwanzig Gäste in dem Raum.

»Ich gehe hoch. Könntest du Irma zu mir schicken?«

Sie kam ihm auf der Treppe nach, während sie sich noch die Hände an der Schürze abwischte. Er ließ seine Blicke durch das Schlafzimmer schweifen. Die Fenster standen weit offen. Im Raum roch es frisch und sauber.

»Wo haben Sie die Sachen hingetan, die hier herumlagen?«

Er hatte zwar schon mit Moers eine Liste aller Gegenstände erstellt, aber da hatte er etwas gesucht, was die Mörder vielleicht zurückgelassen hatten. Jetzt wollte er etwas anderes herausfinden, und zwar: Was hatte Victor hier seinerseits holen wollen?

»Ich habe alles in die obere Schublade der Kommode getan.«

Kämme, eine Schachtel mit Haarnadeln, Muscheln mit dem Namen eines Seebads in der Normandie, ein Brieföffner mit Reklameaufschrift, ein Drehbleistift, der nicht mehr funktionierte, Kleinkram, wie es ihn in jedem Haushalt gibt.

»Ist das alles?«

»Sogar ein angebrochenes Päckchen Zigaretten und eine zerbrochene Pfeife. Werden wir noch lange hierbleiben?«

»Das weiß ich noch nicht, liebe Irma. Langweilen Sie sich?«

»Ich nicht. Aber einige Gäste sind recht zutraulich, und mein Mann wird allmählich ungehalten. Es wird nicht mehr lange dauern, bis er einem von ihnen eine langt.«

Maigret wühlte weiter in der Schublade herum und fischte schließlich eine kleine Mundharmonika mit deutschem Markenzeichen heraus, die schon ziemlich abgenutzt aussah. Zu Irmas Erstaunen steckte er das Instrument in die Tasche.

»Ausgerechnet die?«, fragte sie.

»Ganz richtig.«

Wenige Minuten später rief er unten Monsieur Loiseau an, den er mit der Frage verblüffte:

205

»Sagen Sie, Monsieur Loiseau, hat Albert Mundharmonika gespielt?«

»Nicht dass ich wüsste. Er sang gerne, aber ich habe nie gehört, dass er irgendein Instrument spielte.«

Maigret fiel die Mundharmonika ein, die man in der Rue du Roi-de-Sicile gefunden hatte. Gleich darauf rief er im Hôtel du Lion d'Or an.

»Hat Victor Mundharmonika gespielt?«

»Allerdings. Selbst im Gehen auf der Straße.«

»War er der Einzige?«

»Serge Madok hat auch Mundharmonika gespielt.«

»Hatten sie jeder eine?«

»Ich glaube schon. Ja, sogar sicher. Sie haben manchmal im Duett gespielt.«

Im Lion d'Or hatte Maigret aber nur eine gefunden.

Was der stumpfsinnige Victor ohne Wissen seiner Komplizen am Quai de Charenton hatte holen wollen und weswegen er schließlich hatte sterben müssen, war also seine Mundharmonika gewesen.

8

Was sich an diesem Nachmittag ereignete, sollte fortan zu den Anekdoten gehören, die Madame Maigret bei Familienzusammenkünften lächelnd zum Besten gab.

Dass Maigret um zwei Uhr nach Hause kam, nichts essen wollte und sich sofort schlafen legte, war noch nicht einmal außergewöhnlich, obwohl er sonst, ganz gleich wann er heimkam, zunächst in die Küche ging und in die Töpfe guckte. Er behauptete zwar, er habe bereits gegessen, aber als sie wenig später, während er sich auszog, nachhakte, gestand er, dass er lediglich eine Scheibe Schinken in der Küche des Petit Albert stibitzt hatte.

Sie zog die Vorhänge zu, vergewisserte sich, dass es ihrem Mann an nichts fehlte, und ging auf Zehenspitzen hinaus. Sie hatte die Tür noch nicht geschlossen, als er schon in tiefem Schlummer lag.

Nachdem sie das Geschirr abgewaschen und die Küche aufgeräumt hatte, wartete sie eine ganze Weile, bevor sie ins Schlafzimmer ging, um ihr Strickzeug zu holen, das sie dort vergessen hatte. Sie lauschte erst an der Tür, hörte Maigret regelmäßig atmen, drückte behutsam auf die Klinke und trat lautlos ein. In diesem Augenblick sagte er mit schwerer Zunge, während er ruhig atmete, als würde er weiterschlafen:

»Menschenskind! Zweieinhalb Millionen in fünf Monaten ...«

Er hatte die Augen geschlossen, und seine Wangen waren gerötet. Sie glaubte, dass er im Schlaf redete, und blieb stehen, um ihn nicht zu wecken.

»Wie würdest du es anstellen, so viel auszugeben?«

Sie wagte nicht zu antworten, weil sie davon überzeugt war, dass er träumte. Er zuckte immer noch nicht mit den Lidern, als er ungeduldig sagte:

»Antworte, Madame Maigret!«

»Ich weiß nicht«, stammelte sie leise. »Wie viel hast du gesagt?«

»Zweieinhalb Millionen. Wahrscheinlich noch viel mehr. So viel haben sie mindestens auf den Höfen erbeutet. Und ein guter Teil davon sind Goldstücke. Pferderennen ... Natürlich!«

Er drehte sich schwerfällig um, öffnete halb ein Auge und blickte seine Frau einen Moment lang an.

»Es führt alles immer wieder zu den Pferderennen zurück, verstehst du?«

Sie wusste, dass er nicht zu ihr, sondern zu sich selbst sprach. Sie wartete darauf, dass er wieder einschlief, damit sie, und sei es ohne ihr Strickzeug, wieder hinausschleichen konnte. Da er eine ganze Weile nichts sagte, glaubte sie, dass er eingeschlafen war.

»Hör mal, Madame Maigret. Ich muss da unbedingt etwas wissen. Wo haben am letzten Dienstag Rennen stattgefunden? In Paris und Umgebung, meine ich. Ruf gleich an!«

»Wo soll ich denn anrufen?«

»Im Wettbüro. Die Nummer ist im Telefonbuch.«

Der Apparat stand im Esszimmer, und die Schnur reichte nicht bis ins Schlafzimmer. Madame Maigret fühlte sich immer unwohl, wenn sie in die kleine runde Metallscheibe sprechen musste, zumal mit jemandem, den sie nicht kannte. Resigniert fragte sie:

»Soll ich sagen, dass ich in deinem Auftrag anrufe?«

»Meinetwegen.«

»Und wenn man mich fragt, wer ich bin?«

»Man wird dich nicht fragen.«

Er hatte jetzt beide Augen aufgeschlagen, war also vollkommen wach. Sie ging ins Nebenzimmer und ließ die Tür während des Telefonats offen. Es dauerte nur kurz. Der Angestellte, der am Apparat war, schien solche Fragen gewohnt zu sein und den Rennkalender auswendig zu kennen. Ohne zu zögern, gab er ihr die gewünschte Auskunft.

Aber als Madame Maigret ins Schlafzimmer zu-

209

rückkam, um Maigret davon zu berichten, schlief dieser tief und fest und atmete so laut, dass man rundweg von Schnarchen reden konnte.

Sie überlegte, ob sie ihn wecken sollte, hielt es dann aber für besser, ihn schlafen zu lassen. Für alle Fälle ließ sie die Tür einen Spalt offen. Ab und zu blickte sie verwundert auf die Uhr, denn ihr Mann hielt selten so lange Mittagsschlaf.

Um vier Uhr ging sie in die Küche, um die Suppe aufzuwärmen. Um halb fünf warf sie einen Blick ins Schlafzimmer. Ihr Mann schlief immer noch. Im Traum schien er über einer schwierigen Frage zu brüten, denn er hatte die Brauen hochgezogen, die Stirn in Falten gelegt und machte eine seltsame Schnute.

Aber als sie sich kurz darauf im Esszimmer wieder an ihren Platz am Fenster gesetzt hatte, hörte sie ihn ungeduldig rufen:

»Was ist jetzt mit dem Anruf?«

Sie stürzte zu ihm hinüber und sah ihn erstaunt an. Er hatte sich im Bett aufgesetzt und fragte mit allem Ernst der Welt:

»Ist die Leitung besetzt?«

Madame Maigret erschrak. Beinahe hätte sie am Verstand ihres Mannes gezweifelt.

»Ich habe den Anruf längst gemacht. Vor fast drei Stunden.«

Er starrte sie ungläubig an.

»Was redest du da? Wie spät ist es denn?«

»Viertel vor fünf.«

Er hatte nicht einmal gemerkt, dass er eingeschlafen war. Er hatte geglaubt, nur ein paar Minuten die Augen geschlossen zu haben.

»Und? Wo gab es Rennen?«

»In Vincennes.«

»Hab ich's nicht gesagt!«, triumphierte er.

Er hatte zwar nichts dergleichen gesagt, aber so fest daran geglaubt, dass es fast auf das Gleiche hinauslief.

»Ruf in der Rue des Saussaies an … 00-90 … Lass dich mit dem Büro von Colombani verbinden …«

»Was soll ich ihm sagen?«

»Nichts. Ich werde selbst mit ihm sprechen. Falls er noch nicht unterwegs ist.«

Colombani war in seinem Büro. Er neigte überhaupt dazu, zu spät zu Verabredungen zu kommen. Er war sehr liebenswürdig und gern bereit, seinen Kollegen zu Hause aufzusuchen, statt ihn am Quai des Orfèvres zu treffen.

Auf Maigrets Bitte hin hatte seine Frau ihm einen starken Kaffee gekocht, aber wirklich wach war er immer noch nicht. Er hatte einen solchen Schlafmangel, dass seine Lider gerötet waren und brannten. Seine ganze Haut fühlte sich gespannt an. Er hatte sich nicht dazu aufraffen können, sich vollständig anzuziehen, war nur in Hose und Pantoffeln geschlüpft und hatte den Morgenrock über das Nachthemd mit den kleinen roten Kreuzen am Kragen gestreift.

Beide Männer saßen einander bequem im Esszimmer gegenüber, zwischen sich die Karaffe mit dem Calvados. Durch das Fenster sah man auf der anderen Seite des Boulevards die schwarzen Lettern des Firmenschildes *Lhoste & Pépin*.

Colombani, der wie viele Korsen nicht besonders groß war, trug meist Schuhe mit dicken Absätzen, grellbunte Krawatten und einen echten oder falschen Diamantring am Finger. Deswegen hielt man ihn manchmal eher für eine seiner Zielpersonen als für einen Beamten der Sûreté.

Sie kannten sich schon lange und mussten nicht viele Worte machen.

»Ich habe Janvier auf die Rennbahn geschickt«, sagte Maigret, die Pfeife im Mund. »Wo gibt es heute Rennen?«

»In Vincennes.«

»Wie letzten Dienstag. Ich frage mich, ob der kleine Albert nicht genau dort in die ganze Sache hineingeraten ist. Die ersten Ermittlungen auf den Rennbahnen haben keine nennenswerten Resultate ergeben, aber da hatten wir uns auch nur für den ehemaligen Kellner interessiert. Heute ist das anders. Es geht darum, an den verschiedenen

Schaltern, vor allem an denen, wo Wettscheine für fünfhundert oder tausend Franc verkauft werden, nachzufragen, ob ein noch junger Mann mit ausländischem Akzent dort regelmäßig auftaucht.«

»Vielleicht ist er den Kontrolleuren aufgefallen.«

»Außerdem nehme ich an, dass er nicht allein hingeht. Zweieinhalb Millionen in fünf Monaten, das ist ein ganz schöner Batzen.«

»Und es muss noch mehr sein«, ergänzte Colombani. »In meinem Bericht habe ich nur die Summen angegeben, die feststehen, die Beträge, die die Bande ganz sicher erbeutet hat. Aber die Bauern haben in ihrer Todesangst wahrscheinlich Verstecke preisgegeben. Es würde mich nicht wundern, wenn sich die Gesamtsumme auf vier Millionen oder noch mehr beliefe.«

»Aber was haben die schäbigen Gestalten aus der Rue du Roi-de-Sicile schon ausgegeben? Für Kleidung nichts. Sie gingen ja nicht aus. Sie aßen und tranken nur. Aber um eine Million zu verfuttern und zu versaufen, braucht man Zeit, auch zu fünft. Trotzdem folgten die Raubzüge rasch aufeinander.«

»Wahrscheinlich hat der Anführer das meiste für sich behalten.«

»Aber wieso sollten sich die anderen das gefallen lassen?«

Es gab noch etliche Fragen, die Maigret umtrieben, so viele, dass er zuweilen vom Nachdenken genug hatte und, während er sich über die Stirn strich, auf irgendeinen Punkt starrte, zum Beispiel auf die Geranie auf der anderen Straßenseite.

Es half alles nichts: Selbst zu Hause ließ ihn der Fall nicht los, kreisten seine Gedanken unaufhörlich um das, was in diesem Augenblick in Paris und der Umgebung geschah.

Er hatte Maria noch nicht ins Gefängnisspital verlegen lassen und dafür gesorgt, dass die Zeitungen seit dem Mittag den Namen des Krankenhauses, in dem sie lag, veröffentlichten.

»Ich nehme an, du hast dort einige Inspektoren postiert?«

»Ja, vier, und dazu noch ein paar Polizisten. Das Krankenhaus hat mehrere Ausgänge, und heute ist Besuchstag.«

»Glaubst du, dass die anderen etwas versuchen werden?«

»Ich weiß es nicht. Aber so vernarrt, wie alle in sie sind, würde es mich nicht wundern, wenn zumindest einer von ihnen alles aufs Spiel setzen würde. Abgesehen davon, dass sich wohl jeder von ihnen für den Vater hält, verstehst du? Da liegt es nahe, dass sie das Kind und die Mutter sehen wollen … Eine hochriskante Sache. Nicht so sehr meinetwegen, sondern wegen der anderen.«

»Das verstehe ich nicht.«

»Sie haben Victor Poliensky erschossen, nicht

wahr? Und warum? Weil sie seinetwegen hätten auffliegen können. Darum werden sie uns auch keinen anderen lebendig in die Finger fallen lassen.«

Maigret zog versonnen an seiner Pfeife. Colombani zündete sich eine Zigarette an, die er mit goldener Spitze rauchte, und sagte:

»Sie werden vor allem versuchen, ihren Anführer zu treffen, zumal wenn sie kein Geld mehr haben.«

Maigret sah ihn träge an, dann verengte sich plötzlich sein Blick, er stand auf, schlug mit der Faust auf den Tisch und rief:

»Ich Idiot! Ich dreifacher Idiot! Dass ich daran nicht gedacht habe!«

»Aber du weißt doch gar nicht, wo er wohnt …«

»Das ist es ja gerade. Ich möchte wetten, dass sie es ebenso wenig wissen. Der Kerl, der hinter allem steckt und diese Wüstlinge dirigiert, hat sicher seine Vorsichtsmaßnahmen getroffen. Was hat mir der Wirt gesagt? Dass er vor jedem Raubzug in der Rue du Roi-de-Sicile erschienen ist, um ihnen Instruktionen zu geben. Na bitte! Verstehst du jetzt?«

»Nicht ganz.«

»Was wissen wir oder vermuten wir über ihn? Wir suchen ihn auf den Rennplätzen. Warum sollten sie dümmer sein als wir? Du hast vollkommen recht, im Moment werden sie unweigerlich versuchen, ihn zu treffen. Vielleicht, um Geld von ihm zu fordern. Auf jeden Fall aber, um ihn über die

Geschehnisse zu unterrichten und ihn um Rat oder Anweisungen zu bitten. Ich wette, keiner von ihnen hat die letzte Nacht in einem Bett verbracht. Wohin sollen sie schon gehen?«

»Zur Rennbahn von Vincennes?«

»Das ist mehr als wahrscheinlich. Wenn sie noch beisammen sind, werden sie mindestens einen dorthin geschickt haben. Falls sie sich aber getrennt haben, ohne etwas zu vereinbaren, wäre ich nicht erstaunt, wenn sie alle drei dort auftauchen würden. Uns bietet sich da die schönste Gelegenheit, sie zu schnappen, obwohl wir sie nicht kennen. Kerle von diesem Kaliber lassen sich leicht in der Menge ausmachen. Wenn ich daran denke, dass Janvier schon dort ist und ich ihm keinen Hinweis gegeben habe! Dreißig Inspektoren über die ganze Rennbahn verteilt – und schon sitzen sie in der Falle. Wie spät ist es?«

»Zu spät. Das sechste Rennen ist vor einer halben Stunde zu Ende gegangen.«

»Da siehst du mal. Man glaubt immer, an alles zu denken … Als ich mich um zwei Uhr hingelegt habe, war ich überzeugt, ich hätte alles nur Erdenkliche getan. Bei Citroën werden die Lohnlisten durchgesehen. Das Javel-Viertel wird durchkämmt. Das Krankenhaus Laënnec wird bewacht. Man beobachtet die einschlägigen Viertel, in denen Leute wie unsere Tschechen unterschlüpfen könn-

216

ten. Vagabunden und Clochards werden verhört. In allen Pensionen und Hotels wird nachgeforscht. Moers sitzt in seinem Labor und prüft noch das winzigste Härchen, das in der Rue du Roi-de-Sicile gefunden wurde. Und währenddessen haben die Burschen wahrscheinlich in Vincennes Kontakt mit ihrem Anführer aufgenommen.«

Colombani schien ebenfalls regelmäßig auf der Rennbahn zu sein. Seine Angaben stimmten. Das Telefon klingelte. Janvier war am Apparat.

»Ich bin immer noch in Vincennes, Chef. Ich habe versucht, Sie am Quai zu erreichen.«

»Sind die Rennen zu Ende?«

»Ja, seit einer halben Stunde. Ich bin noch bei den Angestellten geblieben. Während der Rennen kann man schwer mit ihnen sprechen, da haben sie alle Hände voll zu tun. Ich wundere mich, dass ihnen dabei keine Fehler unterlaufen. Ich habe sie auf die Wetteinsätze angesprochen. Der an dem Tausend-Franc-Schalter hat sofort auf meine Frage reagiert. Er ist viel in Europa herumgekommen und kennt sich mit verschiedenen Sprachen aus. ›Ein Tscheche?‹, hat er gesagt. ›Zu mir kommt immer einer, der sehr hoch setzt, meistens auf Außenseiter. Erst habe ich ihn für einen von der Botschaft gehalten.‹«

»Warum?«, fragte Maigret.

»Er scheint sehr gepflegt zu sein und elegant gekleidet. Er verliert mit schöner Regelmäßigkeit, lässt sich dadurch aber nicht aus der Fassung bringen, sondern zeigt höchstens ein kleines schiefes Lächeln. Doch nicht deswegen ist er dem Buchmacher aufgefallen, sondern wegen der Frau, die ihn meistens begleitet.«

Maigret stieß einen Seufzer der Erleichterung aus. Und der fröhliche Blick, mit dem er Colombani ansah, schien zu sagen: »Wir haben sie!«

»Na also, eine Frau!«, rief er in den Apparat. »Eine Ausländerin?«

»Eine Pariserin. Und deswegen bin ich auch länger hiergeblieben. Hätte ich den Mann vom Schalter etwas früher sprechen können, hätte er mir das Paar gezeigt, denn sie waren heute Nachmittag hier.«

»Wie sieht die Frau aus?«

»Sie soll sehr schön sein, noch sehr jung, und lässt sich von den größten Modeschöpfern einkleiden. Aber das ist nicht alles, Chef. Der Mann am Schalter behauptet, sie sei eine Filmschauspielerin. Er geht nur selten ins Kino und kennt darum die Namen der Darstellerinnen nicht. Er meint übrigens, sie sei kein Star, sondern spiele eher Nebenrollen. Ich habe ihm vergeblich alle möglichen Namen genannt.«

»Wie spät ist es?«

»Viertel vor sechs.«

»Da du nun schon in Vincennes bist, fahr gleich hinüber nach Joinville. Das ist nicht weit. Bitte den Buchmacher, dich zu begleiten.«

»Er sagt, er komme gern mit.«

»Gleich hinter der Brücke sind die Filmateliers. Gewöhnlich werden bei den Filmproduzenten die Fotos aller Künstler, einschließlich der Nebendarsteller, aufbewahrt, und wenn man einen neuen Film besetzt, geht man diese Kartei durch. Verstehst du?«

»Ja, ich habe verstanden. Wo kann ich Sie erreichen?«

»Zu Hause.«

Als er sich wieder in seinen Sessel setzte, war alle Spannung von ihm abgefallen.

»Vielleicht klappt es«, sagte er.

»Vorausgesetzt natürlich, dass es wirklich unser Tscheche ist.«

Maigret füllte die kleinen Gläser mit dem Goldrand, klopfte seine Pfeife aus und stopfte sich eine neue.

»Ich glaube, wir haben eine bewegte Nacht vor uns. Hast du die Kleine kommen lassen?«

»Sie ist vor drei Stunden losgefahren. Ich werde sie nachher an der Gare du Nord abholen.«

Das Mädchen vom Hof Manceau, die Einzige, die wie durch ein Wunder dem Blutbad entgangen war und die ein Mitglied der Bande gesehen hatte:

die Frau, Maria, die jetzt im Krankenhaus lag, ihr Baby neben sich.

Wieder klingelte das Telefon. Man fürchtete sich beinahe, den Hörer abzunehmen.

»Hallo?«

Wieder blickte Maigret seinen Kollegen an, diesmal mit verdrießlicher Miene. Er sprach mit gedämpfter Stimme. Eine ganze Weile lang antwortete er nur in regelmäßigen Abständen:

»Ja … ja … ja …«

Colombani versuchte, daraus klug zu werden. Aber er hörte nur ein Gemurmel aus dem Apparat und manchmal einzelne Silben.

»In zehn Minuten? Aber sicher. Genau wie ich's versprochen habe.«

Warum schien Maigret sich zusammenreißen zu müssen? Schon wieder hatte seine Haltung sich geändert. Ein Kind, das auf die Weihnachtsbescherung wartete, konnte nicht ungeduldiger und aufgeregter sein, als er es in diesem Augenblick war, aber er bemühte sich, ruhig zu wirken und seinem Gesicht einen grimmigen Ausdruck zu geben.

Als er aufgelegt hatte, wandte er sich nicht Colombani zu, sondern öffnete die Tür zur Küche.

»Deine Tante kommt mit ihrem Mann«, rief er hinein.

»Wie? Was sagst du da? Aber …«
Er zwinkerte ihr vergeblich zu.

»Ich weiß. Mich wundert es auch. Irgendetwas Ernstes, Unvorhergesehenes muss geschehen sein. Sie will uns unbedingt gleich sprechen.«

Er steckte den Kopf in die Tür, um ihr erneut zuzuzwinkern. Sie wusste nicht mehr, was sie von alldem halten sollte.

»So etwas! Das ist ja seltsam. Hoffentlich ist nichts Schlimmes passiert!«

»Vielleicht geht es um die Erbschaft?«

»Um welche Erbschaft?«

»Die von ihrem Onkel.«

Als er zu Colombani zurückkehrte, lächelte der verschmitzt.

»Entschuldige bitte, mein Guter. Die Tante meiner Frau kommt gleich. Ich habe gerade noch Zeit, mich umzuziehen. Ich will dich ja nicht rausschmeißen, aber du verstehst …«

Der Kommissar der Sûreté leerte sein Glas in einem Zug, erhob sich und wischte sich den Mund ab.

»Aber ich bitte dich. Ich weiß, wie das ist. Rufst du mich an, wenn du etwas Neues erfährst?«

»Abgemacht.«

»Ich glaube, du wirst mich schon bald anrufen. Ich frage mich, ob ich überhaupt zur Rue des Saussaies zurückfahren soll. Ach nein. Wenn es dir recht ist, gehe ich gleich zum Quai des Orfèvres.«

»Einverstanden. Bis nachher.«

Maigret drängte ihn fast zur Tür hinaus. Nachdem er sie geschlossen hatte, ging er schnell durchs Zimmer und blickte aus dem Fenster. Zur Linken, ein Stück weiter als *Lhoste & Pépin*, befand sich eine Wein- und Kohlenhandlung, ein kleiner Laden mit gelb gestrichener Fassade. Maigret beobachtete aufmerksam die Ladentür, neben der eine grüne Pflanze stand.

»Das war doch bloß ein Scherz, oder?«, fragte Madame Maigret.

»Aber natürlich. Ich wollte nicht, dass Colombani den Leuten begegnet, die gleich hier sein werden.«

Während er das sagte, legte er unwillkürlich die Hand auf die Fensterbank, vor der eben noch Colombani gestanden hatte. Die Hand berührte Papier, eine Zeitung. Er warf einen Blick darauf und bemerkte, dass sie so gefaltet war, dass die Seite mit den Kleinanzeigen obenauf lag. Eine Anzeige war blau eingekreist.

»Der Schuft!«, stieß er zwischen den Zähnen hervor.

Es bestand nämlich eine alte Rivalität zwischen der Sûreté und der Kriminalpolizei, und für jemanden aus der Rue des Saussaies war es ein Vergnügen, einem Kollegen vom Quai des Orfèvres ein Schnippchen zu schlagen.

Colombanis Rache für Maigrets Lügengeschichte

mit der Tante war übrigens nicht boshaft gewesen. Er wollte Maigret nur zeigen, dass er das Spiel durchschaut hatte. Die Annonce, die am Morgen in den üblichen Zeitungen und am Mittag in den Rennzeitungen erschienen war, lautete, typisch verknappt:

Freunde von Albert unbedingt zu eigener Sicherheit umgehend bei Maigret melden. Boulevard Richard-Lenoir 132. Absolute Diskretion ehrenwörtlich zugesichert.

Und eben diese Freunde hatten gerade von der Weinhandlung aus angerufen, um aus Maigrets Mund zu hören, dass diese Anzeige weder ein Scherz noch eine Falle war, und um sicherzugehen, dass die Luft rein war.

»Du wirst jetzt eine kleine Runde durchs Viertel drehen, Madame Maigret. Aber lass dir Zeit. Setz deinen Hut mit der grünen Feder auf.«

»Warum den mit der grünen Feder?«

»Weil der Frühling kommt.«

Maigret sah, wie die beiden Männer entschlossenen Schritts die Straße überquerten, aber aus der Entfernung konnte er nur das Gesicht des einen erkennen.

Bis vor wenigen Augenblicken hatte er nicht die

geringste Ahnung gehabt, wer da bei ihm erscheinen würde, nicht einmal, aus welchem Milieu sie stammten. Er war sich nur sicher, dass sie ebenfalls die Rennplätze besuchten.

»Bestimmt steht Colombani irgendwo und beobachtet sie«, brummte er vor sich hin.

Und wenn Colombani erst einmal die Fährte aufgenommen hatte, war er imstande, Maigret zu überrunden. Das waren so die kleinen Streiche, die man sich unter Kollegen spielte.

Vor allem aber kannte Colombani Jo, den Boxer, vermutlich noch besser als er selbst.

Jo war klein und untersetzt, hatte eine plattgedrückte Nase und hellblaue Augen, die zwischen den dicken Lidern fast verschwanden. Er trug immer karierte Anzüge und auffallende Krawatten. Zur Aperitifzeit traf man ihn garantiert in einer der kleinen Bars in der Avenue de Wagram.

Sicher zehn Mal hatte Maigret ihn in seinem Büro vernommen, jedes Mal in einer anderen Angelegenheit, aber er hatte sich immer aus der Affäre gezogen.

War er wirklich gefährlich? Er gab sich zumindest den Anschein und bemühte sich, furchteinflößend zu wirken. Eitel war er darauf bedacht, wie ein Gangster auszusehen, aber die wahren Verbrecher begegneten ihm mit Misstrauen, wenn nicht gar mit Verachtung.

Maigret öffnete den beiden die Tür und stellte neue Gläser auf den Tisch. Verlegen und trotz allem wachsam traten sie näher, spähten in alle Ecken und schienen vor allem den geschlossenen Türen nicht zu trauen.

»Keine Sorge, Jungs. Hier ist kein Stenograph und auch kein Aufnahmegerät versteckt. Seht her, das ist mein Schlafzimmer.«

Er zeigte ihnen das ungemachte Bett.

»Und hier das Badezimmer. Dort der Kleiderschrank und da die Küche, die Madame Maigret euch zuliebe soeben verlassen hat.«

Es roch gut nach der Suppe, die leise vor sich hin köchelte, und auf dem Tisch lag ein bereits gespicktes Hähnchen.

»Diese Tür hier ist die letzte. Das Gästezimmer. Es riecht etwas muffig, weil es selten benutzt wird; nur meine Schwägerin übernachtet hier zwei-, dreimal im Jahr.

So, und nun zur Sache.«

Er hob sein Glas, um mit ihnen anzustoßen. Dabei sah er Jos Begleiter fragend an.

»Das ist Ferdinand«, erklärte der ehemalige Boxer.

Der Kommissar suchte vergeblich in seinem Gedächtnis. Diese lange, dünne Gestalt, dieses Gesicht mit der riesigen Nase, mit den kleinen, lebhaften Mäuseaugen ... All das sagte ihm nichts, ebenso wenig wie der Name.

»Er besitzt eine Autowerkstatt in der Nähe der Porte Maillot. Eine ganz kleine natürlich.«

Es war ein komischer Anblick, wie sie beide so dastanden und zögerten, sich hinzusetzen, nicht weil sie eingeschüchtert waren, sondern aus einer Art Vorsicht. Menschen ihres Schlages hielten sich gern in Türnähe auf.

»Ihrer Meinung nach sind wir also in Gefahr?«

»Sogar in zweifacher Hinsicht: Erstens könnten die Tschechen euch finden, und dann sehe ich schwarz für euch.«

Jo und Ferdinand blickten sich erstaunt an. Das musste ein Irrtum sein.

»Was für Tschechen?«

In den Zeitungen war nämlich nie von Tschechen die Rede gewesen.

»Die Picardie-Bande.«

Jetzt verstanden sie und wurden augenblicklich ernster.

»Wir haben ihnen nichts getan.«

»Hm, darauf werden wir noch zu sprechen kommen. Aber wir könnten uns viel besser unterhalten, wenn ihr so freundlich wärt, euch hinzusetzen.«

Jo markierte den Mutigen und machte es sich in einem Sessel bequem, aber Ferdinand, der Maigret nicht kannte, setzte sich nur mit halbem Hintern auf die Stuhlkante.

»Nun zu der zweiten Gefahr«, sagte der Kommissar, während er sich eine Pfeife ansteckte und die beiden weiter beobachtete. »Habt ihr heute nichts bemerkt?«

»Es wimmelt überall von Bullen. Oh, Pardon …«

»Keine Ursache. Es wimmelt nicht nur von Bullen, wie ihr sagt. Die meisten Inspektoren sind auf der Jagd nach einigen Leuten, darunter zwei Herren, die ein ganz bestimmtes gelbes Auto besitzen.«

Ferdinand grinste.

»Ich kann mir schon denken, dass es inzwischen nicht mehr gelb ist und eine andere Nummer hat. Aber lassen wir das. Wenn meine Kriminalinspektoren euch als Erste erwischt hätten, hätte ich euch vielleicht aus der Patsche helfen können. Aber habt ihr den Herrn gesehen, der eben gegangen ist?«

»Colombani«, brummte Jo.

»Hat er euch gesehen?«

»Wir haben gewartet, bis er im Bus saß.«

»Das bedeutet, dass die Sûreté ebenfalls auf der Jagd ist. Und bei denen führt kein Weg an Richter Coméliau vorbei.«

Der Name machte Eindruck. Zumindest vom Hörensagen kannten die beiden die unerbittliche Strenge Coméliaus.

»Aber da ihr so nett wart, zu mir zu kommen, können wir ganz vertraulich miteinander plaudern.«

»Wir wissen so gut wie nichts.«

»Was ihr wisst, wird mir genügen. Ihr wart also mit Albert befreundet?«

»Das war ein Pfundskerl.«

»Ein Spaßvogel, nicht wahr?«

»Wir haben ihn auf der Rennbahn kennengelernt.«

»Das habe ich mir gedacht.«

Das sagte genug über die beiden Männer aus. Ferdinands Werkstatt hatte vermutlich keine gewöhnlichen Öffnungszeiten. Vielleicht verkaufte er nicht gerade gestohlene Wagen. Dazu brauchte man eine ganze Organisation und noch dazu eine spezielle Ausrüstung, um die Autos unkenntlich zu machen. Außerdem gehörten die beiden nicht zu denen, die gern etwas riskierten.

Wahrscheinlicher war, dass Ferdinand alte Klapperkisten aufkaufte und sie so aufmöbelte, dass Gutgläubige darauf hereinfielen. In den Bars, auf den Rennplätzen, in den Hotelhallen konnte man genug arglose Bürger treffen, die nur zu gerne ein Schnäppchen machten. Manchmal bekam man sie schon dadurch herum, dass man ihnen zuflüsterte, das Auto sei einer berühmten Schauspielerin gestohlen worden.

»Wart ihr alle beide am letzten Dienstag in Vincennes?«

Sie blickten einander an, nicht um ihre Aussagen abzustimmen, sondern um sich zu erinnern.

»Warten Sie! Sag mal, Ferdinand, war das nicht am Dienstag, als du auf Semiramis gesetzt hast?«

»Ja.«

»Dann waren wir also dort.«

»Und Albert?«

»Natürlich, jetzt erinnere ich mich. Beim dritten Rennen hat es in Strömen geregnet. Albert war da, ich hab ihn von weitem gesehen.«

»Habt ihr nicht mit ihm gesprochen?«

»Wir waren auf dem Rasen, und er auf der Tribüne. Wir sind immer auf dem Rasen, und er sonst auch. Aber an dem Dienstag war er mit seiner Frau da. Es war ihr Hochzeitstag oder so was. Das hatte er mir ein paar Tage vorher erzählt. Er wollte sich sogar einen günstigen Wagen kaufen, und Ferdinand hatte ihm versprochen, einen für ihn aufzutreiben. Ganz ordnungsgemäß, seien Sie unbesorgt.«

»Und dann?«

»Was dann?«

»Was ist am nächsten Tag geschehen?«

Sie blickten sich wieder an, und Maigret musste ihnen auf die Sprünge helfen.

»Als er euch am Mittwoch gegen fünf Uhr anrief, wart ihr da in der Werkstatt?«

»Nein, im Pélican, in der Rue de Wagram. Dort sind wir fast immer um die Zeit.«

»Und jetzt, meine Herren, möchte ich möglichst

wortgetreu hören, was er gesagt hat. Wer hat mit ihm gesprochen?«

»Ich«, sagte Jo.

»Denk nach. Nimm dir Zeit.«

»Er wirkte gehetzt, oder aufgeregt.«

»Ich weiß.«

»Zuerst hab ich nicht ganz verstanden, was er wollte, weil er so schnell geredet und sich dabei verhaspelt hat. Als ob er Angst hätte, dass die Verbindung getrennt würde.«

»Auch das weiß ich. Er hat mich am selben Tag vier- oder fünfmal angerufen.«

»Ach!«

Jo und Ferdinand verstanden überhaupt nichts mehr.

»Na, wenn er mit Ihnen telefoniert hat, dann müssen Sie's ja wissen.«

»Erzähl nur weiter.«

»Er hat mir gesagt, es wären welche hinter ihm her und er hätte Angst, aber dass er vielleicht eine Möglichkeit gefunden hätte, sie loszuwerden.«

»Hat er gesagt, was für eine Möglichkeit er meinte?«

»Nein, aber er schien froh über seinen Einfall zu sein.«

»Und dann?«

»Er hat so ungefähr gesagt: ›Das ist eine furchtbare Geschichte, aber vielleicht lässt sich da was rausholen.‹ Denken Sie dran, Herr Kommissar, dass Sie versprochen haben …«

»Ich verspreche es noch einmal. Ihr geht beide so frei hier heraus, wie ihr hereingekommen seid, und was immer ihr mir erzählt, ihr kriegt deswegen keine Schwierigkeiten – unter der Bedingung, dass ihr die ganze Wahrheit sagt.«

»Sie kennen sie so gut wie wir, geben Sie's zu!«

»In etwa.«

»Also gut. Albert hat noch gesagt: ›Kommt heute Abend um acht zu mir, dann reden wir darüber.‹«

»Was habt ihr da gedacht?«

»Einen Moment noch. Bevor er auflegte, hat er noch eilig hinzugefügt: ›Ich werde Nine ins Kino schicken.‹ Verstehen Sie? Also handelte es sich um etwas Ernstes.«

»Einen Augenblick. Hatte Albert schon einmal mit euch zusammengearbeitet?«

»Nein, nie. Was hätte er auch tun sollen? Sie kennen ja unsere Art zu arbeiten. Da läuft nicht alles ganz korrekt ab. Und Albert war ein braver Bürger.«

»Trotzdem wollte er aus dem, was er entdeckt hatte, seinen Vorteil ziehen?«

»Schon möglich. Ich weiß es nicht. Warten Sie, ich versuche mich zu erinnern, was er genau gesagt hat. Irgendwas von einer Bande im Norden.«

»Und ihr habt beschlossen, zu ihm zu gehen?«

»Was sollten wir anderes tun?«

»Hör mal zu, Jo, spiel nicht den Dummen. Da du hier nichts riskierst, kannst du ruhig einmal ehrlich sein. Du dachtest, dein Freund Albert hätte die Kerle von der Picardie-Bande aufgespürt. Aus der Zeitung wusstest du, dass sie mehrere Millionen erbeutet hatten. Und da hast du gedacht, dass du vielleicht einen Teil davon abkriegen könntest. Stimmt's?«

»Na ja, ich dachte, genau das hätte Albert im Sinn.«

»Gut, da sind wir uns also einig. Und weiter?«

»Wir sind dann zu ihm gefahren.«

»Und habt am Boulevard Henri-IV eine Panne gehabt. Was darauf schließen lässt, dass der gelbe Citroën nicht so neu war, wie es den Anschein hatte.«

»Wir hatten ihn hergerichtet, um ihn zu verkaufen. Wir wollten ihn nicht für uns selbst.«

»Ihr seid also mit einer guten halben Stunde Verspätung am Quai de Charenton angekommen. Die Läden waren zu, und ihr habt die Tür geöffnet, die nicht abgeschlossen war.«

Sie sahen sich wieder an, mit düsteren Mienen.

»Und ihr habt euren Freund Albert dort tot aufgefunden. Erstochen.«

»Das ist richtig.«

»Was habt ihr dann getan?«

»Erst dachten wir, er sei noch nicht ganz tot, weil er noch warm war.«

»Und dann?«

»Wir haben natürlich gesehen, dass alles im Haus durchwühlt war. Und da fiel uns Nine ein, die jeden Augenblick vom Kino zurückkommen musste. Es gibt nur ein Kino in der Nähe, in Charenton, beim Kanal. Wir sind hingegangen.«

»Was wolltet ihr da?«

»Das wussten wir selbst nicht so genau, Ehrenwort. Uns war ziemlich mulmig zumute. Ist schließlich kein Spaß, einer Frau so eine Nachricht zu überbringen. Außerdem haben wir uns gefragt, ob die Banditen uns vielleicht gesehen hatten. Wir haben hin- und herüberlegt, Ferdinand und ich.«

»Und habt beschlossen, Nine aufs Land zu bringen?«

»Genau.«

»Ist sie weit weg?«

»Bei Corbeil, in einem Gasthof am Seineufer, wo wir hin und wieder fischen gehen. Ferdinand hat da ein Boot.«

»Hat sie Albert nicht noch einmal sehen wollen?«

»Wir haben es ihr ausgeredet. Als wir dann nachts noch mal zum Quai zurückfuhren, war niemand mehr in der Nähe des Hauses. Aber man sah immer noch Licht unter der Tür durchscheinen. Wir hatten vergessen, es auszumachen.«

»Warum habt ihr die Leiche weggebracht?«

»Das war Ferdinands Idee.«

Ferdinand hielt den Kopf gesenkt. Maigret fragte ihn jetzt direkt:

»Warum?«

»Ich kann es Ihnen nicht erklären. Ich war ziemlich durch den Wind. Im Gasthof hatten wir getrunken, um uns aufzuheitern. Ich habe gedacht, dass irgendwelche Nachbarn das Auto vermutlich gesehen hätten und uns vielleicht auch. Und wenn erst mal bekannt wäre, dass Albert tot war, würde man Nine suchen, und sie würde nicht den Mund halten können.«

»Ihr wolltet die Polizei auf eine falsche Fährte locken.«

»Wenn Sie so wollen. Die Polizei ist nicht so sehr hinterher, wenn sich's um einen Raubmord handelt, also um eine eher alltägliche Geschichte. Zum Beispiel wenn ein Mann auf der Straße erstochen wird, weil man ihm sein Geld wegnehmen will.«

»War es auch eure Idee, ein Loch in den Regenmantel zu schneiden?«

»Das musste sein. Es sollte ja so aussehen, als ob er auf der Straße erstochen worden wäre.«

»Und die Entstellungen im Gesicht?«

»Ebenfalls nötig. Er spürte ja nichts mehr. Wir haben geglaubt, so würde am schnellsten Gras über die Sache wachsen.«

»Ist das alles?«

»Das ist alles, ich schwöre. Nicht wahr, Jo? Gleich am nächsten Morgen hab ich das Auto blau lackiert und das Nummernschild ausgetauscht.«

Sie machten Anstalten, sich zu erheben.

»Einen Augenblick noch. Seitdem habt ihr nichts erhalten?«

»Was erhalten?«

»Einen Umschlag, in dem wahrscheinlich etwas drin war.«

»Nein.«

Sie sagten die Wahrheit, denn die Frage hatte sie sichtlich überrascht. Im dem Augenblick, da er sie stellte, fiel Maigret übrigens eine mögliche Lösung des Problems ein, das ihn in den letzten Tagen besonders umgetrieben hatte. Die Lösung hatte Jo ihm geliefert, ohne es zu wissen. Hatte Albert nicht am Telefon gesagt, er habe soeben eine Möglichkeit gefunden, seine Verfolger loszuwerden?

Hatte er nicht in der Brasserie, in der man ihn zuletzt gesehen hatte, einen Briefumschlag verlangt, gleich nachdem er mit seinen Freunden telefoniert hatte?

Er trug etwas bei sich, was für die Tschechen kompromittierend war. Einer von ihnen folgte ihm auf Schritt und Tritt. Konnte er ihn nicht damit loswerden, dass er vor seinen Augen einen Umschlag in einen Briefkasten warf?

Das Beweisstück in den Umschlag hineinzuschieben, war ein Kinderspiel.

Aber welche Adresse hatte er darauf geschrieben?

Maigret nahm den Hörer ab und rief die Kriminalpolizei an.

»Hallo! Wer ist am Apparat? … Bodin? … Arbeit für dich, mein Junge. Es ist dringend! Wie viele Inspektoren sind im Büro? … Wie? Nur vier? … Ja, einer muss die Stellung halten. Nimm die drei anderen. Teilt alle Postämter von Paris unter euch auf. Moment, auch das von Charenton, mit dem du selbst beginnst. Frag die Beamten nach den postlagernden Sendungen. Irgendwo muss seit mehreren Tagen ein Brief auf den Namen Albert Rochain liegen. Lass ihn dir geben, ja. Und bring ihn mir … Nein, nicht hierher. Ich bin in einer halben Stunde im Büro.«

Er lächelte die beiden Männer an.

»Na, noch ein Gläschen?«

Sie schienen Calvados nicht zu mögen. Man sah ihnen an, dass sie nur aus Höflichkeit nickten.

»Können wir jetzt gehen?«

Sie waren immer noch argwöhnisch. Als sie aufstanden, erinnerten sie an Schüler, die der Lehrer in die Pause entlässt.

»Wird man uns auch nicht einlochen?«

»Keine Sorge. Ich bitte euch nur, Nine nichts zu sagen.«

»Wird sie auch keine Scherereien kriegen?«

»Warum sollte sie?«

»Seien Sie nett zu ihr, ja? Wenn Sie wüssten, wie sie ihren Albert geliebt hat!«

Sobald sie weg waren, drehte Maigret in der Küche das Gas ab. Die Suppe schwappte schon auf den Herd.

Er wusste, dass die Burschen nicht die ganze Wahrheit gesagt hatten. Nach den Aussagen von Dr. Paul hatten sie nicht damit gewartet, das Gesicht ihres Kumpans zu entstellen, bis Nine in Sicherheit war. Aber das änderte nichts. Sie hatten sich so entgegenkommend gezeigt, dass der Kommissar ihnen keine Schwierigkeiten machen wollte. Denn im Grunde waren solche Leute genauso empfindsam wie alle anderen.

9

Das Büro war blau von Zigarettenrauch. Colombani saß in einer Ecke, die Beine ausgestreckt. Eben noch war der Kriminaldirektor da gewesen. Inspektoren kamen und gingen. Richter Coméliau hatte angerufen. Maigret griff wieder zum Hörer.

»Hallo? Marchand? Hier ist Maigret ... Der richtige, ja ... Wie? Sie haben einen Bekannten, der ebenfalls Maigret heißt? ... Ein Graf? Nein, der ist nicht mit mir verwandt.«

Es war sieben Uhr. Am anderen Ende der Leitung sprach der Direktor der Folies Bergère.

»Was wollen Sie von mir, mein Guter?«, sagte er mit rollendem R. »Verflixt, das wird nicht so einfach. Ich kann gerade noch hier im Viertel einen Happen essen, bevor wir den Laden aufmachen. Aber vielleicht wollen Sie mir Gesellschaft leisten? Wie wär's mit dem Chope Montmartre? In zehn Minuten? ... Also bis gleich, mein Guter.«

Janvier war aufgeregt ins Büro gestürmt. Er hatte aus den Filmstudios in Joinville ein schönes großes Foto mitgebracht, eines dieser Bilder, die, mit

Widmungen versehen, in Künstlergarderoben hängen. Auch hier war ein Name zu lesen, in einer steilen, selbstbewussten Handschrift: Francine Latour.

Es war eine hübsche, sehr junge Frau. Auf der Rückseite war eine Adresse vermerkt: Rue de Longchamp 121, Passy.

»Anscheinend tritt sie derzeit in den Folies Bergère auf«, hatte Janvier gesagt.

»Hat der Angestellte von der Rennbahn sie identifiziert?«

»Ja, er war sich ganz sicher. Ich hätte ihn gern hergebracht, aber er war schon spät dran und hat mächtige Angst vor seiner Frau. Wenn wir ihn brauchen, können wir ihn aber jederzeit zu Hause anrufen. Er wohnt ganz in der Nähe, auf der Île Saint-Louis, und hat Telefon.«

Francine Latour besaß ebenfalls Telefon. Maigret rief bei ihr zu Hause an, mit der Absicht, nichts zu sagen und sofort wieder einzuhängen, sobald sie sich meldete. Aber wie erwartet war sie nicht zu Hause.

»Willst du mal dorthin gehen, Janvier? Nimm aber jemanden mit, der sich geschickt anstellt. Ihr dürft um keinen Preis auffallen.«

»Sollen wir uns diskret Zugang verschaffen?«

»Nicht gleich. Wartet ab, bis ich anrufe. Einer von euch soll in eine Bar in der Nähe gehen und mir die Nummer von dort mitteilen.«

Er runzelte die Stirn. Hatte er auch nichts vergessen? Immerhin hatten die Ermittlungen bei Citroën zu einem Ergebnis geführt: Serge Madok hatte dort fast zwei Jahre lang gearbeitet.

Er ging zu den Inspektoren hinüber.

»Hört mal, Kinder, heute Abend werde ich wahrscheinlich eine Menge Leute brauchen. Am besten, ihr bleibt alle hier. Geht einzeln etwas essen, in der Nähe, oder lasst euch Bier und Sandwiches bringen. Bis später. Kommst du mit, Colombani?«

»Ich dachte, du isst mit Marchand?«

»Du kennst ihn doch auch, oder?«

Marchand, der als Kartenverkäufer im Theater begonnen hatte, war jetzt eine der bekanntesten Persönlichkeiten von Paris. Sein Auftreten aber war noch immer ungehobelt und seine Ausdrucksweise derb. Er saß mit aufgestützten Ellbogen im Restaurant und hielt eine große Speisekarte in der Hand. Als die beiden Männer hereinkamen, sagte er gerade zum Oberkellner:

»Was ganz Leichtes, mein lieber Georges. Lass mal sehen. Habt ihr Rebhuhn?«

»Mit Rotkohl, Monsieur Marchand.«

»Nehmen Sie Platz, mein Guter. Na so was! Die Sûreté ist auch mit von der Partie? Also ein drittes Gedeck, mein lieber Georges. Was halten Sie von Rebhuhn mit Rotkohl? Und vorher Forelle blau. Leben die noch, Georges?«

»Sie sind im Bassin, Monsieur Marchand.«

»Und vorneweg noch ein paar Häppchen. Gegen den Heißhunger. Das ist alles. Zum Schluss noch Soufflé, wenn's recht ist.«

Das war seine Leidenschaft. Selbst wenn er allein aß, gönnte er sich solche Mahlzeiten, mittags und abends. Und das nannte er dann »was ganz Leichtes« oder »ein paar Häppchen«. Vielleicht aß er erst nach der Vorstellung richtig zu Abend?

»Also, mein Guter, womit kann ich Ihnen dienen? Mit meinem Laden hat's doch hoffentlich nichts zu tun?«

Zu einem ernsthaften Gespräch kam es noch nicht, weil der Sommelier an den Tisch trat und Marchand einige Minuten brauchte, um einen Wein zu wählen.

»So, jetzt bin ich ganz Ohr, Kinder.«

»Können Sie Stillschweigen bewahren?«

»Sie vergessen, mein Dicker, dass ich wahrscheinlich der Mann bin, der in Paris die meisten Geheimnisse kennt. Denken Sie daran, dass das Schicksal Hunderter, wenn nicht Tausender Ehen in meinen Händen liegt. Ob ich schweigen kann? Ich tue den ganzen Tag nichts anderes!«

Es war seltsam. Er redete zwar von morgens bis abends, aber er sagte tatsächlich nur das, was er wirklich sagen wollte.

»Kennen Sie Francine Latour?«

»Sie spielt mit Dréan in zwei unserer Sketche.«

»Was halten Sie von ihr?«

»Was soll ich von ihr halten? Sie ist noch ein Küken. Fragen Sie das noch mal in zehn Jahren.«

»Hat sie Talent?«

Marchand blickte den Kommissar mit belustigtem Erstaunen an.

»Warum sollte sie? Ich weiß nicht genau, wie alt sie ist, aber kaum über zwanzig. Schon jetzt wird sie von den großen Couturiers eingekleidet. Ich glaube, sie besitzt sogar ein paar Brillanten. Und letzte Woche kam sie im Nerz ins Theater. Was noch?«

»Hat sie Liebhaber?«

»Sie hat einen Freund, wie alle.«

»Kennen Sie ihn?«

»Wie sollte ich ihn nicht kennen!«

»Ein Ausländer, nicht wahr?«

»Die sind doch heute fast alle Ausländer. Man könnte fast glauben, dass Frankreich nur noch treuliebende Ehemänner hervorbringt.«

»Hören Sie, Marchand, das Ganze ist sehr viel ernster, als Sie es sich vorstellen können.«

»Wann werden Sie ihn denn schnappen?«

»Heute Nacht, hoffe ich. Aber wegen einer anderen Sache, als Sie glauben.«

»Jedenfalls ist er das gewohnt. Wenn ich mich recht erinnere, saß er schon zweimal im Kittchen, wegen ungedeckter Schecks oder so was Ähnlichem. Im Augenblick scheint er wieder obenauf zu sein.«

»Wie heißt er?«

»Im Theater nennen ihn alle Monsieur Jean. Sein richtiger Name ist Bronsky. Er ist Tscheche.«

»Ein ungedeckter Tschech«, witzelte Colombani, während Maigret mit den Schultern zuckte.

»Eine Zeitlang hat er sich in der Filmbranche herumgetrieben. Und ich glaube, er hat immer noch damit zu tun«, fuhr Marchand fort, der die Lebensläufe aller Pariser Persönlichkeiten, auch der anrüchigsten, hätte herunterleiern können. »Ein gutaussehender Kerl, sympathisch, großzügig. Die Frauen beten ihn an, und den Männern ist er wegen seiner Verführungskünste ein Dorn im Auge.«

»Ist er in sie verliebt?«

»Ich glaube schon. Jedenfalls weicht er ihr nicht von der Seite. Es heißt, er sei sehr eifersüchtig.«

»Was denken Sie, wo er sich um diese Zeit aufhält?«

»Falls heute Nachmittag Rennen stattgefunden haben, ist er wahrscheinlich mit ihr hingegangen. Eine Frau, die seit vier, fünf Monaten ihre Kleider in der Rue de la Paix kauft und einen neuen Nerzmantel trägt, kann sich nicht oft genug auf den Rennplätzen blicken lassen. Im Augenblick werden sie wohl in irgendeiner Bar auf den Champs-

Élysées einen Aperitif trinken. Die Kleine tritt erst um halb zehn auf und kommt nie vor neun ins Theater. Die beiden haben also noch Zeit, im Fouquet's, im Maxim's oder im Ciro zu essen. Wenn Sie sie unbedingt treffen wollen …«

»Nicht jetzt. Begleitet Bronsky sie ins Theater?«

»Fast immer. Er bringt sie in ihre Garderobe, steht ein bisschen in den Kulissen herum, setzt sich dann an die Bar im Foyer und plaudert mit Félix. Nach dem zweiten Sketch geht er zu ihr in die Garderobe, und sobald sie fertig ist, brechen sie auf. Meistens gehen sie noch auf irgendeine Cocktailparty.«

»Wohnt er mit ihr zusammen?«

»Gut möglich, mein Lieber. Aber das fragen Sie am besten die Concierge.«

»Haben Sie ihn in den letzten Tagen gesehen?«

»Gerade gestern.«

»Kam er Ihnen nervöser vor als sonst?«

»Wissen Sie, solche Leute sind immer etwas nervös. Wenn man sich auf dünnem Eis bewegt … Nun ja, wenn ich's richtig verstehe, wird es nicht mehr lange halten. Schade für die Kleine. Andererseits, jetzt, wo sie so hübsch ausstaffiert ist, wird sie mühelos was Besseres finden.«

Während Marchand sprach, aß und trank er weiter, wischte sich den Mund mit der Serviette ab, grüßte Bekannte, die kamen und gingen, und brachte es noch dazu fertig, zwischendurch den Oberkellner oder den Weinkellner zu rufen.

»Wissen Sie zufällig, wie er begonnen hat?«

Darauf antwortete Marchand, den die Skandalblätter gern an seine eigene Herkunft erinnerten, ziemlich kühl:

»Das ist keine Frage, die man einem Gentleman stellt, mein Dicker.«

Aber gleich darauf wurde er wieder umgänglicher und sagte:

»Soweit ich weiß, hatte er eine Zeitlang eine Vermittlungsagentur für Statisten.«

»Wie lange ist das her?«

»Einige Monate. Ich könnte mich danach erkundigen.«

»Das ist nicht nötig. Ich möchte Sie überhaupt bitten, unsere Unterhaltung mit keinem Wort zu erwähnen, besonders nicht heute Abend.«

»Kommen Sie ins Theater?«

»Nein.«

»Das ist mir auch lieber so. Ich hätte Sie sowieso gebeten, Ihre kleine Abrechnung nicht in meinem Haus vorzunehmen.«

»Das wäre auch zu riskant, Marchand. Colombanis und mein Bild sind zu oft in der Zeitung. Nach allem, was Sie sagen und was ich über ihn weiß, würde dieser Mann sofort die Anwesenheit eines Inspektors wittern.«

»Mein lieber Mann, Sie scheinen die Sache ja wirklich sehr ernst zu nehmen. Darf ich Ihnen noch etwas Rebhuhn auftun?«

»Es könnten Menschen zu Schaden kommen.«

»So?«

»Das ist schon passiert. Mehrfach.«

»Schon gut, erzählen Sie mir nichts weiter. Lieber lese ich das morgen oder übermorgen in der Zeitung. Sonst komme ich noch in Verlegenheit, wenn er mich heute Abend zu einem Glas Wein einlädt. Greift zu, Freunde! Was sagen Sie zu diesem Châteauneuf? … Es gibt nur noch fünfzig Flaschen davon. Die habe ich mir beiseitelegen lassen. Jetzt sind's nur noch neunundvierzig. Soll ich noch eine bestellen?«

»Danke. Wir haben eine arbeitsreiche Nacht vor uns.«

Sie trennten sich eine Viertelstunde später, etwas beschwert von dem üppigen Mahl.

»Hoffentlich hält er den Mund«, brummte Colombani.

»Das wird er.«

»Übrigens, Maigret, hat dir deine Tante ein paar gute Tipps gegeben?«

»Sogar sehr gute. Um die Wahrheit zu sagen, ich kenne jetzt fast die ganze Geschichte des kleinen Albert.«

»Das habe ich mir gedacht. Frauen wissen ja immer alles. Vor allem Tanten aus der Provinz. Darf ich auch etwas davon erfahren?«

Sie hatten noch ein wenig Zeit. Die kleine Verschnaufpause war umso willkommener, als die Nacht ereignisreich zu werden versprach, und so schlenderten sie plaudernd durch die Straßen.

»Du hattest recht heute Nachmittag. Wahrscheinlich hätten wir sie alle in Vincennes schnappen können. Ich hoffe nur, Jean Bronsky ahnt nicht, dass wir ihm auf den Fersen sind.«

»Man tut, was man kann, nicht wahr?«

Gegen halb zehn waren sie am Quai des Orfèvres, wo sie eine wichtige Neuigkeit erwartete. Ein Inspektor meldete aufgeregt:

»Carl Lipschitz ist tot, Chef. Er ist sozusagen vor meinen Augen gestorben. Ich stand in der Rue de Sèvres, etwa hundert Meter vom Krankenhaus entfernt. Schon eine ganze Weile hatte ich rechts von mir Geräusche gehört, als würde sich da jemand im Dunkeln nicht vorwärtswagen. Dann hörte ich hastige Schritte, und gleich darauf fiel ein Schuss, so nah, dass ich im ersten Augenblick dachte, man hätte auf mich geschossen, und automatisch meinen Revolver gezogen habe. Ich konnte nur ganz vage einen Körper erkennen, der zu Boden sank, und die Umrisse von jemandem, der davonrannte. Da habe ich geschossen.«

»Hast du ihn erwischt?«

»Ich habe auf seine Beine gezielt und hatte Glück. Die zweite Kugel hat ihn getroffen, und er ist ebenfalls zu Boden gegangen.«

»Wer ist es?«

»Der Junge. Der, den sie Pietr nennen. Wir mussten ihn nicht weit transportieren, das Krankenhaus war ja ganz nah.«

»Dann hat also Pietr auf Carl geschossen?«

»Ja.«

»Sind sie zusammen gekommen?«

»Ich glaube nicht. Ich vermute, Pietr ist Carl gefolgt und hat ihn dann niedergeschossen.«

»Was sagt er selbst?«

»Der Junge? Nichts. Er macht den Mund nicht auf. Er hat fiebrig glänzende Augen. Er schien ganz glücklich oder stolz zu sein, dass er ins Krankenhaus kam, und in den Fluren hat er sehnsüchtig um sich geblickt.«

»Natürlich, weil Maria da ist! Ist er schwer verletzt?«

»Die Kugel ist ins linke Knie gegangen. Er wird wohl gerade operiert.«

»Was hat man in seinen Taschen gefunden?«

Auf Maigrets Schreibtisch lagen zwei säuberlich getrennte Häufchen.

»Das eine ist der Inhalt von Carls Taschen, das andere der von Pietrs.«

»Ist Moers oben?«

»Er hat gesagt, er bleibt die ganze Nacht im Labor.«

»Er soll gleich herunterkommen. Außerdem brauche ich die Karteikarte und die Akte eines gewissen Jean Bronsky. Seine Fingerabdrücke habe ich nicht, aber er hat zweimal vor Gericht gestanden und muss etwa achtzehn Monate gesessen haben.«

Maigret schickte auch ein paar Männer in die Rue de Provence, die sich gegenüber den Folies Bergère postieren sollten, schärfte ihnen aber ein, dass man sie auf keinen Fall sehen dürfe.

»Und bevor ihr geht, schaut euch das Foto von Bronsky an. Nur wenn er versuchen sollte, im Zug oder Flugzeug zu flüchten, ergreift ihr ihn. Aber ich glaube nicht, dass er das tun wird.«

Die Brieftasche von Carl Lipschitz enthielt zweiundvierzig Tausend-Franc-Scheine, einen Personalausweis auf seinen Namen und einen weiteren, der auf einen italienischen Namen – Filipino – ausgestellt war. Lipschitz schien Nichtraucher zu sein, denn er hatte weder Zigaretten noch eine Pfeife oder ein Feuerzeug bei sich gehabt, sondern lediglich eine Taschenlampe, zwei Taschentücher, eins davon benutzt, eine Kinokarte vom selben Tag, ein Taschenmesser und eine automatische Pistole.

»Siehst du«, sagte Maigret zu Colombani, »und

wir haben uns eingebildet, dass wir an alles gedacht haben.«

Er deutete auf die Kinokarte.

»Keine üble Idee. Besser, als in den Straßen herumzulaufen. Man kann stundenlang ungestört im Dunkeln sitzen. In den Kinos an den großen Boulevards, die die ganze Nacht geöffnet haben, kann man sogar ein Schläfchen halten.«

In Pietrs Taschen waren nur achtunddreißig Franc in Münzen gewesen. In seiner Brieftasche steckten zwei Fotos, ein Passbild von Maria, das älter zu sein schien, da sie eine andere Frisur hatte, und das Bild eines Bauernpaars, das auf der Schwelle seines Hauses saß, das – dem Baustil nach zu urteilen – in Osteuropa stehen musste.

Keinerlei Ausweispapiere. Dafür Zigaretten. Ein Feuerzeug. Ein kleines blaues Notizbuch, in dem mehrere Seiten eng mit Bleistift beschrieben waren.

»Sieht aus wie Verse.«

»Ich bin überzeugt, das sind Verse.«

Moers war selig, als er die beiden Häufchen sah und nahm sie gleich mit in seine Höhle unter dem Dach. Kurz darauf legte ein Inspektor Bronskys Akte auf den Schreibtisch.

Das Foto, das wie alle Aufnahmen vom Erkennungsdienst hart und nicht sehr schmeichelhaft war, entsprach nicht ganz Marchands Beschreibung, denn der junge Mann sah abgespannt aus, hatte einen Dreitagebart und einen hervorspringenden Adamsapfel.

»Hat Janvier angerufen?«

»Ja, er sagt, es sei dort alles ruhig. Sie könnten ihn unter Passy 62-41 erreichen.«

»Lass mich gleich mit ihm verbinden.«

Er las mit halblauter Stimme die Akte. Bronsky war in Prag geboren und fünfunddreißig Jahre alt. Er hatte in Wien studiert und dann einige Jahre in Berlin gelebt. Dort hatte er eine gewisse Hilda Braun geheiratet, war dann aber als Achtundzwanzigjähriger, mit gültigem Pass übrigens, allein nach Frankreich gekommen. Schon damals hatte er angegeben, in der Filmbranche zu arbeiten. Er hatte zunächst in einem Hotel am Boulevard Raspail gewohnt.

»Janvier ist am Apparat, Chef.«

»Bist du's, mein Junge? ... Hast du zu Abend gegessen? ... Hör gut zu, ich schicke gleich zwei Männer mit dem Wagen zu dir.«

»Wir sind doch schon zu zweit!«, erwiderte der Inspektor gekränkt.

»Das spielt keine Rolle. Hör zu. Die beiden sollen draußen stehen bleiben. Sie sollen sich aber möglichst unauffällig verhalten. Niemand, der zu Fuß oder mit dem Taxi nach Hause kommt, darf etwas von ihrer Anwesenheit merken. Du und dein Kollege, ihr geht ins Haus hinein. Aber erst, wenn bei der Concierge kein Licht mehr brennt. Was für eine Art Haus ist es?«

»Neu, modern, ziemlich elegant. Eine hohe weiße Fassade und eine Glastür mit schmiedeeisernem Gitter davor.«

»Gut. Ihr geht also die Treppe hinauf. Wenn ihr an der Loge der Concierge vorbeikommt, murmelt ihr irgendeinen Namen.«

»Aber wie soll ich die Wohnung finden?«

»Da hast du allerdings recht. In der Nähe gibt es doch sicher eine Crémerie, die ihr Milch liefert. Falls nötig, musst du den Inhaber wecken. Erzähl ihm irgendeine Geschichte, am besten was mit Liebe.«

»Schön.«

»Weißt du noch, wie man ein Schloss aufbricht? Ihr geht in die Wohnung, macht aber kein Licht. Und dann stellt ihr euch so hin, dass ihr, falls nötig, gleich eingreifen könnt.«

»In Ordnung, Chef«, seufzte der arme Janvier, der wahrscheinlich stundenlang, ohne sich zu rühren, in einer fremden Wohnung im Dunkeln würde ausharren müssen.

»Rauchen dürft ihr natürlich nicht!«

Maigret musste selbst über seine Grausamkeit lächeln. Dann suchte er zwei Männer aus, die in der Rue de Longchamp Wache stehen sollten.

»Nehmt eure Pistolen mit. Man kann nie wissen.«

Er warf Colombani einen Blick zu. Die beiden Männer verstanden sich. Sie hatten es hier nicht mit einem kleinen Gauner zu tun, sondern mit dem Anführer einer Mörderbande. Sie durften nichts riskieren.

Es wäre einfacher gewesen, die Verhaftung zum Beispiel in der Bar der Folies Bergère vorzunehmen. Aber man konnte nicht voraussehen, wie Bronsky reagieren würde. Möglicherweise war er bewaffnet, und wahrscheinlich würde er sich nicht ohne weiteres ergeben, vielleicht sogar in die Menge schießen, um die allgemeine Panik zur Flucht zu nutzen.

»Wer übernimmt es, Bier und Sandwiches in der Brasserie Dauphine zu bestellen?«

Das war das Zeichen, dass eine der großen Nächte der Kriminalpolizei begann. In den beiden Büros von Maigrets Abteilung herrschte eine Stimmung wie in einer Kommandozentrale. Alle rauchten und liefen geschäftig hin und her. Niemand telefonierte.

Maigret griff zum Hörer.

»Die Folies Bergère, bitte.«

Es dauerte eine ganze Weile, bis Marchand an den Apparat kam. Man hatte ihn von der Bühne holen müssen, wo er einen Streit zwischen zwei Nackttänzerinnen schlichten musste.

»Ja, mein Guter …«, sagte er, noch ehe er wusste, wer am Telefon war.

»Hier ist Maigret.«

»Was gibt's?«

»Ist er da?«

»Ich habe ihn eben noch gesehen.«

»Gut. Sagen Sie ihm nichts. Rufen Sie mich nur an, falls er allein weggehen sollte.«

»Wird gemacht. Aber seien Sie nicht zu hart mit ihm.«

»Das wird wahrscheinlich ein anderer besorgen«, antwortete Maigret sibyllinisch.

In wenigen Augenblicken würde Francine Latour in den Folies Bergère ihren Auftritt haben, zusammen mit dem Komiker Dréan, und dann würde vermutlich ihr Liebhaber in den aufgeheizten Saal kommen und eine Weile lang mit halbem Ohr dem Dialog, den er auswendig kannte, und den Lachern aus dem Publikum lauschen.

Maria lag immer noch in ihrem Krankenhauszimmer, ängstlich und wütend, weil man ihr, wie es Vorschrift war, das Baby für die Nacht fortgenommen hatte. Zwei Inspektoren schoben im Flur Wache, und ein weiterer stand allein in einem anderen Trakt, wohin man Pietr nach der Operation gebracht hatte.

Coméliau, der bei Freunden am Boulevard Saint-Germain war, zog sich einen Augenblick zum Telefonieren zurück. Nervös rief er Maigret an.

»Immer noch nichts?«

»Ein paar Kleinigkeiten. Carl Lipschitz ist tot.«

»Von einem Ihrer Männer erschossen?«

»Nein, von einem seiner Kumpanen. Der kleine Pietr ist von einem meiner Inspektoren ins Bein geschossen worden.«

»Dann ist also nur noch einer übrig?«

»Ja, Serge Madok. Und der Anführer.«

»Den Sie noch immer nicht kennen?«

»Er heißt Jean Bronsky.«

»Wie war der Name?«

»Bronsky.«

»Ist er nicht Filmproduzent?«

»Ich weiß nicht, ob er Produzent ist, aber er hat was mit Filmen zu tun.«

»Ich habe ihn vor knapp drei Jahren zu achtzehn Monaten Gefängnis verurteilt.«

»Ja, genau der.«

»Sind Sie ihm auf der Spur?«

»Er ist im Augenblick in den Folies Bergère.«

»Wie bitte?«

»In den Folies Bergère.«

»Und da nehmen Sie ihn nicht fest?«

»Später. Wir haben jetzt Zeit. Ich möchte unnötiges Blutvergießen vermeiden, verstehen Sie?«

»Notieren Sie sich meine Nummer. Bis etwa Mitternacht bin ich hier bei Freunden. Danach warte ich zu Hause auf Ihren Anruf.«

»Bis dahin werden Sie wohl noch eine Weile schlafen können.«

Maigret hatte sich nicht getäuscht. Jean Bronsky und Francine Latour fuhren zunächst mit dem Taxi ins Maxim's, wo sie zu zweit zu Abend aßen. Maigret verfolgte ihr Kommen und Gehen noch immer von seinem Büro am Quai des Orfèvres aus. Der Kellner von der Brasserie Dauphine war schon zweimal mit seinem Tablett gekommen. Überall im Büro standen schmutzige Gläser und lagen angebissene Sandwiches herum. Es war so warm und verraucht, dass man kaum atmen konnte. Trotzdem hatte Colombani seinen Kamelhaarmantel nicht ausgezogen, der für ihn eine Art Uniform war, genau wie der Hut, den er immer weit in den Nacken schob.

»Lässt du die Frau nicht holen?«

»Welche Frau?«

»Nine, Alberts Frau.«

Maigret schüttelte missmutig den Kopf. Ging ihn das etwas an? Er war gern bereit, mit den Kollegen aus der Rue des Saussaies zusammenzuarbeiten, aber nur unter der Bedingung, dass man ihn machen ließ.

Im Augenblick, um ehrlich zu sein, war er unschlüssig. Es war, wie Richter Coméliau gesagt hatte: Es hing von ihm ab, wann Jean Bronsky verhaftet werden sollte. Ein Satz fiel ihm ein, den er zu Beginn der Untersuchung, er wusste nicht mehr, zu wem, mit ungewohntem Ernst gesagt hatte:

»Diesmal haben wir es mit skrupellosen Mördern zu tun.«

Mit Mördern, die allesamt wussten, dass sie nichts mehr zu verlieren hatten. Sollte man sie inmitten einer Menschenmenge festnehmen und verkünden, das seien die Leute von der Picardie-Bande, würde der Mob sie lynchen.

Nach dem, was sie auf den Bauernhöfen getan hatten, würde jedes Gericht sie zum Tod verurteilen, auch das wussten sie. Ob Maria des Kindes wegen darauf hoffen durfte, vom Präsidenten der Republik begnadigt zu werden, war mehr als fraglich.

Die Aussage des kleinen Mädchens, das den Verbrechern entkommen war, die Brandwunden an den Füßen und Brüsten der ermordeten Frauen, Marias verächtliche Grausamkeit und sogar ihre wilde Schönheit würden die Geschworenen gegen sie einnehmen.

Zivilisierte Menschen fürchten sich vor wilden Tieren, besonders vor denen ihrer eigenen Spezies, die sie an längst vergangene Zeiten erinnern, als ihre Ahnen noch in den Wäldern hausten.

Jean Bronsky war noch gefährlicher, ein Tier, das sich vom besten Schneider an der Place Vendôme einkleiden ließ, ein Raubtier im Seidenhemd, das die Universität besucht hatte und sich jeden Morgen wie ein eitles Frauenzimmer vom Friseur herausputzen ließ.

»Du gehst auf Nummer sicher«, sagte Colombani, während Maigret geduldig wartend vor einem der Telefone saß.

»Ja.«

»Und wenn er dir entwischt?«

»Immer noch besser, als wenn er einen meiner Männer erschießt.«

Dabei fiel ihm ein, dass Chevrier und seine Frau immer noch in der Kneipe am Quai de Charenton waren. Man sollte sie anrufen. Aber wahrscheinlich waren sie schon schlafen gegangen. Maigret zuckte lächelnd mit den Schultern. Die kleine Komödie machte ihnen doch Spaß. Also konnte man sie noch ein paar Stunden Wirt und Wirtin spielen lassen.

»Hallo? Chef? … Sie sind eben ins Florence gegangen.«

Ein äußerst schickes Lokal am Montmartre. Champagner obligatorisch. Francine Latour wollte dort wohl ein neues Kleid oder ein neues Schmuckstück vorführen. Sie war noch so jung und hatte dieses Leben noch nicht satt. Gab es nicht sogar alte Frauen, die reich und adelig waren, ein eigenes Haus in der Avenue du Bois oder in Saint-Germain besaßen und schon seit vierzig Jahren die gleichen Lokale besuchten?

»Gehen wir«, beschloss Maigret plötzlich.

Er nahm seinen Revolver aus der Schreibtischschublade und vergewisserte sich, dass er geladen war. Colombani sah ihm mit einem leisen Lächeln dabei zu.

»Ist es dir auch wirklich recht, wenn ich mitkomme?«, fragte er.

Er wusste, dass es eine Gefälligkeit war. Schließlich fiel der Fall in Maigrets Zuständigkeitsbereich. Er war es, der die Picardie-Bande aufgestöbert hatte. Maigret hätte das alles mit seinen Männern allein machen können, und der Quai des Orfèvres hätte im Wettstreit mit der Rue des Saussaies wieder einmal einen Punkt für sich verbuchen können.

»Hast du deine Pistole?«

»Ich habe sie immer in der Tasche.«

Maigret dagegen trug seine nur selten bei sich.

Als sie den Hof durchquerten, zeigte Colombani auf einen der Polizeiwagen.

»Nein, lieber ein Taxi. Das fällt weniger auf.«

Er suchte sorgfältig eines aus, mit einem Fahrer, der ihn kannte. Allerdings kannten ihn die meisten Taxifahrer.

»Rue de Longchamp. Fahren Sie die Straße im Schritttempo hinunter.«

Das Haus, in dem Francine Latour wohnte, stand fast am Ende der Straße, in der Nähe eines berühmten Restaurants, in dem der Kommissar einige Male sehr gut zu Mittag gegessen hatte. Alles war geschlossen. Es war zwei Uhr morgens. Sie mussten erst eine Stelle suchen, wo das Taxi unauffällig parken konnte. Maigret war ernst, mürrisch und schweigsam.

»Fahren Sie noch einmal langsam zurück, und halten Sie dann, wenn ich es Ihnen sage. Und lassen Sie die Scheinwerfer an, als würden Sie auf einen Fahrgast warten.«

Sie standen jetzt knapp zehn Meter von dem Haus entfernt. Im Schatten einer Toreinfahrt sahen sie undeutlich einen Inspektor. Ein zweiter musste irgendwo in der Nähe sein. Oben warteten Janvier und sein Kollege immer noch im Dunkeln.

Maigret blies kleine Rauchwölkchen in die Luft. Er spürte Colombanis Schulter neben seiner. Er selbst saß auf der Seite, die dem Gehsteig zugewandt war.

Eine Dreiviertelstunde warteten sie so. Nur ab und zu fuhr ein Taxi vorüber, und ein paar Häuser weiter kehrten Leute nach Hause zurück. Schließlich hielt ein Taxi vor dem Haus. Ein schlanker junger Mann sprang heraus und beugte sich dann ins Wageninnere, um seiner Begleiterin beim Aussteigen zu helfen.

»Jetzt ...«, sagte Maigret nur.

Er berechnete seine Bewegungen genau. Eine ganze Weile schon hatte die Wagentür einen Spalt offen gestanden, und er hatte den Türgriff umklammert gehalten. Jetzt sprang er mit einer Behändigkeit, die ihm niemand zugetraut hätte, hinaus und auf den Mann zu, genau in dem Augenblick, als der in seine Smokingtasche griff, um seine Brieftasche herauszuholen, und sich dabei nach vorn beugte, um den Taxameter abzulesen.

Die junge Frau stieß einen Schrei aus. Maigret hatte den Mann von hinten an den Schultern gepackt und riss ihn mit seinem ganzen Gewicht so heftig zurück, dass beide über den Gehweg rollten.

Der Kommissar hatte Bronskys Kopf gegen das Kinn gerammt bekommen und versuchte jetzt, dessen Hände festzuhalten, aus Sorge, Bronsky könne seinen Revolver ziehen. Im nächsten Augenblick war Colombani da und versetzte dem Tschechen, ohne mit der Wimper zu zucken, einen Tritt ins Gesicht.

Francine Latour, die immer noch um Hilfe rief, lief zur Haustür und läutete Sturm. Jetzt kamen auch die beiden Inspektoren angerannt, und das Gerangel ging noch einige Augenblicke weiter. Maigret, der ganz zuunterst gelegen hatte, war der Letzte, der sich aufrappelte.

»Ist niemand verletzt?«

Im Licht der Scheinwerfer sah er Blut auf seiner Hand, und als er um sich blickte, bemerkte er, dass Bronsky heftig aus der Nase blutete. Man hatte dem Tschechen inzwischen die Hände auf dem Rücken gefesselt. Leicht nach vorn gebeugt, stand er da. Sein Gesicht war von Zorn verzerrt.

»Schweinebande!«, stieß er aus.

Als ein Inspektor ihm wegen dieser Beleidigung gegen das Schienbein treten wollte, sagte Maigret, während er in seiner Tasche nach der Pfeife kramte:

»Lass ihn nur Gift spucken. Das ist das Einzige, was ihm noch bleibt.«

Beinahe hätten sie Janvier und seinen Kollegen vergessen, die wohl noch bis zum Morgen pflichtbewusst in der dunklen Wohnung ausgeharrt hätten.

10

Als Erstes wurde der Leiter der Kriminalpolizei informiert, was Coméliau sicher nicht entzückt hätte, wenn er davon erfahren hätte.

»Ausgezeichnet, mein Lieber. Aber jetzt tun Sie mir den Gefallen und gehen Sie schlafen. Mit allem Übrigen beschäftigen wir uns morgen früh. Sollen wir die beiden Bahnhofsvorsteher vorladen?«

Gemeint waren die Bahnhofsvorsteher von Goderville und Moucher. Sie sollten dem Mann gegenübergestellt werden, den der eine am neunzehnten Januar aus dem Zug steigen und der andere einige Stunden später wieder hatte einsteigen sehen.

»Colombani hat sich schon darum gekümmert. Sie sind unterwegs.«

Jean Bronsky saß auf einem Stuhl bei ihnen im Büro. Noch nie hatten so viele Gläser Bier auf dem Schreibtisch gestanden, so viele Sandwiches herumgelegen. Was den Tschechen am meisten verwunderte, war, dass man keine Anstalten machte, ihn zu verhören.

Francine Latour war ebenfalls anwesend. Sie hatte darauf bestanden, mitzukommen, denn sie glaubte felsenfest an einen Irrtum der Polizei. So wie man einem Kind ein Bilderbuch in die Hand drückt, damit es hübsch ruhig bleibt, hatte Maigret ihr die Akte Bronsky gegeben. Während sie darin las, warf sie ihrem Liebhaber immer wieder entsetzte Blicke zu.

»Was hast du jetzt vor?«, fragte Colombani.

»Ich rufe noch den Herrn Untersuchungsrichter an, und dann gehe ich schlafen.«

»Soll ich dich nach Hause fahren?«

»Danke, ich möchte dich nicht länger aufhalten.«

Schon wieder schwindelte Maigret, und Colombani wusste es. Er gab dem Taxifahrer laut die Adresse am Boulevard Richard-Lenoir an, aber kaum hatte sich der Wagen in Bewegung gesetzt, klopfte er an die Scheibe.

»Fahren Sie an der Seine entlang. Richtung Corbeil.«

Er erlebte so den Anbruch des neuen Tages. Er sah, wie sich die ersten Angler am Ufer niederließen und feiner Nebel über dem Fluss lag; er sah die ersten Schleppkähne, die sich vor den Schleusen stauten, und die Rauchsäulen, die von den Häusern zum pastellfarbenen Himmel aufstiegen.

»Ein Stück weiter stromaufwärts werden Sie einen Gasthof finden«, sagte er zu dem Fahrer, nachdem sie Corbeil passiert hatten.

Und da war er auch schon. Die schattige Terrasse

ging auf die Seine hinaus, und rings um das Haus sah man kleine Lauben, in denen sich sonntags sicherlich die Gäste drängten. Der Wirt, ein Mann mit rötlichem langem Schnurrbart, war gerade dabei, Wasser aus einem Boot zu schöpfen, und auf der Brücke waren Fischernetze zum Trocknen ausgebreitet.

Es war wohltuend, nach der vergangenen Nacht durch das taufeuchte Gras zu gehen, den Geruch der Erde und der im Kamin brennenden Holzscheite zu riechen und das noch unfrisierte Mädchen in der Küche hantieren zu sehen.

»Kann man hier einen Kaffee bekommen?«

»In wenigen Minuten. Eigentlich haben wir noch nicht offen.«

»Kommt die Dame, die bei Ihnen wohnt, zeitig herunter?«

»Ich höre sie schon eine Weile in ihrem Zimmer auf und ab gehen. Horchen Sie mal.«

Über der Decke mit den dicken Holzbalken waren tatsächlich Schritte zu vernehmen.

»Ich mache gerade das Frühstück für sie fertig.«

»Legen Sie doch bitte zwei Gedecke auf.«

»Sind Sie ein Freund von ihr?«

»Das möchte ich doch hoffen.«

Und er war es wirklich. Es ging alles ganz einfach. Als er sich vorstellte, erschrak sie ein wenig, aber er sagte ganz freundlich:

»Gestatten Sie, dass ich mit Ihnen frühstücke?«

Auf dem Tisch am Fenster lag eine rotkarierte Decke. Zwei Frühstücksgedecke aus Steingut standen darauf. In den Tassen dampfte der Kaffee, und die Butter hatte einen nussigen Geschmack.

Sie schielte, ja, sie schielte sogar entsetzlich. Sie wusste es selbst, und als er sie genauer ansah, wurde sie verlegen und erklärte beschämt:

»Als ich siebzehn war, hat meine Mutter mich operieren lassen, weil mein linkes Auge nach innen guckte. Nach der Operation guckte es nach außen. Der Chirurg wollte es noch einmal umsonst operieren, aber ich wollte das nicht.«

Je nun! Nach ein paar Minuten nahm man es kaum noch wahr. Man konnte sogar verstehen, dass manche sie fast hübsch fanden.

»Armer Albert! Wenn Sie ihn gekannt hätten! Er war ein so fröhlicher und guter Mensch, immer darauf bedacht, anderen eine Freude zu machen.«

»Er war mit Ihnen verwandt, nicht wahr?«

»Ja, entfernt, ein Cousin dritten Grades.«

Auch ihr Akzent war reizvoll. Was man vor allem spürte, war ihr ungeheures Bedürfnis nach Zärtlichkeit. Nicht nach Zärtlichkeit, die sie für sich einforderte, sondern nach Zärtlichkeit, die sie anderen zukommen lassen wollte.

»Ich war fast dreißig, als meine Eltern starben, und immer noch nicht verheiratet. Weil meine

Eltern ein kleines Vermögen besaßen, hatte ich nie gearbeitet. Ich fühlte mich einsam in unserem großen Haus und ging nach Paris. Albert kannte ich kaum, eigentlich nur vom Hörensagen. Ich habe ihn damals besucht.«

Natürlich, Maigret verstand. Albert war ebenfalls allein, und sie hatte ihn wahrscheinlich mit einer Fürsorge umgeben, die er bis dahin nicht gekannt hatte.

»Wenn Sie wüssten, wie sehr ich ihn geliebt habe! Ich habe nie von ihm verlangt, dass er mich zurückliebt, verstehen Sie? Ich weiß sehr gut, dass es ihm nicht möglich gewesen wäre. Auch wenn er so getan hat. Und ich habe so getan, als ob ich es ihm glaubte, damit er zufrieden war. Wir waren glücklich, Herr Kommissar. Ich bin ganz sicher, dass er glücklich war. Er hatte keinen Grund, es nicht zu sein, nicht wahr? Und wir hatten gerade unseren Hochzeitstag gefeiert. Ich weiß nicht, was da auf der Rennbahn passiert ist. Ich habe auf der Tribüne gewartet, während er zum Wettschalter ging. Als er zurückkam, war er auf einmal seltsam bedrückt, und von dem Moment an hat er immerzu um sich geblickt, als suchte er irgendjemanden. Er wollte, dass wir im Taxi zurückfahren, und hat sich ständig umgedreht. Vor unserem Haus hat er zum Fahrer gesagt: ›Fahren Sie weiter.‹ Ich begreife immer noch nicht, warum. Dann hat er sich zur Place de la Bastille fahren lassen. Bevor er dort ausstieg, hat er zu mir gesagt: ›Fahr allein zurück. Ich bin in ein, zwei Stunden wieder da.‹ Er fühlte sich verfolgt. Am Abend kam er nicht nach Hause. Stattdessen hat er mich angerufen, dass er erst am nächsten Morgen käme. Am nächsten Tag hat er noch zweimal angerufen.«

»Am Mittwoch?«

»Ja. Das zweite Mal, um mir zu sagen, ich solle nicht auf ihn warten, sondern ins Kino gehen. Als ich nicht wollte, hat er darauf bestanden. Er ist fast böse geworden. Also bin ich hingegangen. Haben Sie sie verhaftet?«

»Bis auf einen. Aber den werden wir auch bald haben. Ganz allein ist er wohl nicht gefährlich, zumal wir wissen, wer er ist, und seine Personenbeschreibung besitzen.«

Maigret ahnte gar nicht, wie recht er hatte. Zur selben Zeit nämlich nahm ein Inspektor vom Sittendezernat Serge Madok in einem Bordell am Boulevard de la Chapelle fest, in dem vor allem Araber verkehrten. Er hatte sich am Vorabend dort verkrochen und sich geweigert, wieder zu gehen.

Er leistete keinen Widerstand. Er war völlig benebelt, sturzbetrunken, und man musste ihn zum Polizeiwagen tragen.

»Was werden Sie jetzt machen?«, fragte Maigret teilnahmsvoll, während er seine Pfeife stopfte.

»Ich weiß es nicht. Wahrscheinlich werde ich in meine Heimat zurückkehren. Alleine kann ich das Lokal nicht weiterführen. Und ich habe niemanden mehr.«

Sie wiederholte den letzten Satz und blickte um sich, als suchte sie jemanden, dem sie ihre Zärtlichkeit schenken konnte.

»Ich weiß noch nicht, wie ich mir das Leben einrichten soll.«

»Wie wäre es, wenn Sie ein Kind adoptieren würden?«

Sie sah ihn einen Augenblick ungläubig an, dann lächelte sie.

»Glauben Sie, dass ich das könnte … dass man mir eines anvertrauen würde … dass …«

Der Gedanke nahm in ihrem Kopf und ihrem Herzen gleich eine so feste Form an, dass Maigret erschrak. Er hatte es zwar nicht unbedacht gesagt, aber doch erst einmal nur vorfühlen wollen. Der Gedanke war ihm unterwegs im Taxi gekommen. Es war einer dieser verrückten, kühnen Einfälle, wie sie einem manchmal im Halbschlaf oder in einem Zustand großer Müdigkeit kommen und die man am nächsten Morgen als Hirngespinst abtut.

»Lassen Sie uns ein andermal darüber sprechen. Ich würde Sie nämlich gern wiedersehen, wenn Sie gestatten … Im Übrigen muss ich Ihnen auch noch

Rechenschaft ablegen, denn wir waren so dreist, die Kneipe wieder zu öffnen.«

»Kennen Sie denn ein Kind, das …«

»Himmel, ja, Madame, es gibt da eins, das vielleicht schon in einigen Wochen oder Monaten keine Mutter mehr hat.«

Sie wurde dunkelrot, und er war ebenfalls rot geworden. Er ärgerte sich jetzt, dass er diese Frage aufgeworfen hatte.

»Ein Baby, nicht wahr?«, stammelte sie.

»Ja, ein ganz kleines Baby.«

»Es kann doch nichts dafür, das arme Ding.«

»Nein, es kann nichts dafür.«

»Und es ist doch nicht gesagt, dass es so wird wie …«

»Verzeihen Sie, Madame, aber ich muss jetzt nach Paris zurück.«

»Ich werde darüber nachdenken.«

»Denken Sie nicht zu viel darüber nach. Ich mache mir Vorwürfe, dass ich überhaupt etwas gesagt habe.«

»Aber nein, das müssen Sie nicht. Ob ich es vielleicht einmal sehen könnte? Meinen Sie, man würde mir das erlauben?«

»Gestatten Sie mir noch eine Frage: Albert hat mir am Telefon gesagt, Sie würden mich kennen. Aber ich kann mich nicht erinnern, Sie je gesehen zu haben.«

»Aber ich. Es ist allerdings schon lange her. Ich war damals kaum zwanzig Jahre alt. Meine Mutter lebte noch. Wir haben die Ferien in Dieppe verbracht ...«

»Im Hôtel Beauséjour!«, rief er.

Er war dort vierzehn Tage mit Madame Maigret gewesen.

»Alle Gäste haben über Sie gesprochen und immer wieder verstohlen zu Ihnen hingeschaut.«

Auf der Rückfahrt nach Paris war ihm seltsam zumute. Die Landschaft war in helles Sonnenlicht getaucht, und überall an den Hecken brachen erste Knospen auf.

Es wäre nicht schlecht, jetzt Urlaub zu nehmen, ging es ihm durch den Kopf, vielleicht weil die Erinnerung an Dieppe wieder lebendig geworden war.

Er wusste, dass nichts daraus werden würde, aber der Gedanke kam ihm immer mal wieder. Es war wie ein Schnupfen, den er loswurde, indem er sich in die Arbeit stürzte.

Die Vororte ... die Brücke von Joinville ...

»Fahren Sie über den Quai de Charenton.«

Die Kneipe war geöffnet. Chevrier machte einen verlegenen Eindruck.

»Ich bin froh, dass Sie kommen, Chef. Man hat mich eben angerufen, dass die Sache vorbei ist, und meine Frau weiß nicht, ob sie noch Besorgungen machen soll.«

»Ganz wie sie möchte.«

»Aber es ist nicht mehr nötig?«

»Nein, das nicht.«

»Man hat mich auch gefragt, ob ich Sie gesehen hätte. Anscheinend hat man bei Ihnen zu Hause angerufen und sucht Sie überall. Wollen Sie am Quai anrufen?«

Er zögerte. Diesmal war er wirklich am Ende seiner Kräfte. Und er hatte nur noch ein Verlangen: sich ins Bett zu legen und in einen tiefen, traumlosen Schlaf zu sinken.

»Ich wette, ich werde vierundzwanzig Stunden am Stück schlafen.«

Es würde anders kommen, und das wusste er. Man würde ihn schon vorher aus dem Schlaf reißen. Zu sehr hatte man sich am Quai des Orfèvres daran gewöhnt – und er hatte es selbst befördert –, bei jeder Nichtigkeit zu sagen: »Rufen Sie Maigret an.«

»Was möchten Sie trinken, Chef?«

»Einen Calvados, wenn's schon sein muss.«

Mit Calvados hatte es begonnen, und mit Calvados würde es enden.

»Hallo! Wer ist am Apparat?«

Es war Bodin. Er hatte ihn ganz vergessen. Bestimmt hatte er auch noch ein paar andere vergessen, die irgendwo in Paris immer noch auf ihrem Posten standen.

»Ich habe den Brief, Chef.«

»Was für einen Brief?«

»Den von den postlagernden Sendungen.«

»Ach so, ja gut.«

Armer Bodin. Sein Fund löste nicht gerade große Begeisterung aus.

»Soll ich ihn öffnen und Ihnen sagen, was in dem Umschlag ist?«

»Wenn's dir Spaß macht.«

»Einen Augenblick. So, jetzt hab ich's. Da ist kein Brief drin. Nur eine Bahnfahrkarte.«

»Ist gut.«

»Wussten Sie das schon?«

»Ich habe es mir gedacht. Eine Rückfahrkarte erster Klasse Goderville–Paris.«

»Stimmt genau. Übrigens, hier warten noch zwei Bahnhofsvorsteher.«

»Das ist Colombanis Sache.«

Und während Maigret seinen Calvados trank, huschte ein Lächeln über sein Gesicht. Das war noch so ein Charakterzug des kleinen Albert, den er zwar zu seinen Lebzeiten nicht gekannt, dessen Persönlichkeit er sich aber Stück für Stück erschlossen hatte.

Wie so mancher Rennbahnbesucher konnte auch Albert nicht umhin, auf den Boden zu blicken, der mit wertlosen Wettscheinen übersät ist, unter denen sich aber gelegentlich einer befindet, der gewonnen hat und irrtümlich weggeworfen wurde.

Aber es war kein solcher Wettschein, den er an jenem Morgen gefunden hatte, sondern eine Eisenbahnfahrkarte.

Wenn er nicht diese Marotte gehabt hätte ... Wenn er den Mann nicht gesehen hätte, dem die Karte aus der Tasche gefallen war ... Wenn der Name Goderville nicht gleich das Gemetzel der Picardie-Bande heraufbeschworen hätte ... Wenn ihm der Schrecken nicht im Gesicht gestanden hätte ...

»Armer Albert!«, seufzte Maigret.

Er wäre noch am Leben. Dagegen hätten vermutlich noch weitere alte Bauern und Bäuerinnen ihr Leben gelassen, nachdem Maria ihnen zuvor die Fußsohlen versengt hätte.

»Meine Frau möchte lieber gleich schließen«, sagte Chevrier.

»Gut, macht zu.«

Die Straßen, ein Taxameter, der einen astronomischen Betrag anzeigte, und schließlich eine Madame Maigret, die ihm nach der Begegnung mit Nine etwas weniger sanft als sonst erschien und die, als er schon bis zur Nase zugedeckt im Bett lag, entschlossen erklärte:

»Diesmal lege ich den Hörer neben das Telefon und mache niemandem auf.«

Den Anfang des Satzes hörte er noch, sein Ende aber erfuhr er nie.

Tucson, Arizona, 17. Dezember 1947

Gert Heidenreich

Tödlicher Zufall.
Der Erinnerungsroman
Maigret und sein Toter

Einem Mann fällt eine Bahnfahrkarte aus der Tasche. Ein anderer hebt sie auf. Von nun an wird er verfolgt, schließlich ermordet.

In keinem anderen der 75 Maigret-Romane entwickelt sich die Handlung aus einem so nebensächlichen Anlass.

Nichts prädestiniert den Gastwirt Albert Rochain, der mit seiner Frau Nine in Charenton-le-Pont das kleine Restaurant Au Petit Albert führt, dazu, Opfer einer Mörderbande zu werden; er hat keine Verbindungen zur Unterwelt, nichts auf dem Kerbholz, kurz: Er ist ein unbescholtener Bürger, einer von uns.

Was dem Roman zuweilen als Schwäche des Plots vorgeworfen wurde, dass er sich nämlich aus einem lächerlichen Zufall entwickelt, ist seine Stärke: *Maigret und sein Toter* folgt einer klassischen Tragödienkonstruktion. Dem kleinen Albert wird ausgerechnet seine Ordnungsliebe, die ihn eine Fahrkarte vom Boden aufheben lässt, zum Verhängnis. Die Götter sind hinterhältig und böse.

Als der gehetzte Albert die Kriminalpolizei aus einem Café telefonisch um Hilfe bittet, will Maigret nicht glauben, was der Mann behauptet: Finstere Gestalten seien hinter ihm her, um ihn zu ermorden. Während der Anrufe sitzt eine verwirrte Dame in Maigrets Büro am Pariser Quai des Orfèvres und bezichtigt ihre gesamte Verwandtschaft, sie vergiften zu wollen. Sie lässt sich nicht abweisen. Liegt nicht nahe, dass an einem solchen Tag auch der lästige Anrufer lediglich unter Verfolgungswahn leidet?

Zu spät entschließt sich der Kommissar, seine Leute auf die Spur des Anrufers zu setzen, um ihm zu helfen. Panisch wechselt der kleine Albert die Bistros, um sich vor seinen Mördern zu verstecken, immer wieder verpassen ihn die Beamten, dann bleiben die Anrufe aus, am Abend wird er tot auf der Place de la Concorde gefunden. Und Maigret macht sich den Fall so zueigen, dass man im Büro bald von *seinem Toten* sprechen wird.

Ein geradezu mustergültiger Verwirrungsanfang, ein Kommissar mit schlechtem Gewissen, die Polizei kein Freund und Helfer. Und der Start in die innere Bewegung des Romans, die sich von jetzt an beschleunigen wird: die Jagd. War es zunächst die Jagd nach Albert, um ihn zu schützen, so bestimmt von nun an die Jagd nach seinen Mördern die Handlung.

Wie fast immer bei Simenon werden die Figuren hier mit wenigen Strichen vorgestellt, sie entwickeln sich nicht selbst, sondern gewinnen erst durch Maigrets Beschäftigung mit ihnen ihre Individualität. Je mehr Maigret begreift, umso klarer wird ihr Profil. Es ist sein Blick auf sie, der sie verlebendigt; es ist seine Sicht auf ihren Charakter und ihre Biographie, die aus den stereotyp entworfenen Gestalten im Verlauf der Handlung Individuen werden lässt. Maigret unterwirft sie dabei seinem eigenen zutiefst bürgerlichen Weltbild. Das führt in diesem Roman – dem neunundzwanzigsten der Reihe – zu klischierten Urteilen und bedenklichen Tiervergleichen.

Ganz anders hatte Simenon noch im ersten Maigret-Roman, *Pietr der Lette*, von seinem Kommissar behauptet, er sei ein »Flickschuster für kaputte Schicksale«, und: Er urteile nie. Hier nun ist Maigrets Ruf längst gefestigt, und er leistet es sich, rigoros zu formulieren. Da »stinkt« ein Zeuge »nach Feigheit« – denn »Angst hat einen üblen Geruch«. Der Bandenchef ist ein »Raubtier im Seidenhemd«, die Gangster sind »wilde Tiere«, die brutale Gangsterbraut Maria, die mit jedem Mitglied der Bande schläft und nach ihrer Verhaftung ein Kind zur Welt bringt, ist eine »Wölfin oder eine Löwin« von »wilder Schönheit« und starrt Maigret vom Wochenbett aus an »wie ein sprungbereites Tier«. Zum ersten Mal muss Maigret ein Verhör führen, »während ein Neugeborenes an der weißen Brust einer Mörderin saugte«. Er weiß, dass Maria hingerichtet werden wird, denn »zivilisierte Menschen fürchten sich vor wilden Tieren, besonders vor denen ihrer eigenen Spezies, die sie an längst vergangene Zeiten erinnern, als ihre Ahnen noch in den Wäldern hausten«.

Dieses gleichsam atavistisch Böse kommt aus Osteuropa, es geht um Tschechen und Slowaken, die im Norden Frankreichs, in der Picardie, ihre mörderischen Raubzüge unternehmen.

Heute würde man ein solches Konzept fremdenfeindlich nennen, zumal Simenon kaum darauf Bezug nimmt, dass die Zeit, in der er den Roman schreibt und spielen lässt, aus den Fugen und Kriminalität in Europa ein generelles Problem ist. 1947, während Simenon vom 8. bis 17. Dezember *Maigret und sein Toter* schrieb, waren in der Nachkriegsunordnung noch keineswegs geregelte zivile Verhältnisse entstanden; die Waffen schwiegen, doch die unglaubliche

Not war nicht beseitigt, und die Seelenwunden sehr vieler Menschen waren frisch. Georges Simenon allerdings hatte dem traumatisierten Europa den Rücken gekehrt – aus nicht ganz freien Stücken übrigens –, sich in Kanada und den USA niedergelassen und lebt bei der Niederschrift des Buches in Tucson, Arizona.

In den Tagen seiner Arbeit am neuen Roman wird der Literaturnobelpreis, den er gern selbst erhalten hätte, André Gide zugesprochen, der ein großer Verehrer von Simenon war; das Nürnberger Militärtribunal eröffnet mit der Anklage gegen Alfred Krupp den letzten Industrieprozess; und täglich treffen in Europa einhunderttausend CARE-Pakete aus den USA ein. Simenon aber schildert in seinem längsten und an Personen reichsten Maigret-Roman ein von der Weltlage ganz unberührtes Paris, was die Annahme zulässt, dass er sich hier eine Erinnerungswelt erschrieben hat, für die ihm der Kriminalfall als Vorwand diente.

In kaum einem anderen seiner Maigrets wird derart akribisch der Pariser Stadtplan nachvollzogen, jeder Winkel, jedes Bistro und Café gekennzeichnet, und so entsteht trotz der kargen Sprache eine farbige, lebendige Kulisse der Quartiers, ihrer Gassen, ihrer Geheimnisse, ihres Elends. Der Genauigkeit ist geschuldet, dass wir hier nicht nur, wie in den anderen Romanen, den Namen der Straße erfahren, in der Maigret wohnt, sondern sogar die Hausnummer: »Boulevard Richard-Lenoir 132«.

Dieses Zuhause kann bürgerlicher kaum gedacht werden. »Die Wohnung war klein und warm. Die dunklen Eichenmöbel im Esszimmer stammten noch aus der Anfangszeit ihrer Ehe. Durch die Tüllgardinen konnte man auf der anderen Straßenseite an einer weißen Mauer in großen schwarzen Lettern lesen: *Lhoste & Pépin* – Präzisionswerkzeuge. Seit dreißig Jahren sah Maigret tagtäglich morgens und abends diese Wörter über dem großen Tor des Lagerhauses.«

»Präzisionswerkzeuge«: Damit sind wohl die Gedanken des Kommissars gemeint, mittels derer er seine Fälle löst. Kein Wunder, dass er sich aus einer Wohnung mit solchem Visavis nicht entfernen will. »In Wahrheit (...) war es nicht so sehr der Umzug selbst, vor dem ihm graute, sondern der Umstand, dass sich damit seine Umgebung verändern würde.« Also bleibt er, liest an Krankheitstagen Romane von Alexandre Dumas, »und allein der Geruch, der den Bänden entströmte, erinnerte ihn an all die kleinen Krankheiten seines Lebens. Der Ofen knisterte, und die Stricknadeln klapperten. (...) Von Zeit zu Zeit blätterte Maigret eine Seite um, und der Strumpf auf Madame Maigrets Schoß wurde ein klein wenig länger.« Maigrets Gattin hat nicht mehr zu tun, als zu stricken, zu stopfen, zu waschen, zu kochen und auf ihren Mann zu warten. Kränkelt er, bereitet sie ihm Aspirin oder Grog oder beides. Wenn er aufblickt, sieht er das »Messingpendel der Standuhr aus dunkler Eiche hin- und herschwingen«. Die Zeit, die hier vergeht, scheint zugleich stillzustehen ...

Muss der Hausherr in der ehelichen Wohnung einen Gast empfangen, erwartet er, dass seine Frau spazieren geht: »›Du wirst jetzt eine kleine Runde durchs Viertel drehen, Madame Maigret. Aber lass dir Zeit. Setz deinen Hut mit der grünen Feder auf.‹ – ›Warum den mit der grünen Feder?‹ – ›Weil der Frühling kommt.‹«

Das hat bei aller Biederkeit schon wieder etwas fast Surreales. Die kleinbürgerliche Solidität, die das Leben der Maigrets grundiert, steht dabei in scharfem Gegensatz zur Welt des Autors während der Arbeit am Roman. In Tucson lebt er 1947 mit seiner Frau Tigy und der kanadischen Geliebten Denise Ouimet in einer *ménage à trois*, die sich schon im folgenden Jahr durch den Nachzug seiner französischen Geliebten Boule (Henriette Liberges) zu einem Quartett erweitert. Zugleich erfährt Simenon, dass sein Bruder Christian in Indochina gefallen ist – er selbst hatte Christian geraten, in die Fremdenlegion zu gehen, um in Belgien der Verurteilung wegen Kollaboration mit den Nazis zu entgehen.

Trotz Trauer, Selbstvorwürfen und erotischer Konfusion ist es eine äußerst produktive Zeit. 1946/47 entstehen zehn Romane. Darunter der umfänglichste der Maigret-Romane: *Maigret und sein Toter.*

Man kann sich dem Eindruck schwer entziehen, dass Simenon sich darin eine Gegenwelt zu der Lage geschaffen hat, in der er selbst lebte. Von Tucson aus das heimatliche Paris zu rekonstruieren, in der peniblen und zugleich anschaulichen Weise, die den Roman bestimmt – das hat etwas von sehnsüchtiger Rückschau, als wollte der Autor sich in der amerikanischen Ferne seiner Pariser Straßen versichern: eine Illusion von Stabilität und Übersichtlichkeit, vielleicht eine Erinnerung an jene Sicherheit, die Simenon einst bei seinem von ihm idealisierten Vater gefunden hatte. Dessen Wesenszüge lassen sich in Maigret wiederfinden.

Welche Dramaturgie eignete sich besser, das präzise Bild einer Stadt entstehen zu lassen, als die der Jagd durch ihre Straßen? Natürlich nur, solange nicht alle Spannung verloren geht wie in unserer Gegenwart, die durch GPS, Straßenkameras und pausenlose Kommunikation kaum mehr etwas im Dunkeln lässt und durch ihre totale Gleichzeitigkeit fast alle Geheimnisse vernichtet. Simenon hatte noch die Freiheit, Opfer und Verfolger im Dunkel der Gassen verschwinden zu lassen und die Detektive zum nächsten Bistrotelefon zu schicken. Noch war die Bahnhofsuhr die Autorität im Zeitvergleich.

So erweist sich in *Maigret und sein Toter*, dass Zufall und Kommunikation, Geduld und Intelligenz die eigentlichen Schaltstellen für Erfolg und Misserfolg in der Kriminalhandlung bilden. Das macht den Roman zu einer beispielhaften Darstellung polizeilicher Ermittlungsarbeit, die nicht nur vorgeführt, sondern auch reflektiert wird. Geschickt bezieht Simenon die Beschattung der Mörderbande auf eine andere Beschattungsaktion in der Normandie, »die schon fünfzehn Jahre zurücklag. (…) Drei Tage und zwei Nächte lang hatte der Kommissar an einem Gartentor ausgeharrt, an einer verlassenen Straße in der Nähe von Fécamp, und darauf gewartet, dass ein Mann aus dem gegenüberliegenden Haus herauskam.« Kein Telefon weit und breit, normannischer Dauerregen …

Simenon zitiert hier sich selbst, nämlich seinen ersten Maigret-Roman *Pietr der Lette* aus dem Jahr 1931. Seinerzeit hatte er sich noch voller Empathie mit seinem Kommissar solidarisiert:

»Er war ein ausgezeichneter Kommissar mit einem monatlichen Gehalt von zweitausendzweihundert Franc, der sich (…), wenn die Täter hinter Schloss und Riegel saßen, vor ein Blatt Papier setzen musste, um die Liste seiner Auslagen zusammenzustellen, die Quittungen und Belege daran zu heften und sich dann auch noch mit dem Kassenwart herumzustreiten. Maigret besaß weder ein Auto noch Millionen oder zahlreiche Mitarbeiter. Und wenn er sich erlaubte, über einen oder zwei Polizisten zu verfügen, musste er darüber Rechenschaft ablegen.« Ein gequälter kleiner Beamter also, den sein brillanter Kopf und sein Diensteifer nicht zum Star machen.

Jetzt, in *Maigret und sein Toter*, ist er etabliert, hat einen großen Ruf als erfolgreicher Ermittler, ist allerdings, wenn man zurückrechnet, schon über sechzig. Denn in Fécamp war er fünfundvierzig … Dann würde er in den späteren Maigrets über die Pensionierung hinaus ermitteln.

Doch ein Maigret altert nicht. Er ist eine Kunstfigur, so wie das Paris, von dem Simenon in Arizona erzählt, ein Kunst-Paris ist und mit dem realen Paris dieser Jahre nicht viel gemein hat – außer dem Straßenplan, der so wie die Beschreibung der Polizeiarbeit durch Genauigkeit einen Realismus vortäuscht, der den Kunstcharakter des Buches verbirgt. Paris ist hier die Stadt, an die Simenon sich erinnert, in der er gelebt hat und zum Autor wurde. Die Stadt, in der seine Sehnsucht entstand, einen »richtigen Roman« zu schaffen: »Wenn ich fünfundvierzig bin, werde ich den Nobelpreis erhalten haben.« Er bekam ihn nie. In *Maigret und sein Toter* gibt es allerdings Stellen, an denen er den Rat nicht befolgte, den ihm seinerzeit Colette gegeben hatte: »Alles Literarische zu streichen«. Gegen Ende des Romans – der Fall ist gelöst, und Maigret unternimmt es, für das neugeborene Kind der Mörderin Maria eine Adoptivmutter zu finden – schreibt Simenon:

»Er erlebte so den Anbruch des neuen Tages. Er sah, wie sich die ersten Angler am Ufer niederließen und feiner Nebel über dem Fluss lag; er sah die ersten Schleppkähne, die sich vor den Schleusen stauten, und die Rauchsäulen, die von den Häusern zum pastellfarbenen Himmel aufstiegen.«

Man sieht: Simenon hatte auch das Zeug zum Impressionisten.

Die große Simenon-Taschenbuch-Edition bei Atlantik

Freuen Sie sich auf viele weitere Bände! #monsimenon

MAIGRET
Band M35

Georges Simenon
Maigrets Memoiren
Aus dem Französischen von Hansjürgen Wille,
Barbara Klau und Bärbel Brands
ISBN 978-3-455-00740-4

Im wohlverdienten Ruhestand angekommen, schreibt Maigret in seinem Landhaus in Meung-sur-Loire seine Memoiren. Er erinnert sich an seine Kindheit, seine Anfänge bei der Polizei und an seine ersten Begegnungen mit Madame Maigret, die ein gewisser Georges Simenon in den Romanen nicht ganz wirklichkeitsgetreu gezeichnet hat – wie so vieles andere auch ... Maigret muss einiges zurechtrücken.

»In *Maigrets Memoiren* hat sich Simenon zu einer realen Erinnerung seines fiktiven Kommissars Maigret gemacht. Er hat Schöpfer und Geschöpf, Realität und Fiktion vertauscht.«
Georg Hensel

DIE GROSSEN ROMANE
Band 14

Georges Simenon
Die Schwarze von Panama
Aus dem Französischen von Ursula Vogel
Mit einem Nachwort von Michael Kleeberg
ISBN 978-3-455-00690-2

Joseph und Germaine Dupuche reisen nach Panama, wo Joseph
für eine französische Firma arbeiten soll. Voller Vorfreude auf das
Abenteuer schmieden sie Zukunftspläne. Umso brutaler ist der
Einbruch der Realität: Die Firma ist pleite, und der nackte Kampf
ums Überleben treibt die Eheleute auseinander. Während Germaine mit allen Mitteln den gesellschaftlichen Abstieg zu verhindern sucht, beginnt Joseph zu trinken und zieht, zur Bestürzung
der französischen Gemeinschaft, mit einer jungen Schwarzen ins
Quartier nègre …

»Die exotischen Romane Simenons sind vielleicht jene, die am
wenigsten bekannt sind, zu Unrecht.«
Pierre Assouline

MAIGRET
Band M21

Georges Simenon
Maigret im Haus des Richters
Neuübersetzung von Thomas Bodmer
ISBN 978-3-455-00719-0

Der noch junge Kommissar Maigret ist in ein verschlafenes Dorf
im Westen Frankreichs strafversetzt worden. Gleichförmig ziehen die Monate dahin, bis ihm eines Tages die tratschsüchtige
Adine Hulot von seltsamen Dingen erzählt, die im Haus eines
pensionierten Richters vor sich gehen. Aus reiner Langeweile
macht Maigret sich auf den Weg und begegnet dem Richter – der
just in diesem Augenblick dabei ist, eine Leiche zu entsorgen.

»Ich hatte nie etwas für die leeren Stunden des Tages
oder der Nacht, bis die ersten Bücher von Simenon erschienen.«
Ernest Hemingway